新手学出纳

（白金版）

付微微　编著

人民邮电出版社

北　京

图书在版编目（CIP）数据

新手学出纳：白金版／付微微编著． — 北京：人
民邮电出版社，2011.12
ISBN 978-7-115-26883-9

Ⅰ.①新… Ⅱ.①付… Ⅲ.①出纳—基本知识 Ⅳ.
①F233

中国版本图书馆 CIP 数据核字（2011）第 230003 号

内容提要

本书从出纳岗位的实际要求出发，按照出纳人员从入门到晋级的顺序，系统地介绍了
出纳人员最需要掌握的各项基本技能和技巧，主要包括账簿及凭证管理、现金管理、银行
结算、票据管理、外汇核算、工商知识、税务知识等 12 个方面的内容。在讲解的过程中，
本书配备了大量的实战案例，可以帮助初涉出纳岗位的新手快速掌握各项业务技巧。

本书适合出纳人员、财务管理人员阅读使用，也可作为企业培训出纳人员时的教材。

新手学出纳（白金版）

◆ 编　著　付微微
　　责任编辑　刘　盈
　　执行编辑　李　琦

◆ 人民邮电出版社出版发行　　北京市崇文区夕照寺街 14 号
　　邮编 100061　电子邮件 315@ ptpress. com. cn
　　网址 http://www. ptpress. com. cn
　　北京艺辉印刷有限公司印刷

◆ 开本：787×1092　1/16
　　印张：19　　　　　　　　　2011 年 12 月第 1 版
　　字数：166 千字　　　　　　2011 年 12 月北京第 1 次印刷

ISBN 978-7-115-26883-9

定　价：33.00 元

读者服务热线：（010）67129879　　印装质量热线：（010）67129223
反盗版热线：（010）67171154
广告经营许可证：京崇工商广字第 0021 号

前　言

我们常说："会计是管账的，出纳是管钱的。"这种说法从总体上反映出二者分工的不同之处。出纳人员担负着现金、票据和有价证券的保管职责，并办理各种款项的收付和银行结算业务。因此，出纳工作的好坏，直接关系到整个企业会计核算的质量和效率。

作为会计业务的一项基础工作，出纳工作有着专门的操作基础和工作规则。这些工作看似简单，却存在着许多技巧，这就要求出纳人员必须认真学习，熟练掌握这些技巧及账务处理流程，提高自身的业务水平。

为了使出纳新手能够尽快了解出纳工作、热爱出纳工作，逐步胜任出纳这一重要岗位，我们编写了《新手学出纳（白金版）》这本书。本书除了介绍出纳的职责和权限、出纳工作方法和要求、出纳与会计的关系外，还循序渐进地对初涉出纳岗位的会计人员应掌握的出纳基础知识、登记会计凭证、记账要求、现金管理与核算、常用结算方式以及外汇结算等内容进行了系统的介绍。

《新手学出纳（白金版）》是依据新修订的《企业会计准则》及相关法规编写的，注重实务，示例丰富，可以让初涉出纳新手在最短的时间内了解出纳工作最基本、最实用的技能，从而轻松应对工作中的各种问题。本书内容新颖、通俗易懂，具有以下五个特点。

◆定位准确——针对出纳工作要点，内容精简不繁琐，深入浅出，循序渐进，对出纳业务的理论知识和操作实务过程进行了全面的讲解。

◆内容新颖——本书是以最新《企业会计准则》和国家最新颁布的财务制度、法律法规为依据编写的，在《新手学出纳》第一版的基础上对内容进行了全面修订。

◆体例灵活——将枯燥的内容划分为内容释义、业务要点、应用实务三个模块，以便出纳人员掌握账务处理的重点、难点。

◆图文并茂——为了便于理解，本书采用了大量的图表与案例，包括简明易懂的出纳工作理论图解，以及具有指导性和可操作性的图表流程，以此代替枯燥复杂的文字，增强本书的可读性与实用性。

◆突出技能——对准出纳工作目标，减繁，精述，出纳人员可以自学自练，快速提升自己的专业技能，轻松解决日常工作中所遇到的各种问题和困难。

本书在编写的过程中参考了大量相关书籍及网站信息，特向这些书籍的作者及网站信息的发布者表示衷心的感谢。由于作者水平有限，书中难免有不妥之处，敬请读者批评指正。

目　录

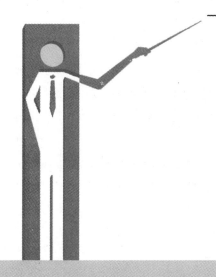

第一章

一心一意好管家
——熟悉出纳岗位

第一节　出纳的概念及角色定位

内容释义

"出纳"作为一个重要的会计名词，在不同场合有着不同的含义和内容，既可以表示出纳工作，同时也可以表示出纳人员。

1. 出纳工作的定义

从字面上看，"出"是指支出，"纳"意为收入，出纳的意思就是负责现金的收入和支出。出纳工作就是管理货币资金、票据、有价证券的收入和支出的一项工作。

具体来讲，出纳工作就是按照国家现金管理的相关规定和制度，办理现金收付、银行结算及相关账务工作，保管库存现金、有价证券、财务印章及有关票据等。一般来说，只要是涉及票据、货币资金和有价证券的收付、保管、核算，都属于出纳工作的范围。出纳工作既包括各单位业务部门及会计部门专设出纳机构的各项票据、货币资金、有价证券收付业务处理，还包括票据、货币资金、有价证券的整理和保管等工作，也包括货币资金和有价证券的核算等工作。

2. 出纳人员的定义

从广义上讲，出纳人员既包括会计部门的出纳工作人员，也包括业务部门的各类收款员。之所以各类收款员也属于出纳人员的范畴，是因为从其工作内容、方法、要求以及他们本身应具备的素质等方面来看，都与会计部门的专职出纳人员有很多相同之处。而狭义的出纳人员，仅指会计部门的出纳人员。

无论是出纳人员还是各类收款人员，他们的主要工作都是办理货币资金和各种票据的收入，保证自己经手的货币资金和票据的安全性与完整性，以及填制和审核原始凭证。出纳人员要根据《中华人民共和国会计法》（以下简称《会计法》）以及《会计人员工作规则》的要求从事出纳工作。除了要有过硬的出纳业务知识以外，出纳人员还必须具备良好的财经法纪素养和职业道德修养。

会计部门的出纳人员与收款员也有很多不同之处。收款员一般工作在经济活动的第一线，各种票据和货币资金的收入，特别是货币资金的收入，通常是由他们转交给专职出纳的。另外，收款员的工作过程是收入、保管、核对与上交，一般不专门设置账户进行核算。所以，也可以说，收款员是出纳机构的派出人员，他们是各单位出纳队伍中的一员，他们的工作是整个出纳工作的一部分。

业务要点

出纳在企业中是一个独立的岗位，从事的是会计工作的一部分，是会计工作中不可缺少的一个环节。《会计基础工作规范》对出纳岗位有诸多限制性规定，例如，出纳人员不得兼管会计档案保管、稽核，以及收入、费用、债权债务账目的登记工作等。

1. 出纳在企业中的角色

在企业的管理工作中，出纳能够起到监督管理的作用，为企业经济管理和经营决策提供各种经济信息。具体来说，有以下几点。

（1）负责核算工作。出纳在企业的核算中担负着最基本的核算工作，包括现金收付和银行结算这些会计核算中的基本业务，是保证会计工作顺利进行和良性发展的基础。

（2）负责管理工作。出纳在企业中担负着重要的管理责任，其工作的好坏直接影响企业的财务管理水平和经营决策。其具体工作包括管理银行单据和票据，保管企业的货币资金和有价证券，分析研究企业资金使用效益，为企业投资决策提供金融信息，参与企业的方案评估、投资效益预测分析等。

（3）具有监督作用。出纳在企业的经营活动中起着重要的监督作用，主要负责监督货币资金收付业务以及各项经济业务的合理性、合法性，防止出现差错，避免给企业造成不必要的损失。

2. 出纳在会计循环中的角色

企业的正常资金运营离不开良好的会计循环机制，而出纳在会计循环中起着不可或缺的特殊作用。具体内容包括以下几点。

（1）严格贯彻财经政策，认真审核单据和业务。

（2）管理好货币资金和银行票据。

（3）确保资金安全，防止诈骗，减少失误，降低损失。

（4）审查支出性质，拒绝违规支出。

（5）准确、及时地提交财务报告，反馈经济信息。

应用实务

出纳人员的工作要点主要涉及以下几个方面。

（1）按照国家有关现金管理和银行结算制度的规定，办理现金收付和银行结算业务。

（2）严格审核有关原始凭证，据以编制收、付款凭证，然后根据收、付款凭证的顺序逐笔登记现金日记账和银行存款日记账，并结出余额。

（3）随时查询银行存款余额，不准签发空头支票，不准出租、出借银行账户。

（4）保证库存现金和各种有价证券的安全与完整。

（5）按照国家外汇管理和结汇、购汇制度的规定以及有关批件，办理外汇出纳业务等。

（6）出纳人员一般只负责现金日记账和银行存款日记账的登记工作，不得兼管稽核和会计档案保管，不得负责收入、费用、债权债务等账目的登记工作。

第二节　出纳与会计之间的关系

内容释义

出纳与会计都属于财务人员，二者的工作既有区别，同时也存在着许多必然的联系。

从人员关系上来讲，出纳人员与会计人员都属于一个独立核算单位的财务工作者，都处于要害工作岗位，他们的地位是等同的。精明的企业领导者在选择出纳人员时，除了看其是否忠诚可靠外，还要看其是否有现代经营意识，是否有社会活动能力，这也就是通常所说的公关能力。

从业务关系上来说，出纳与会计都属于一个单位的财会岗位，工作中应相互协助、密切合作，共同打理好企业的日常财会业务，做好本职工作。但他们之间又有着明确分工，工作上各有侧重，即"出纳管钱，会计管账"。

1．出纳负责的工作

出纳人员专管货币资金的收付以及与之相关的现金日记账和银行存款日记账的登记。同时，出纳人员还必须每日或者定期与会计人员对账，核对双方库存现金、银行存款账是否相符，以做到相互配合、相互监督，从而避免多报、冒领等差错。因此，出纳人员不是单纯地办理现金的收付和银行存款的存取，也要涉及部分会计业务，所以需要学习会计知识，以便在填制"收款凭证"和"付款凭证"时，熟练地掌握会计科目的对应关系。

2．会计负责的工作

会计人员专管总账和除货币资金之外的其他明细账。会计岗位有许多细分，如记账会计、税务会计、材料会计、成本会计等。会计人员要负责整个会计核算工作，从平行登记总账、明细账到编制会计报表，以及完成纳税申报和成本核算。

虽说出纳人员与会计人员的地位是平等的，二者在工作上紧密联系、分工协作、缺一不可，但是，二者在业务的隶属关系上还是有主次之分的。出纳人员应当在以下两个方面主动接受会计人员的监督。

（1）主动为现金盘库提供条件，绝不能认为监督盘库是对出纳人员的不信任。

（2）对账时，主动为会计人员报出现金库存数，再由会计人员核对账款是否相符。不应当由会计人员结账后先报出现金账户的余额，再由出纳人员表示账款是否相符，这样会造成会计监督的本末倒置，其后果十分有害。

特别强调：出纳工作只是整个财会工作的一部分，只有会计或主管会计才可总揽本部门财会工作的全局。作为出纳人员，应不断提高自己的业务水平，向成为一名合格的会计人员努力。对此，出纳人员平常在做好本职工作的同时，应下功夫学习会计基础理论与相关的财会业务知识，多向会计人员请教，努力提高自身业务技能，为日后承担更重要的工作创造必要条件。

应用实务

从会计分管的账簿来看，可将财会岗位分为总账会计、明细账会计和出纳。三者既有区别又有联系，体现为分工与协作的关系。

《会计法》中明确规定企业必须实行钱账分管，出纳人员不得兼管稽核和会计档案保管，以及收入、费用、债权债务等账目的登记工作；总账会计和明细账会计则不得管钱、管物。具体分工如图1-1所示。

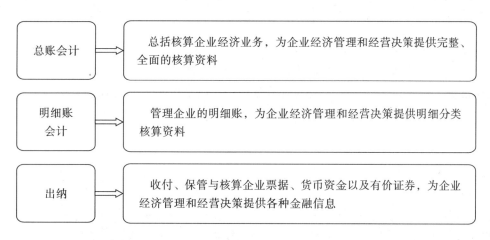

图1-1 会计与出纳的分工

1. 三者之间互相依赖且牵制

由于出纳、明细账会计和总账会计所使用的核算依据是相同的，都是原始凭证和记账凭证，因此三者之间具有很强的依赖性。这些会计凭证作为记账依据，必须在出纳、明细账会计和总账会计之间按照一定的顺序传递。他们相互利用对方的核算资料，共同完成会计任务，同时又互相牵制与控制，三者缺一不可。出纳的现金和银行存款日记账与总账会计的现金和银行存款总分类账，总分类账与其所属的明细分类账，明细账中的有价证券账与出纳账中相应的有价证券账，有金额上的等量关系。因此，出纳、明细账会计、总账会计三者之间就构成了相互牵制与控制的关系，三者之间必须相互核对，保持账目相符。

2. 出纳核算是一种特殊的明细核算

出纳与明细账会计的区别是相对的，出纳核算也是一种特殊的明细核算。出纳需要分别按照现金和银行存款设置日记账，对银行存款还要按照存入的不同户头分别设置日记账，逐笔序时地进行明细核算。对于"现金日记账"，要每天结出余额，并与库存数进行核对；对于"银行存款日记账"，也要在月内多次结出余额，并与开户银行进行核对。月末都必须按规定进行结账。月内还要多次出具报告单，报告核算结果，并与现金和银行存款总分类账进行核对。

3. 账实兼管——出纳

出纳是一个账实兼管的工作，具体内容有以下几个方面。

（1）与现金、银行存款和各种有价证券的收入与结存相关的核算；

（2）保管现金、有价证券，管理银行存款账户；

（3）管理保险柜，办理收支结算手续；

（4）账务处理；

（5）办理银行存款收付业务。

由以上几点可以看出，出纳工作与其他财务工作有所不同。除了出纳，其他财会人员是管账不管钱，管账不管物。出纳工作的这种分工并不违背财务"钱账分管"的原则，这是因为出纳账是一种特殊的明细账，总账会计还要设置"现金"、"银行存款"、"长期投资"、"短期投资"等相应的总分类账，以此来对出纳保管和核算的现金、银行存款、有价证券等进行总金额控制。其中，有价证券还应有出纳核算以外的其他形式的明细分类核算。

4. 出纳工作直接参与经济活动过程

货物的购销要经过两个过程：货物移交和货款结算。其中，货款结算的收入与支付必须通过出纳来完成；往来款项的收付、各种有价证券的经营以及其他金融业务的办理也离不开出纳人员的参与。这两点也是出纳工作的一个显著特点，其他财务工作一般不直接参与经济活动过程，而只对其进行反映和监督。

第三节 出纳工作的特点、要求及原则

内容释义

任何工作都有其自身的特点，作为会计工作的重要组成部分，出纳具有一般会计工作的本质属性，但它又是一个专门的岗位、有专门的技术，因此，出纳具有自己专门的工作特点及要求。只有对这些特点及要求进行深入了解，才能进一步认识出纳工作的性质。出纳工作的主要特点包括社会性、专业性、繁杂性、政策性以及时间性。

1. 社会性

出纳担负着一个单位货币资金的收付、存取任务，而这些任务的完成处于整个社会经济活动之中，和整个社会的经济运行相联系。任何单位都要发生经济活动，所以就必然要求出纳人员与之发生经济关系，因此，出纳工作具有广泛的社会性。

2. 专业性

出纳的核算工作主要是对与管理一个单位流动资产中的货币性资产有关的现金、银行存款、有价证券等进行核算，并不直接核算其他资产和经济业务。出纳的核算工作有专门的操作方法和规章制度，对于如何填写凭证、如何登记账簿，都有自身的一套规范，即使是点钞，也是很讲究技巧的。因此，出纳人员一方面要接受一定的职业教育，另一方面也需要在实践中不断地积累经验，掌握工作要领，熟练使用现代化办公工具。

3. 繁杂性

出纳主要负责货币资金的收支业务。在企业的经营活动中，货币资金的流动最为频繁，相应地，出纳工作也就十分繁杂，除了处理正常的货币资金流动业务外，还需每日结出现金日记账的余额，并与库存现金进行核对；定期结出银行存款日记账的余额，并与银行对账单进行核对，月末再按照规定时间进行结账和对账。除此之外，出纳人员还要经常往返于企业和银行之间，提款并存取票据、单据，以保证企业经营活动的顺利进行。

4. 政策性

出纳工作是一项政策性很强的工作，其工作的每一环节都必须依照规定进行。这就要求出纳人员要熟悉财经法规，并将其运用到日常的经济业务中，做到知法依法，在本岗位杜绝假账，真实地反映企业货币资金的流入和流出情况，并对货币资金的使用情况进行监督。

5. 时间性

出纳工作具有很强的时间性，例如，对于何时发放职工工资、何时核对银行对账单等，都有严格的时间要求，一天都不能延误。

业务要点

要想做好出纳工作并不是一件容易的事，它要求出纳人员熟悉会计政策法规，并具有求真务实的工作态度、严谨细致的工作作风、熟练高超的业务技能、清正廉洁的职业道德、顾全大局的工作意识等。

1. 法律法规要求

出纳工作所涉及的法律法规、条例和制度有很多，包括《会计法》、《会计基础工作规范》、现金管理制度、银行结算制度、成本管理条例、费用报销额度管理办法、税收管理制度及发票管理办法等。出纳人员如果不熟悉、不掌握这些法律法规、条例和制度，是无法做好出纳工作的。因此，做好出纳工作的头等大事就是要学习、了解及掌握国家和财政部门颁发的规范财务会计工作的各项法律法规、条例和制度，提高自己的政策水平。通过学习会计政策法规和制度，出纳人员才能明白哪些该做、哪些不该做、哪些该抵制，工作起来才会得心应手、不犯错误。

2. 工作作风要求

要想做好出纳工作，首先要热爱出纳工作，并具有严谨细致的工作作风和职业习惯。工作作风的培养至关重要，出纳工作每天和金钱打交道，稍有不慎就会造成意想不到的损失，因此，出纳人员必须养成与出纳职业相符的工作作风，概括起来就是精力集中、有条不紊、严谨细致、沉着冷静。精力集中是指工作起来应全身心地投入，不为外界所干扰；有条不紊是指计算器具摆放整齐，钱款、票据存放有序，办公环境洁而不乱，工作流程顺序得当；严谨细致是指工作时认真仔细，做到收支计算准确无误，手续完备，不出差错；沉着冷静是指在复杂的环境中，出纳人员能够随机应变、化险为夷。

3. 专业技能要求

出纳是一项专业技术性很强的工作，如填凭证、记账、填票据、用电脑、点钞等，都需要扎实的基本功。出纳人员不但要具备处理一般会计事务的专业基本知识，还要具备较高的出纳专业知识水平和较强的数字运算能力。提高出纳业务技术水平的关键在于"手"，用电脑、开票据都离不开手，而要提高手上的功夫，关键又在于"勤"，勤能生巧，巧自勤来。另外，出纳人员还要苦练汉字、阿拉伯数字的书写，并提高写作概括能力，一张书写工整、填写齐全、摘要精练的票据能体现出一名出纳人员的工作能力。出纳人员的数字运算能力往往体现在结算过程中，进行财务结算时，出纳人员要按计算结果现场开出票据或收付现金，速度要快，又不能出错。这一点和事后的账目计算有着很大的区别，账目计算错了，可以按规定方法更改，但结算中钱算错了，就不一定说得清楚，也不一定能"改"得过来了。因此，出纳人员必须具备很强的数字运算能力，在使用计算机、算盘、计算器以及其他运算工具时，都必须要有较快的速度和非常高的准确性。在快和准的关系上，作为出纳人员，要把"准确"放在第一位，要准中求快。

4. 安全意识要求

对于现金、有价证券、票据、各种印鉴，既要按照会计制度的要求分工保管、各负其责、相互牵制，又要有对外的安全保卫措施，从办公用房的分配、设置，到门、屉、柜的锁具配置，再到保险柜密码的管理，都要符合安保要求。出纳人员既要密切配合安保部门的工作，更要增强自身的安保意识，学习安保知识，把保护自身分管的公共财产的安全与完整作为自己的首要任务。

5. 道德修养要求

出纳人员必须具备良好的职业道德修养，比如热爱本职工作，敬业并精业；科学理财，充分发挥资金在企业生产经营中的使用效益；遵纪守法，严格监督并以身作则；洁身自好，不贪、不占公家便宜；实事求是，真实、客观地反映经济活动的本来面目；保守机密；围绕本企业的中心工作，竭力为企业的总体利益以及全体员工服务。

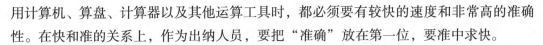

应用实务

出纳人员在工作中应遵循内部牵制原则，即钱账分管原则。《会计法》第二十一条的第二款、第三款规定："会计机构内部应当建立稽核制度。出纳人员不得兼管稽核、会计档案保管和收入、费用、债权债务账目的登记工作。"

由于出纳人员是各企业专门从事货币资金收付业务的会计人员，根据复式记账原则，每发生一笔货币资金收付业务，必然引起收入、费用或债权、债务等账簿记录的变化，或者说，每发生一笔货币资金收付业务都要登记收入、费用或债权、债务等有关账簿。如果这些账簿登记工作都由出纳人员办理，会给徇私舞弊行为以可乘之机。同样道理，如果稽核、内部档案保管工作也由出纳人员经管，则难以防止其利用抽换单据、涂改记录等手段进行舞弊的行为。当然，出纳人员并不是完全不能记账，只要所记的不是收入、费用、债权、债务方面的账目，是可以承担一部分记账工作的。

钱账分管原则是指凡是涉及款项和财物收付、结算及登记的任何一项工作，必须由两人或两人以上分工办理，以起到相互制约的作用。例如，现金和银行存款的支付，应由会计主管人员或其授权的代理人审核、批准，出纳人员付款，记账人员记账；发放工资，应由工资核算人员编制工资单，出纳人员向银行提取现金和分发工资，记账人员记账。实行钱账分管，主要是为了加强会计人员之间的相互制约、相互监督、相互核对，提高会计核算质量，防止工作误差和徇私舞弊行为等。

第四节　出纳工作的范围及内容

内容释义

出纳工作就是根据财政部门发布的《现金管理制度》和《银行结算制度》的有关规定，办理现金、银行存款以及各种票据、有价证券的收入、付出、保管等业务。其工作范围包括现金、各种票据和有价证券的保管，办理银行存款的收支结算手续，以及进行出纳账务处理。

出纳人员负责现金日记账、银行存款日记账和有关有价证券方面的一些明细分类账簿，另外可以兼管一些与出纳业务没有直接联系的固定资产账、低值易耗品账等。但是，出纳人员不得兼管稽核工作、会计档案保管工作以及收入、支出、费用、债权债务账目的登记工作。对于规模较小的企业，根据钱账分设的原则，最少应设一名会计人员和一名出纳人员，以便内部相互控制、监督，确保企业财务工作的安全与完整。

业务要点

出纳工作的对象是所在企业货币形态资金的流动过程，即记录、反映和监督所在企业货币资金的收入和支出、银行存款的存入和提取。

1. 货币资金的收入和支出

企业的生产经营过程如果按照流程来划分，可分为采购、生产、销售三个阶段。经营资金注入企业以后，随着生产经营期间采购、生产、销售过程的不断进行，其形态也会不断改变。同样，企业的货币资金要经过资金循环，即以货币资金为起点，依次经过采购过程、生产过程、销售过程，分别转化为储备资金、生产资金、产品资金、结算资金等各种不同形态，最后又回到货币资金形态。从出纳的角度来看，不管企业的性质如何，货币资金的收支都包括财务收支与业务收支两个方面。

2. 货币资金的存入和提取

《现金管理暂行条例》规定，企事业单位、国家机关、社会团体、部队、集体经济等企业对各项收入的现金，超过库存限额的部分或者超过坐支额度的部分，应立即于当日存入开户银行。现金存入银行，就表现为企业现金的减少、银行存款的增加。这样做是为了加强货币资金的管理，保证货币资金的安全与完整。

企业在进行发放工资、薪金、补贴、津贴，支付差旅费以及未达到银行结算起点的零星支出等需要支付现金的业务时，可以从本企业库存现金限额中支付或从银行提取，不得从本企业的现金收入中直接支付（坐支额度以内部分除外）。

出纳的日常工作主要包括货币资金核算、往来结算和工资核算三个部分，具体如表1-1所示。

表1-1 出纳的日常工作

货币资金核算	办理现金收付，审核、审批有据	出纳人员要严格按照国家有关现金管理制度的规定，根据稽核人员审核签章的收付款凭证进行复核，办理款项收付。对于重大的开支项目，必须在经过会计主管人员、总会计师或单位领导审核签章后，方可办理。收付款后，要在收付款凭证上签章，并加盖"收讫"、"付讫"戳记
	办理银行结算，规范使用支票，严格控制签发空白支票	如因特殊情况确需签发不填写金额的转账支票时，必须在支票上写明收款单位名称、款项用途、签发日期、规定限额和报销期限，并由领用支票人在专设登记簿上签章。逾期未用的空白支票应交给签发人。对于填写错误的支票，必须加盖"作废"戳记，与存根一并保存。支票遗失时，要立即向银行办理挂失手续。不准将银行账户出租、出借给任何单位或个人办理结算
	认真登记日记账，保证日清月结	根据已经办理完毕的收付款凭证，按顺序逐笔登记现金和银行存款日记账，并结出余额。现金的账面余额要及时与银行对账单核对。月末要编制银行存款余额调节表，使账面余额与对账单上的余额调节相符。对于未达账款，要及时查询，要随时掌握银行存款余额
	保管库存现金和有价证券	对于现金和各种有价证券，要确保其安全和完整无缺。库存现金不得超过银行核定的限额，超过部分要及时存入银行。不得以"白条"抵充现金，更不得任意挪用现金。如果发现库存现金有短缺或盈余，应查明原因，视情况分别处理，不得私下取走或补足。如有短缺，要负赔偿责任。要保守保险柜密码，保管好钥匙，不得随意转交他人
货币资金核算	保管有关印章，登记注销支票	出纳人员所管的印章必须妥善保管，严格按照规定用途使用，但是，签发支票的各种印章不得全部交由出纳一人保管。对于空白收据和空白支票必须严格管理，专设登记簿登记，认真办理领用注销手续
	复核收入凭证，办理销售结算	认真审查销售业务的有关凭证，严格按照销售合同和银行结算制度及时办理销售款项的结算，催收销售货款。因发生销售纠纷而导致货款被拒付时，要通知有关部门及时处理

（续表）

往来结算	办理往来结算，建立清算制度	现金结算业务的内容主要包括企业与内部核算单位和职工之间的款项结算，企业与外部单位办理转账手续和个人之间的款项结算，低于结算起点的小额款项结算，以及根据规定可以用于其他方面的结算。对于购销业务以外的各种应收、暂付款项，要及时催收结算；对于应付、暂收款项，要抓紧清偿。对确实无法收回的应收账款和无法支付的应付账款，应查明原因，按照规定报经领导批准后处理。实行备用金制度的企业，要核定备用金定额，及时办理领用和报销手续，加强管理。对预借的差旅费，要督促及时办理报销手续，收回余额，不得拖欠，不准挪用。建立其他往来款项清算手续制度。对购销业务以外的暂收、暂付、应收、应付、备用金等债权债务及往来款项，要建立清算手续制度，加强管理，及时清算
	核算其他往来款项，防止坏账损失	对购销业务以外的各项往来款项，要按照单位和个人分户设置明细账，根据审核后的记账凭证逐笔登记，并经常核对余额。年终要抄列清单，并向领导或有关部门报告
工资核算	执行工资计划，监督工资使用	根据批准的工资计划，会同劳动人事部门，严格按照规定掌握工资和奖金的支付，分析工资计划的执行情况。对于违反工资政策，滥发津贴、奖金的，要予以制止或向领导和有关部门报告
	审核工资单据，发放工资奖金	根据实有职工人数、工资等级和工资标准，审核工资奖金计算表，办理代扣款项（包括个人所得税、住房基金、劳保基金、失业保险金等），计算实发工资。按照车间和部门归类，编制工资、奖金汇总表，填制记账凭证，经审核后，会同有关人员提取现金，组织发放。发放的工资和奖金，必须由领款人签名或盖章。发放完毕后，要及时将工资和奖金计算表附在记账凭证后或单独装订成册，并注明记账凭证编号，妥善保管
	负责工资核算，提供工资数据	按照工资总额的组成和支付工资的来源，进行明细核算；根据管理部门的要求，编制有关工资总额报表

第五节 出纳人员的职责及权限

内容释义

出纳是会计工作的重要环节，涉及现金收付、银行结算等活动，而这些又直接关系到员工个人、单位乃至国家的经济利益，一旦出现差错，就有可能造成无法挽回的损失。因此，明确出纳人员的职责和权限，是做好出纳工作的基本条件。

业务要点

根据《会计法》、《会计基础工作规范》等会计法规的规定，出纳人员具有以下职责。

（1）出纳人员要按照国家有关现金管理和银行结算制度的规定，办理现金收付和银行结算业务，具体内容有以下几点。

①出纳人员应严格遵守现金收支范围的规定，非现金结算的范围不得用现金收付。

②遵守库存现金限额，对超限额的现金应当按规定及时送存银行。

③现金管理要做到日清月结，每日下班前应核对账面余额与库存现金余额，发现问题须及时查对。

④银行存款日记账与银行对账单要及时核对，如有不符，应立即通知银行调整。

（2）出纳人员要根据会计制度的规定，在办理现金和银行存款收付业务时，须严格审核有关原始凭证，再据以编制收付款凭证，然后根据编制的收付款凭证，按顺序逐笔登记现金日记账和银行存款日记账，并结出余额。

（3）按照国家外汇管理和结汇、购汇制度的相关规定办理外汇出纳业务。外汇出纳业务是一项政策性很强的工作，随着我国改革开放的深入发展、国际间经济交往的日益频繁，外汇出纳也越来越重要。出纳人员应熟悉国家外汇管理制度，及时办理结汇、购汇、付汇，避免国家外汇流失。

（4）掌握银行存款余额，不准签发空头支票，不准出租、出借银行账户为其他企业办理结算。这是出纳人员必须遵守的一条纪律，也是防止经济犯罪、维护经济秩序的重要保障。出纳人员应严格支票和银行账户的使用和管理，堵塞结算漏洞。

（5）保证库存现金和各种有价证券（如国库券、债券、股票等）的安全与完整。建立适合本企业情况的现金和有价证券保管责任制，如发生短缺，对于属于出纳人员责任的，出纳人员要进行赔偿。

（6）出纳要妥善保管好有关印章、空白收据和空白支票。企业的印章、空白票据在企业的财务管理工作中非常重要，在实际工作中，因丢失印章和空白票据给企业带来经济损失的不乏其例，因此，担负保管责任的出纳人员必须有安全保管意识，并给予高度重视。通常情况下，企业财务公章和出纳人员名章要实行分管，出纳人员对交由其保管的出纳印章要严格按照规定用途使用，对各种票据要办理领用和注销手续。

应用实务

根据《会计法》、《会计基础工作规范》等会计法规的相关规定，出纳人员的权限如表1-2所示。

表1-2　出纳人员的权限

权限	具体说明
维护财经纪律，执行财会制度，抵制不合法收支和弄虚作假的行为	《会计法》是我国会计工作的根本大法，是会计人员必须遵守的法律规范，《会计法》对会计人员如何维护财经纪律作出了具体规定，为出纳人员进行会计监督、维护财经纪律提供了法律保障。出纳人员应认真学习、领会、贯彻这些法律法规，充分发挥出纳工作的"关卡"、"前哨"作用，为维护财经纪律、抵制不正之风做出贡献
参与货币资金计划定额管理	现金管理制度和银行结算制度是出纳人员开展工作时必须遵照执行的法规。这些法规赋予了出纳人员对货币资金管理的职权，例如，为加强现金管理，要求各企业的库存现金必须限制在一定的额度内，超出限额部分要按规定送存银行，这就为银行部门利用社会资金进行有计划放款提供了资金基础。因此，出纳工作并不是简单地收付货币资金、点点钞票，其工作的意义只有和许多其他方面的工作联系起来才能体现出来
管好、用好货币资金	出纳工作每天和货币资金打交道，企业的一切货币资金往来都与出纳工作紧密相联。对于企业货币资金的来龙去脉以及周转速度的快慢，出纳人员都要一清二楚，并提出合理安排利用资金的意见和建议，及时提供货币资金使用情况与周转信息。出纳人员应抛弃被动工作观念，树立主动参与意识，把出纳工作放到整个会计工作、经济管理工作的大范围中，这样，既能增强出纳人员自身的职业光荣感，又能为出纳工作开辟新的领域

第二章

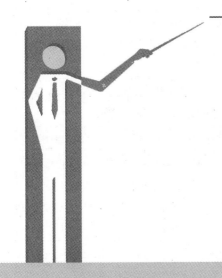

专业知识人人懂
——会计基础知识

第一节　会计信息质量要求

内容释义

《企业会计准则——基本准则》中，将会计核算的"一般原则"改为"会计信息质量要求"，共规定了八项原则，即可靠性原则、相关性原则、可理解性原则、可比性原则、实质重于形式原则、重要性原则、谨慎性原则和及时性原则。

业务要点

上述八项原则是会计核算必须遵循的，对保证会计信息质量起着重要的作用，具体如表2-1所示。

表2-1　会计信息质量要求

八项原则	解释
可靠性原则	企业应当以实际发生的交易或者事项为依据进行会计确认、计量和报告，如实反映符合确认和计量要求的各项会计要素及其他相关信息，保证会计信息真实可靠、内容完整
相关性原则	企业提供的会计信息应当与财务会计报告使用者的经济决策需要相关，有助于财务会计报告使用者对企业过去、现在、未来的情况作出评价或预测
可理解性原则	企业提供的会计信息应当清晰、明了，便于财务会计报告使用者理解和使用
可比性原则	企业提供的会计信息应当具有可比性，对于同一企业不同时期发生的相同或者相似的交易或者事项，应当采用一致的会计政策，不得随意变更；确需变更的，应当在附注中说明。对于不同企业发生的相同或者相似的交易或者事项，应当采用规定的会计政策，确保会计信息口径一致、相互可比
实质重于形式原则	企业应当按照交易或者事项的经济实质进行会计确认、计量和报告，不应仅以交易或者事项的法律形式为依据
重要性原则	企业提供的会计信息应当反映与企业财务状况、经营成果和现金流量等有关的重要交易或事项
谨慎性原则	企业对交易或事项进行会计确认、计量和报告应当保持应有的谨慎，不应高估资产或收益，低估负债或费用
及时性原则	企业对于已经发生的交易或事项，应当及时进行会计确认、计量和报告，不得提前或者延后

1. 可靠性原则

可靠性原则是对会计工作的基本要求。会计工作提供信息的目的是为了满足会计信息使用者的决策需要，因此，提供会计信息应该做到内容真实、数字准确、资料可靠。在会计核算中坚持可靠性原则，就是要在会计核算时客观地反映企业的财务状况、经营成果和现金流量，保证会计信息的真实性。开展会计工作时，应当正确运用会计原则和方法，准确反映企业的实际情况；所提供的会计信息应当能够经受验证，核实其真实性。

如果企业的会计核算工作不是以实际发生的交易或事项为依据，没有如实地反映企业的财务状况、经营成果和现金流量，那么会计工作就失去了存在的意义，甚至会误导会计信息使用者，导致决策的失误。

2. 相关性原则

会计的主要目标就是向有关各方提供对其决策有用的信息。如果所提供的信息对会计信息使用者的决策没有什么作用，不能满足会计信息使用者的需要，就不具有相关性。

信息的价值在于其与决策相关，有助于决策。相关的会计信息能够帮助会计信息使用者评价过去的决策，证实或修正某些预测，从而具有反馈价值；相关的会计信息还能够帮助会计信息使用者做出预测、作出决策，从而具有预测价值。在会计核算工作中坚持相关性原则，就是要求相关人员在收集、加工、处理和提供会计信息的过程中，充分考虑会计信息使用者的信息需求。特定用途的会计信息，不一定都能通过财务会计报告中的形式来提供，也可以采用其他形式加以提供。

3. 可理解性原则

根据可理解性原则的要求，会计记录应当清晰，账户对应关系应当明确，文字摘要应当清楚，数字金额应当准确，以便会计信息使用者能准确、完整地把握信息的内容，更好地加以利用。

在会计核算工作中，应坚持可理解性原则，会计记录应当准确、清晰；在填制会计凭证、登记会计账簿时，必须做到依据合法、账户对应关系清楚、文字摘要完整；在编制会计报表时，保证项目勾稽关系清楚、项目完整、数字准确。如果企业的会计核算和编制的财务会计报告不能做到清晰明了、便于理解和使用，则不符合可理解性原则的要求，也就不能满足会计信息使用者的决策需求。

4. 可比性原则

可比性原则要求企业的会计核算应当按照国家统一的会计制度的规定进行，使所有企业的会计核算都建立在相互可比的基础上。只要是相同的交易或事项，就应当采用相同的会计处理方法。会计处理方法的统一是保证会计信息相互可比的基础。不同的企业可能处于不同行业、不同地区，经济业务发生于不同时点，为了保证会计信息能够满足决策需要，便于比较不同企业的财务状况、经营成果和现金流量，企业应当遵循可比性原则的要求。

5. 实质重于形式原则

在某些情况下，经济业务的实质可能与其法律形式脱节，为此，会计人员应当根据经济业务的实质来选择会计政策，而不能拘泥于其法律形式。

在实际工作中，交易或事项的外在法律形式或人为形式并不总能完全反映其实质内容。要想使会计信息反映其所拟反映的交易或事项，就必须以交易或事项的实质和经济现实为基础，而不能仅仅根据它们的法律形式进行核算和反映。例如，以融资租赁方式租入的资产，虽然从法律形式上看，承租企业并不拥有其所有权，但是由于租赁合同中规定的租赁期相当长，接近于该资产的使用寿命，租赁期结束时，承租企业有优先购买该资产的选择权；在租赁期内，承租企业有权支配资产并从中受益。因此，从其经济实质来看，企业能够控制其创造的未来经济利益，所以在会计核算上将以融资租赁方式租入的资产视为承租企业的资产。

6. 重要性原则

对于重要的交易或事项，应当单独、详细地反映；对于不具重要性、不会导致投资者等有关各方决策失误或误解的交易或事项，可以合并、粗略地反映，以节省提供会计信息的成本。

对于资产、负债、损益等有较大影响并能进而影响财务会计报告使用者据以做出合理判断的重要会计事项，必须按照规定的会计方法和程序进行处理，并在财务会计报告中予以充分、准确的披露；对于次要的会计事项，在不影响会计信息真实性和不至于误导财务会计报告使用者做出正确判断的前提下，可以适当作简化处理。

重要性原则与会计信息成本效益直接相关，坚持重要性原则，就能够使提供会计信息的收益大于成本。对于那些不重要的项目，如果也采用严格的会计程序，分别核算、分项反映，就会导致会计信息的成本大于收益。

在评价某些项目的重要性时，其结论在很大程度上取决于会计人员的职业判断。一般来说，应当从质和量两个方面进行综合分析。从性质方面来说，当某一项事项有可能对决策产生一定影响时，就属于重要性项目；从数量方面来说，当某一项目的数量达到一定规模时，就可能对决策产生影响，也属于重要项目。

7. 谨慎性原则

在资产计价及损益确定时，如果有两种或两种以上的方法或金额可供选择，则应当选择能使本期净资产和利润较低的方法或金额。需要注意的是，谨慎性原则并不意味着企业可以任意设置各种"秘密准备"，否则就属于滥用谨慎性原则，将被视为重大会计差错，需要进行相应的会计处理。

企业的经营活动充满着风险和不确定性，当企业在面临不确定因素的情况下需做出职业判断时，应当保持必要的谨慎，充分估计到各种风险和损失，既不高估资产或收益，也不低估负债或费用。例如，企业应当定期或者至少在每年年度终了时，对可能发生的各项资产损失计提减值准备等，就充分体现了谨慎性原则对会计信息的修正。

8. 及时性原则

会计信息的价值在于帮助会计信息使用者作出经营决策。会计信息具有时效性，即使是客观、可比、相关的会计信息，如果不及时提供，对于会计信息使用者也没有任何意义，甚至还可能会误导会计信息使用者。如果企业的会计核算不能及时进行，会计信息不能及时提供，就无助于经营决策，就不符合及时性原则的要求。在会计核算过程中，要坚持及时性原则，主要包括以下几点。

（1）及时收集会计信息，即在经济业务发生后，及时收集、整理各种原始单据。

（2）及时处理会计信息，即在国家统一的会计制度规定的时限内，及时编制出财务会计报告。

（3）及时传递会计信息，即在国家统一的会计制度规定的时限内，及时将编制出的财务会计报告传递给财务会计报告使用者。

第二节 会计要素

内容释义

所谓会计要素，就是会计所要核算的内容，即构成企业经济活动的必要因素。会计的要素共有六个：资产、负债、所有者权益、收入、费用、利润。其中，资产、负债、所有者权益是反映财务状况的会计要素，在资产负债表中体现；收入、费用、利润是反映经营成果的会计要素，在利润表中体现。

业务要点

会计六要素的说明如表2-2所示。

表2-2　会计六要素说明

分类	名称	要素说明
反映企业财务状况	资产	指由企业过去的交易或事项形成的、为企业拥有或控制的、预期会给企业带来经济利益的资源
	负债	指由企业过去的交易或事项形成的、预期会导致经济利益流出企业的现时义务
	所有者权益	指企业资产扣除负债后，由所有者享有的剩余权益。企业的所有者权益又称为股东权益
反映企业经营成果	收入	指企业在日常活动中形成的、会导致所有者权益增加且与所有者投入资本无关的经济利益的总流入
	费用	指企业在日常活动中发生的、会导致所有者权益减少且与向所有者分配利润无关的经济利益的总流出
	利润	企业在一定会计期间的经营成果。利润包括收入减去费用后的净额、直接计入当期利润的利得和损失等

应用实务

1. 资产

企业要从事生产经营活动，就必须具备一定的物质资源，或者说物质条件。在市场经济条件下，这些必要的物质条件表现为货币资金、厂房场地、机器设备、原材料等，它们是企业从事生产经营活动的物质基础。除以上提到的货币资金及具有物质形态的资产以外，资产还包括那些虽不具备物质形态，但有助于生产经营活动的专利权、专有技术、商标权等无形资产，以及对其他单位的投资和债权。

（1）资产的特征

资产的特征如表2-3所示。

表2-3 资产的特征

特征	说明
必须是由企业过去的交易或事项所形成的资源	预期将在未来发生的交易或事项可能产生的结果，不属于企业现实的资产，不得作为资产确认
必须为企业所拥有或控制	租用别人的东西，不能算作自己的资产，而租给别人的东西，虽然不在自己手里，但仍算作自己的资产。另外，对于融资租入的固定资产，企业虽不拥有所有权，但可以在相当长的时间内使用、支配该项资产，并从中获益，所以应将其算作企业的资产
必须能够用货币进行计量	货币计量是会计核算的前提，只有可以用货币计量的经济资源，才在会计实务中有意义
必须预期能给企业带来经济利益	企业可以用货币资金购买所需要的机器设备、原材料或用于利润分配，而机器设备、原材料等可以用于生产经营过程，制造出产成品，企业再通过销售商品或提供劳务收回货款，货款即为企业所获得的经济利益

（2）资产的分类

按照流动性的不同，资产可以分为流动资产和非流动资产（长期资产），如表2-4所示。

表2-4 资产的分类

分类	概念	包括事项	具体说明
流动资产	指可以在一年或者超过一年的一个营业周期内变现或者耗用的资产	现金及各种存款	库存现金、各种银行存款
		短期投资	指能够随时变现并且持有时间不准备超过一年（含一年）的投资，包括股票、债券、基金等
		应收及预付款项	包括应收票据、应收账款、其他应收款、预付账款等

（续表）

分类	概念	包括事项	具体说明
流动资产	指可以在一年或者超过一年的一个营业周期内变现或者耗用的资产	存货	指企业在生产经营过程中，为销售或者耗用而储存的各种资产。制造企业的存货包括原材料、燃料、辅助材料、包装物、低值易耗品、停留在生产过程中的在产品及生产完工的产成品等。商品流通企业的存货主要包括各种商品和非商品材料物资
		待摊费用	指企业已经支出、但应当由本期和以后各期分别负担的、分摊期限在一年以内（含一年）的各项费用，如低值易耗品摊销、预付保险费等
非流动资产（长期资产）	指变现周期在一年以上的各种资产	长期投资	指投资期在一年以上的各种投资，包括长期股权投资、长期债权投资和其他长期投资
		固定资产	指使用期限超过一年的房屋建筑物、机器、机械、运输工具以及其他与生产经营有关的设备、器具、工具等。对于不属于生产经营主要设备的物品，但其单位价值在 2 000 元以上、使用期限超过两年的，也应当作为固定资产
		无形资产	指企业为生产商品或提供劳务、出租给他人，或为管理目的而持有的、没有实物形态的非货币性长期资产。无形资产包括专利权、非专利技术、商标权、著作权、土地使用权等
		其他资产	指除上述资产以外的资产，包括不应全部计入当年损益而应在以后年度分期摊销的开办费和长期待摊费用等。长期待摊费用是指企业已经支出、但摊销期限在一年以上（不含一年）的各项费用，包括固定资产大修理支出、租入固定资产改良支出等

应当注意的一点是，有些企业的经营活动比较特殊，其经营周期可能长于一年，如造船、大型机械制造等，这些企业从购买原材料到销售商品直到收回货款，周期比较长，往往超过一年。在这种情况下，就不能把一年内变现作为划分流动资产的标志，而是应当将经营周期作为划分流动资产的标志。

2. 负债

负债是企业承担的、能以货币计量、需要以后用资产或劳务偿付的债务。负债是由于过去的交易或事项形成的企业的现时义务，履行该义务预期会导致经济利益流出企业。

（1）负债的特征

负债的特征如表2-5所示。

表2-5 负债的特征

特征	说明
负债是由过去的交易或事项形成的	负债是由企业过去的交易或事项所形成的结果。过去的交易或事项包括购买商品、使用劳务、接受贷款等。预期在未来发生的交易或事项不形成负债
负债的清偿会导致经济利益流出企业	负债的偿还方式是多种多样的，如用现金或实物资产偿还、提供劳务偿还或将负债转为所有者权益。无论采取哪种方式，清偿债务都会导致经济利益流出企业，如以货币资金偿还应付账款，会使负债减少，同时也使资产减少
负债到期必须偿还	负债要由企业在未来某个时日加以清偿。负债一般不能无条件取消，除非在债权人到期得到足额清偿或者债权人主动放弃其权益后，这种经济责任才能解除

（2）负债的分类

负债按其流动性分为流动负债和长期负债，如表2-6所示。

表2-6　负债的分类

分类	概念	包括事项
流动负债	指预计在一年内或超过一年的一个营业周期内到期应清偿的债务	短期借款
		应付票据
		应付账款
		预收账款
		应付职工薪酬
		应交税费等
长期负债	指偿还期为一年或一个营业周期以上的债务	长期借款
		应付债券
		长期应付款等

3. 所有者权益

所有者权益是指企业资产扣除负债后由所有者享有的剩余权益，是企业全部资产减去全部负债后的余额。通俗地说，所有者权益就是企业全部资产中属于投资人所有的那部分，又称为净资产。

（1）所有者权益的特征

所有者权益不同于负债，其特征如表2-7所示。

表2-7　所有者权益的特征

特征	说明
表明企业归谁所有	所有者权益表明企业归谁所有，除非发生减资、清算，否则不用偿还；而负债表明企业"欠谁的钱"，是需要偿还的
不需要付利息但可参加分红	所有者权益不需要付利息但可以参加分红，负债则需要付利息但不可以参加分红
拥有优先清偿权	在企业破产清算时，债权人拥有优先清偿权，而投资人只能享有清偿所有负债后的剩余财产

（2）所有者权益的分类

所有者权益在性质上体现为所有者对企业资产的剩余利益，在数量上体现为资产减去负债后的余额，包括实收资本、资本公积、盈余公积、未分配利润四个项目，具体如表2-8所示。

表2-8 所有者权益的分类

分类	说明
实收资本	指投资人投入企业的各种资产的价值，在一般情况下无须偿还，可以长期周转使用
资本公积	指由投资者投入但不能构成实收资本，或从其他来源取得、由所有投资者共同享有的资金，资本公积可以用于转增资本
盈余公积	指企业按照规定从净利润中提取的各种积累资金，主要用于发展生产和企业职工福利设施的支出
未分配利润	指企业留待以后年度进行分配的结存利润

应当注意的一点是，盈余公积和未分配利润都是从企业逐年所获得的净利润中形成的企业内部尚未使用或尚未分配的利润，统称为留存收益。

4. 收入

收入是指企业在日常活动中形成的、会导致所有者权益增加的、与所有者投入资本无关的经济利益的总流入。通常情况下，收入有三种来源，即对外销售商品、提供劳务和让渡资产的使用权。

（1）收入的特征

收入要能用货币计量且有据可查，必须与相关费用匹配。收入会导致企业的资产增加，扣除相关费用后的净额可以导致所有者权益增加，因此，收入是企业经营成果的重要组成部分，是反映企业经济效益好坏的一项基本指标，具体如表2-9所示。

表2-9 收入的特征

收入的特征	具体说明
收入是在企业在销售商品活动中产生的，而不是从偶发的交易或事项中产生的	日常活动是指企业为完成经营目标所从事的经营性的活动以及与之相关的活动，如工业企业制造并销售的产品、商业企业销售商品等。收入不包括为第三方或客户代收的款项
收入会导致经济利益的流入，但这种经济利益的流入不包括由于所有者投入资本的增加而引起的经济利益流入	收入的取得可能表现为企业资产的增加，如增加银行存款、应收账款等；也可能表现为企业负债的减少，如以商品或劳务抵偿债务；两者兼而有之，如销售商品时部分收取现金，部分抵偿债务

（续表）

收入的特征	具体说明
收入最终导致所有者权益的增加	由收入引起的经济利益流入，可以导致企业资产增加或者负债减少，因而最终会导致所有者权益的增加

（2）收入的分类

收入按其重要程度分为主营业务收入和其他业务收入，如表2-10所示。

表2-10　收入的分类

分类	概念	具体内容
主营业务收入	指企业在其主要的经营活动中所获得的收入，主要经营活动可根据企业营业执照上规定的主要业务范围来确定	商业企业：销售商品的收入
		工业企业：销售产品的收入
		服务业：劳务收入
其他业务收入	指主营业务以外的其他日常活动所取得的收入	如原材料销售、包装物出租等

5. 费用

费用是指企业在日常活动中发生的、会导致所有者权益减少的、与向所有者分配利润无关的经济利益的总流出。费用与收入相配比，即为企业经营活动中所取得的盈利，若费用增加而收入不变，则所有者权益就会减少。

（1）费用的特征

费用的特征如表2-11所示。

表2-11　费用的特征

特征	具体说明
费用是企业在日常活动中形成的，与收入定义中所涉及的"日常活动"的界定相一致	日常活动所产生的费用通常包括销售成本（营业成本）、职工薪酬、折旧费、无形资产摊销等。之所以将费用界定为日常活动所形成的，其目的是为了与损失相区分，企业非日常活动所形成的经济利益的流出不能确认为费用，而应当计入损失

（续表）

特征	具体说明
会导致企业经济利益的流出，不包括向所有者分配的利润	费用所导致的经济利益流出，通常表现为资产的减少或者负债的增加，从而导致资产减少。例如，现金或者现金等价物的流出，存货、固定资产和无形资产等的流出或消耗等。虽然企业向所有者分配利润也会导致经济利益的流出，但该经济利益的流出属于所有者权益的抵减项目，不应确认为费用，应当将其排除在费用的定义之外
最终导致所有者权益的减少	不会导致所有者权益减少的经济利益的流出不符合费用的定义，不应确认为费用。例如，用现金偿付所欠债务，尽管其导致了企业经济利益的流出，但结果是企业负债的减少，而不是所有者权益减少，所以不能确认为费用

（2）费用的分类

按照与收入的关系，费用分为营业（生产）成本和期间费用两部分，具体如表2-12所示。

表2-12　费用的分类

分类	说明	包括内容
营业（生产）成本	指所销售商品的成本或者所提供劳务的成本	主营业务成本
		其他业务成本
期间费用	包括企业行政管理部门为组织和管理生产经营活动所发生的管理费用、为筹集资金等所发生的财务费用、为销售商品和提供劳务所发生的销售费用	管理费用指企业行政管理部门为组织和管理生产经营活动而发生的各种费用
		销售费用指企业在销售商品、提供劳务等日常活动中发生的除营业成本以外的各项费用以及专设销售机构的各项经费
		财务费用指企业筹集生产经营所需资金而发生的费用

6. 利润

利润是指企业在一定会计期间的经营成果。利润是收入减去费用后的净额，直接计入当期利润的利得或损失等。企业利润集中反映生产经营活动各方面的业绩，表明企业经营盈亏的情况，是企业最终的财务成果，也是衡量企业生产经营管理的重要综合指标。

（1）利润的确认

利润反映的是收入减去费用、利得减去损失后的净额。利润的确认主要依赖于收入和费用以及利得和损失的确认，其金额的确定主要取决于收入和费用、直接计入当期利润的利得和损失金额的计量。

（2）利润的分类

利润主要包括营业利润、投资净收益和营业外收支净额。

①营业利润，指主营业务收入减去主营业务成本和营业税金及附加，加上企业业务利润，减去销售费用、管理费用和财务费用后的金额。

②投资净收益，指企业对外投资所取得的收益减去发生的投资损失后的余额。

③营业外收支净额，指企业发生的、与其生产经营活动无直接关系的各种营业外收入减去营业外支出后的净额。

第三节　会计假设

内容释义

明确会计核算的基本前提主要是为了在会计实务中出现一些不确定因素时，能进行正常的会计业务处理，并对会计领域里存在的某些尚未确知并无法正面论证和证实的事项作出符合客观情理的推断和假设。会计假设是企业会计确认、计量和报告的前提，是对会计核算所处的时间、空间、环境作出的合理设定。

业务要点

会计假设包括会计主体、持续经营、会计分期和货币计量，具体内容如表2-13所示。

表2-13 会计假设

会计假设	具体说明
会计主体	指会计核算服务的对象或者说是会计人员进行核算采取的立场及空间活动范围界定
持续经营	指在可以预见的将来，企业将会按当前的规模和状态继续经营下去，不会停业，也不会大规模地削减业务
会计分期	指将一个企业持续经营的生产经营活动划分成连续、长短相同的期间，又称会计期间
货币计量	指会计主体在财务会计确认、计量和报告时以货币计量，反映企业的生产经营活动

应用实务

1. 会计主体

组织核算工作时，首先应明确"为谁核算"的问题，这是因为会计的各种要素（如资产、负债、收入、费用等）都是特定的经济实体，都是与会计主体相联系的，一切核算工作都是站在特定会计主体的立场上进行的。如果主体不明确，那么资产和负债就难以界定，收入和费用便无法衡量，以划清经济责任为准绳而建立的各种会计核算方法的应用更无从谈起。因此，在会计核算中，必须将该主体所有者的财务活动、其他经济实体的财务活动与该主体自身的财务活动严格区分开，会计核算的对象只是该主体自身的财务活动。

应当注意的是，会计主体与经济上的法人不是一个概念。作为法人，其经济上必然是独立的，因而法人一般应该是会计主体，但是构成会计主体的并不一定都是法人。例如，从法律上看，独资及合伙企业所有的财产和债务，在法律上应视为所有者个人财产延伸的一部分，独资及合伙企业在业务上的种种行为仍视为个人行为，企业的利益与行为和个人的利益与行为是一致的，因此，独资与合伙企业都不具备法人资格。但是，独资与合伙企业都是经济实体、会计主体，在会计处理上都要把企业的财务活动与所有者个人的财务活动区分开。此外，企业在经营中得到的收入不应计为其所有者的收入，发生的支出和损失也不应计为其所有者的支出和损失，只有按照规定的账务处理程序转到所有者名下后，才能算作收益或损失。

2. 持续经营

企业是否持续经营对于会计政策的选择影响很大，只有设定企业是持续经营的，才能进行下一步的会计处理。例如，采用历史成本计价的前提是假定企业在正常的情况下运用它所拥有的各种经济资源和依照原来的偿还条件偿付其所负担的各种债务，否则，就不能继续采用历史成本计价，只能采用可变现净值法进行计价。由于持续经营是根据企业发展的一般情况所做的设定，而企业在生产经营过程中缩减经营规模乃至停业的可能性总是存在的，为此，企业往往要定期对持续经营这一前提作出分析和判断。一旦判定企业不符合持续经营的前提，就应当改变会计核算的方法。

3. 会计分期

会计分期的目的是，将持续经营的生产活动划分为连续、相等的期间，据以结算盈亏，按期编制财务报告，从而及时地向各方面提供有关企业财务状况、经营成果和现金流量信息。从理论上来说，要最终确定一个企业的经营成果，只能等到若干年后该企业歇业时核算一次盈亏。但是，经营活动和财务经营决策要求及时得到有关信息，不能等到歇业时一次性地核算盈亏。因此，就要将持续不断的经营活动划分成一个个相等的期间，分期核算和反映。会计分期对会计原则和会计政策的选择有着重要影响，由于会计分期，产生了当期与其他期间的差别，从而出现权责发生制和收付实现制的区别，进而出现了应收、应付、递延、待摊这样的会计方法。

最常见的会计期间是一年，以一年确定的会计期间称为会计年度，按年度编制的财务会计报表也称为年报。在我国，会计年度自公历每年的 1 月 1 日起至 12 月 31 日止。为满足使用者对会计信息的需要，有的企业也会要求按短于一年的期间编制财务报告，如股份公司需要每半年提供一次中期报告等。

4. 货币计量

会计是对企业财务状况和经营成果全面、系统的反映，为此，需要货币这样一个统一的量度。在市场经济条件下，货币充当了一般等价物，企业的经济活动都最终体现为货币量，所以也要采用货币这个统一尺度进行会计核算。当然，统一采用货币尺度，也有不利之处，许多影响企业财务状况和经营成果的因素，并不是都能用货币来计量，比如企业经营战略、在消费者当中的信誉度、企业的地理位置、企业的技术开发能力等。为了弥补货币计量的局限性，企业有时也需要采用一些非货币指标作为会计报表的补充。

在我国，会计核算要求将人民币作为记账本位币，这是对货币计量这一会计前提的具体化。考虑到一些企业的经营活动更多地涉及外币，因此规定业务收支以人民币以外的货币为主的单位，可以选定其中一种货币作为记账本位币。当然，提供给境内使用者的财务会计报告，应当折算为人民币。

第四节 会计科目

内容释义

会计科目是指对会计要素的具体内容进行分类核算的科目。按所提供信息的详细程度及其统御关系的不同,会计科目可分为总分类科目和明细分类科目。前者是对会计要素的具体内容进行总括分类,提供总括信息的会计科目,如"应收账款"、"原材料"等科目;后者是对总分类科目作进一步分类,提供更详细、更具体的会计信息的科目,如"应收账款"科目,并按其债务人名称设置明细科目,反映应收账款的具体对象。

业务要点

通过设置会计科目,可以对会计要素的具体内容进行科学的分类,为会计信息使用者提供科学、详细的分类指标体系。在会计核算的各种方法中,设置会计科目占有重要的位置,它决定着账户的开设、报表结构的设计,是一种基本的会计核算方法。

1. 会计科目设置的目的

设置会计科目的目的有以下几点。

(1)会计科目是复式记账的基础。

(2)会计科目是编制记账凭证的依据。

(3)会计科目为成本核算及财产清查提供了前提条件。

(4)会计科目为编制会计报表提供了方便。

2. 会计科目设置原则

会计科目设置的原则有以下几点。

(1)所设置的会计科目应当符合国家统一的会计制度的规定。会计科目的设置应符合《会计法》的要求,要与国家统一的会计政策相协调。

(2)所设置的会计科目应为有关各方提供其所需要的会计信息服务。所设置的会计科目应符合单位的自身特点,满足单位实际需要,并结合会计对象的特点,全面反映会计对象的内容。既要满足对外报告的要求,又要符合内部经营管理的需要;既要适应经济业务发展的需要,又要保持相对稳定,做到统一性与灵活性相结合。

(3)会计科目应简明、适用。会计作为一门独立的学科,其技术性较强,对会计科目的使用应尽量以简练的会计语言加以陈述。对会计科目使用说明应尽量做到简练,以保持会计的科学性和独立性。

（4）对会计科目要分类、编号。为了满足会计电算化的需要，除对会计科目进行统一编码外，还应在某些会计科目之间留有空号，以便根据需要在增设会计科目时使用。

应用实务

1. 会计科目的级次

按照所提供的会计指标的详细程度不同，会计科目分为总分类科目和明细分类科目。

（1）总分类科目

总分类科目也称"总账科目"、"一级科目"，是指对会计要素的具体内容进行总分类核算和监督，提供总括信息的会计科目，如"固定资产"、"应收账款"、"原材料"、"实收资本"、"应付账款"等。

（2）明细分类科目

明细分类科目也称"明细科目"或"细目"，是对总分类科目进一步分类的会计科目，以详细反映总分类科目所包含的具体经济内容。

在实务中，除少数总分类科目（如"累计折旧"科目等）不必设置明细分类科目外，大多数会计科目都要设置明细分类科目。例如，在"其他货币资金"总分类科目下设有"外埠存款"、"银行本票存款"、"银行汇票存款"、"信用卡存款"、"信用证保证金存款"、"存出投资款"等明细分类科目；在"应付账款"总分类科目下可以按具体单位分设明细分类科目，具体反映应付哪个单位的款项。

应当注意的一点是，总分类科目一般由财政部统一规定，明细分类科目除会计制度规定设置的以外，主要是根据各企业管理的需要和经济业务的类型而决定的。但是，企业自行设置的会计科目名称要力求简明、确切，每一科目原则上只反映一类经济内容，各科目之间应界限分明，以保证会计核算指标口径的一致。

如果某一总分类科目所统驭的明细分类科目较多，还可以增设二级科目（也称子目）。二级科目是介于总分类科目和明细分类科目之间的科目。例如，在"原材料"总分类科目下面，按材料的类别设置的"原料及主要材料"、"辅助材料"、"燃料"等科目就是二级科目。这样，会计科目就可以分为一级科目、二级科目、三级科目。

2. 会计科目的编号

为了便于进行会计账务处理、适应会计电算化的需要，对会计科目应编有固定的号码。会计科目的编号采用"四位数制"，千位数数码代表会计科目的类别，一般分为六个数码："1"为资产类，"2"为负债类，"3"为共同类，"4"为所有者权益类，"5"为成本类，"6"为损益类；百位数数码代表每大类会计科目下较为详细的类别，可根据实际需要取数；十位和个位上的数码一般代表会计科目的顺序号。为便于增减会计科目，在顺序号中一般都要留有间隔。

3. 会计科目表

从会计要素出发，按反映经济内容的不同，会计科目分为资产类、负债类、共同类、所有者损益类、成本类和损益类六个部分。具体如表2-14所示。

表2-14 会计科目表

序号	编号	会计科目名称	适用范围
		一、资产类	
1	1001	库存现金	
2	1002	银行存款	
3	1003	存放中央银行款项	
4	1011	存放同业	
5	1015	其他货币资金	
6	1021	结算备付金	证券专用
7	1031	存出保证金	金融共用
8	1051	拆出资金	金融共用
9	1101	交易性金融资产	
10	1111	买入返售金融资产	金融共用
11	1121	应收票据	
12	1122	应收账款	
13	1123	预付账款	
14	1131	应收股利	
15	1132	应收利息	
16	1211	应收保户储金	保险专用
17	1221	应收代位追偿款	保险专用
18	1222	应收分保账款	保险专用
19	1223	应收分保未到期责任准备金	保险专用
20	1224	应收分保保险责任准备金	保险专用
21	1231	其他应收款	
22	1241	坏账准备	
23	1251	贴现资产	银行专用

（续表）

序号	编号	会计科目名称	适用范围
24	1301	贷款	银行和保险共用
25	1302	贷款损失准备	银行和保险共用
26	1311	代理兑付证券	银行和保险共用
27	1321	代理业务资产	
28	1401	材料采购	
29	1402	在途物资	
30	1403	原材料	
31	1404	材料成本差异	
32	1406	库存商品	
33	1407	发出商品	
34	1410	商品进销差价	
35	1411	委托加工物资	
36	1412	包装物及低值易耗品	
37	1421	消耗性生物资产	农业专用
38	1431	周转材料	建造承包商专用
39	1441	贵金属	银行专用
40	1442	抵债资产	金融共用
41	1451	损余物资	保险专用
42	1461	存货跌价准备	
43	1511	独立账户资产	保险专用
44	1521	持有至到期投资	
45	1522	持有至到期投资减值准备	
46	1523	可供出售金融资产	
47	1524	长期股权投资	
48	1525	长期股权投资减值准备	
49	1526	投资性房地产	
50	1531	长期应收款	
51	1541	未实现金融收益	
52	1551	存出资本保证金	保险专用

（续表）

序号	编号	会计科目名称	适用范围
53	1601	固定资产	
54	1602	累计折旧	
55	1603	固定资产减值准备	
56	1604	在建工程	
57	1605	工程物资	
58	1606	固定资产清理	
59	1611	融资租赁资产	租赁专用
60	1612	未担保余值	租赁专用
61	1621	生产性生物资产	农业专用
62	1622	生产性生物资产累计折旧	农业专用
63	1623	公益性生物资产	农业专用
64	1631	油气资产	石油天然气开采专用
65	1632	累计折耗	石油天然气开采专用
66	1701	无形资产	
67	1702	累计摊销	
68	1703	无形资产减值准备	
69	1711	商誉	
70	1801	长期待摊费用	
71	1811	递延所得税资产	
72	1901	待处理财产损溢	
		二、负债类	
73	2001	短期借款	
74	2002	存入保证金	金融共用
75	2003	拆入资金	金融共用
76	2004	向中央银行借款	银行专用
77	2011	同业存放	银行专用
78	2012	吸收存款	银行专用
79	2021	贴现负债	银行专用
80	2101	交易性金融负债	

（续表）

序号	编号	会计科目名称	适用范围
81	2111	卖出回购金融资产款	金融共用
82	2201	应付票据	
83	2202	应付账款	
84	2205	预收账款	
85	2211	应付职工薪酬	
86	2221	应交税费	
87	2231	应付股利	
88	2232	应付利息	
89	2241	其他应付款	
90	2251	应付保户红利	保险专用
91	2261	应付分保账款	保险专用
92	2311	代理买卖证券款	证券专用
93	2312	代理承销证券款	证券和银行共用
94	2313	代理兑付证券款	证券和银行共用
95	2314	代理业务负债	
96	2401	预提费用	
97	2411	预计负债	
98	2501	递延收益	
99	2601	长期借款	
100	2602	长期债券	
101	2701	未到期责任准备金	保险专用
102	2702	保险责任准备金	保险专用
103	2711	保户储金	保险专用
104	2721	独立账户负债	保险专用
105	2801	长期应付款	
106	2802	未确认融资费用	
107	2811	专项应付款	
108	2901	递延所得税负债	

（续表）

序号	编号	会计科目名称	适用范围
		三、共同类	
109	3001	清算资金往来	银行专用
110	3002	外汇买卖	金融共用
111	3101	衍生工具	
112	3201	套期工具	
113	3202	被套期项目	
		四、所有者权益类	
114	4001	实收资本	
115	4002	资本公积	
116	4101	盈余公积	
117	4102	一般风险准备	金融共用
118	4103	本年利润	
119	4104	利润分配	
120	4201	库存股	
		五、成本类	
121	5001	生产成本	
122	5101	制造费用	
123	5201	劳务成本	
124	5301	研发支出	
125	5401	工程施工	建造承包商专用
126	5402	工程结算	建造承包商专用
127	5403	机械作业	建造承包商专用
		六、损益类	
128	6001	主营业务收入	
129	6011	利息收入	金融共用
130	6021	手续费收入	金融共用
131	6031	保费收入	保险专用
132	6032	分保费收入	保险专用
133	6041	租赁收入	租赁专用

（续表）

序号	编号	会计科目名称	适用范围
134	6051	其他业务收入	
135	6061	汇兑损益	金融专用
136	6101	公允价值变动损益	
137	6111	投资收益	
138	6201	摊回保险责任准备金	保险专用
139	6202	摊回赔付支出	保险专用
140	6203	摊回分保费用	保险专用
141	6301	营业外收入	
142	6401	主营业务成本	
143	6402	其他业务成本	
144	6405	营业税金及附加	
145	6411	利息支出	金融共用
146	6421	手续费支出	金融共用
147	6501	提取未到期责任准备金	保险专用
148	6502	提取保险责任准备金	保险专用
149	6511	赔付支出	保险专用
150	6521	保户红利支出	保险专用
151	6531	退保金	保险专用
152	6541	分出保费	保险专用
153	6542	分保费用	保险专用
154	6601	销售费用	
155	6602	管理费用	
156	6603	财务费用	
157	6604	勘探费用	
158	6701	资产减值损失	
159	6711	营业外支出	
160	6801	所得税费用	
161	6901	以前年度损益调整	

第五节 会计等式

内容释义

简单来说，会计恒等式就是指各会计要素之间的数量关系，又称为"会计平衡公式"或"会计方程式"。它是根据各会计要素或结算项目之间的内在经济联系，对各会计要素或结算项目之间的关系进行概括而成的一种数学表达式。会计等式揭示了会计要素之间的内在联系，是会计核算的理论基础。

业务要点

进行会计处理有一些基本的准则，会计恒等式就是其中之一。它有效地将资产、负债、所有者权益、收入、费用、利润联系在一起，会计报表编制就是以会计恒等式为基础的。因此在对财务知识系统了解之前，我们先看看会计恒等式包括哪些内容。

1. 静态的会计等式

企业开展经营活动，其资金来源一般有两个方面：投资人投入和借债。

自有资金和外来资金构成了企业经营的全部资金来源。这些资金和投入物（机器、设备）形成企业的资产：来源于债权人（如银行）的部分，形成负债；来源于投资者的资金部分，形成所有者权益。而这之间就存在一个基本的恒等式：

$$企业资金占用 = 企业资金来源$$
$$资产 = 负债 + 所有者权益 \qquad （等式一）$$

"等式一"反映了资产、负债、所有者权益之间的静态平衡关系，表现出企业在经营过程中的某一时点，其资产、负债、所有者权益之间的对等关系。这一静态等式也是编制"资产负债表"的基本依据。

2. 动态的会计等式

企业经营的目的是为了赚钱，"等式一"并不能反映企业在经营过程中是盈利还是亏损，而下面这个等式可以充分反映企业的盈利状况：

$$收入 - 费用 = 利润 \qquad （等式二）$$

利润 >0，表现为企业盈利；利润 <0，表现为企业亏损。

我们之所以将这一等式称为动态指标，是因为它可以从不同阶段企业利润的变化中分析企业的盈利状况。这一动态等式也是编制"利润表"的主要依据。

3. 动静结合的会计等式

从"等式一"中只能看出企业资金运动的静态情况，即某一个时点的状况；而"等式二"只能反映出企业资金运动的动态情况，即赚了多少钱，而无法反映企业的规模。另外，资产运用会取得收入，同时也产生了费用，而利润的增加一方面增加了所有者权益，另一方面也增加了企业资产或减少了企业的负债，企业的经营总是如此持续下去，这就产生了"等式三"：

$$资产 + 利润 = 负债 + 所有者权益 + （收入 - 费用）\qquad（等式三）$$

由于企业的利润最终要归入新的资产中去，同时减少负债或者增加所有者权益，所以"等式三"最终会转化为"等式一"。

应用实务

在生产经营过程中，企业会发生各种各样的经济活动，这些经济活动会引发各个会计要素之间的增减变化。在会计上，就将这些具体的经济活动称为"经济业务"或"会计事项"。

经济业务的发生虽然会引起会计要素之间的增减变化，但不会改变会计等式的恒等关系。为了更好地理解，下面我们分析一下不同的经济业务对会计等式的影响。

【例】某企业在 2010 年 2 月 1 日的资产、负债及所有者权益情况如下表所示。

资产	金额	负债及所有者权益	金额
现金	12 000	短期借款	120 000
银行存款	480 000	应付票据	240 000
应收账款	240 000	应付账款	600 000
原材料	240 000	实收资本	1 200 000
库存商品	360 000	资本公积	132 000
固定资产	960 000		
总计	2 292 000	总计	2 292 000

（1）企业用银行存款购买材料 240 000 元。

解析：这项经济业务的发生，使企业的材料项目增加了 240 000 元，同时使企业的银行存款项目减少了 240 000 元，企业资产总额保持不变，平衡关系没有被破坏。其所引起的变化结果如下表所示。

资产	金额	负债及所有者权益	金额
现金	12 000	短期借款	120 000
银行存款	240 000	应付票据	240 000
应收账款	240 000	应付账款	600 000
原材料	480 000	实收资本	1 200 000
库存商品	360 000	资本公积	132 000
固定资产	960 000		
总计	2 292 000	总计	2 292 000

（2）企业开出一张商业汇票，面值120 000元，抵付欠某公司的应付账款120 000元。

解析：这项经济业务的发生，使企业的应付票据项目增加了120 000元，同时使应付账款项目减少了120 000元，企业负债总额保持不变，平衡关系没有被破坏。其所引起的变化结果如下表所示。

资产	金额	负债及所有者权益	金额
现金	12 000	短期借款	120 000
银行存款	240 000	应付票据	360 000
应收账款	240 000	应付账款	480 000
原材料	480 000	实收资本	1 200 000
库存商品	360 000	资本公积	132 000
固定资产	960 000		
总计	2 292 000	总计	2 292 000

（3）根据董事会的决定，企业将资本公积120 000元转增为资本金，并办妥了相关手续。

解析：这项经济业务的发生，使企业的实收资本项目增加了120 000元，同时使资本公积项目减少了120 000元，所有者权益总额保持不变，平衡关系没有被破坏。其所引起的变化结果如下表所示。

资产	金额	负债及所有者权益	金额
现金	12 000	短期借款	120 000
银行存款	240 000	应付票据	360 000
应收账款	240 000	应付账款	480 000
原材料	480 000	实收资本	1 320 000
库存商品	360 000	资本公积	12 000
固定资产	960 000		
总计	2 292 000	总计	2 292 000

（4）经过协商，某债权人同意将企业所欠的240 000元应付账款转作对本企业的投入资本。

解析：这项经济业务的发生，使企业的实收资本项目增加了240 000元，同时使应付账款项目减少了240 000元，负债总额减少了240 000元，所有者权益总额增加了240 000元，负债及所有者权益总额保持不变，平衡关系没有被破坏。其所引起的变化结果如下表所示。

资产	金额	负债及所有者权益	金额
现金	12 000	短期借款	120 000
银行存款	240 000	应付票据	360 000
应收账款	240 000	应付账款	240 000
原材料	480 000	实收资本	1 560 000
库存商品	360 000	资本公积	12 000
固定资产	960 000		
总计	2 292 000	总计	2 292 000

（5）企业购入一批材料，价值120 000元，货款尚未支付。

解析：这项经济业务的发生，使企业的原材料项目增加了120 000元，同时使应付账款项目也增加了120 000元，相应地，资产总额增加了120 000元，负债及所有者权益总额也增加了120 000元，平衡关系没有被破坏。其所引起的变化结果如下表所示。

资产	金额	负债及所有者权益	金额
现金	12 000	短期借款	120 000
银行存款	240 000	应付票据	360 000
应收账款	240 000	应付账款	360 000
原材料	600 000	实收资本	1 560 000
库存商品	360 000	资本公积	12 000
固定资产	960 000		
总计	2 412 000	总计	2 412 000

（6）企业以银行存款 120 000 元偿还应付账款。

解析：这项经济业务的发生，使企业的银行存款项目减少了 120 000 元，同时使应付账款项目也减少了 120 000 元，相应地，资产总额减少了 120 000 元，负债及所有者权益总额也减少了 120 000 元，平衡关系没有被破坏。其所引起的变化结果如下表所示。

资产	金额	负债及所有者权益	金额
现金	12 000	短期借款	120 000
银行存款	120 000	应付票据	360 000
应收账款	240 000	应付账款	240 000
原材料	600 000	实收资本	1 560 000
库存商品	360 000	资本公积	12 000
固定资产	960 000		
总计	2 292 000	总计	2 292 000

（7）企业收到投资人追加的货币投资 240 000 元，款项已存入银行。

解析：这项经济业务的发生，使企业的银行存款项目增加了 240 000 元，同时使实收资本项目也增加了 240 000 元，相应地，资产总额增加了 240 000 元，负债及所有者权益总额也增加了 240 000 元，平衡关系没有被破坏。其所引起的变化结果如下表所示。

资产	金额	负债及所有者权益	金额
现金	12 000	短期借款	120 000
银行存款	360 000	应付票据	360 000
应收账款	240 000	应付账款	240 000
原材料	600 000	实收资本	1 800 000
库存商品	360 000	资本公积	12 000
固定资产	960 000		
总计	2 532 000	总计	2 532 000

（8）企业收到客户前欠货款 120 000 元，款项已存入银行。

解析：这项经济业务的发生，使企业的银行存款项目增加了 120 000 元，同时使应收账款项目减少了 120 000 元，资产总额保持不变，平衡关系没有被破坏。其所引起的变化结果如下表所示。

资产	金额	负债及所有者权益	金额
现金	12 000	短期借款	120 000
银行存款	480 000	应付票据	360 000
应收账款	120 000	应付账款	240 000
原材料	600 000	实收资本	1 800 000
库存商品	360 000	资本公积	12 000
固定资产	960 000		
总计	2 532 000	总计	2 532 000

通过上面的案例分析我们可以发现，无论企业发生何种经济业务，均不会破坏会计等式的平衡原理。其实，虽然企业的经济业务多种多样，但其所引起的会计要素之间的增减变化不外乎以下四种类型。

1. 第一种类型

经济业务的发生，引起资产、负债、所有者权益每个要素内部有增有减，其增减金额相等，总额不变。

（1）资产要素内部有增有减，其增减金额相等，总额不变。

（2）负债要素内部有增有减，其增减金额相等，总额不变。

（3）所有者权益要素内部有增有减，其增减金额相等，总额不变。

2. 第二种类型

经济业务的发生，引起负债与所有者权益之间有增有减，其增减金额相等，总额不变。

（1）负债增加，所有者权益减少，其增减金额相等，总额不变。

（2）负债减少，所有者权益增加，其增减金额相等，总额不变。

3. 第三种类型

经济业务的发生，引起资产与负债之间同增或同减，金额相等。

（1）资产与负债同增，金额相等。

（2）资产与负债同减，金额相等。

4. 第四种类型

经济业务的发生，引起资产与所有者权益之间同增或同减，金额相等。

（1）资产与所有者权益同增，金额相等。

（2）资产与所有者权益同减，金额相等。

第六节　电算化知识

内容释义

从狭义上讲，会计电算化是指用以电子计算机为主的电子信息技术替代手工应用于会计工作中。它主要表现为应用电子计算机代替人工记账、算账、报账，以及代替部分原本由大脑完成的对会计信息的处理、分析和判断的过程。会计电算化现已发展成为一门融电子计算机科学、管理科学、信息科学和会计科学为一体的新型科学和实用技术。

从广义上讲，会计电算化是指与会计工作电算化有关的所有工作，包括会计电算化软件的开发与应用、会计电算化人才的培训、会计电算化的宏观规划、会计电算化制度建设及其软件市场的培育与发展等。

会计电算化是一个人机结合的系统，其基本构成要素包括会计人员、硬件资源、软件资源和信息资源等，核心部分则是功能完善的会计软件资源。

业务要点

1. 会计电算化处理账务的特点

（1）会计数据一旦进入系统，记账、对账、汇总编制会计报表等都是在一个一体化处理过程中进行的。

（2）利用计算机做账，除原始凭证外，会计凭证、账簿、报表等都能存放在计算机的磁性介质（硬盘、软盘）中，使会计数据的保存更加安全。同时，还可以根据需要随时将信息打印到纸介质上。

（3）用计算机查询所需数据和会计资料，可以根据设定的查询条件，很快地查找到所需要的数据，另外，在查阅时，还可以归类及打印查询结果。

2. 会计电算化的要求

（1）基本要求

《会计法》规定："使用电子计算机进行会计核算的，其软件及其生成的会计凭证、会计账簿、财务会计报告和其他会计资料，必须符合国家统一的会计制度的规定。"这是对实行会计电算化的企业关于会计软件及其相关会计资料的基本要求。同时，会计科目和账户的设置、凭证的填制与审核、账簿的登记与更正以及报表的编制等必须符合国家统一的会计制度的规定。

（2）操作要求

在会计软件中，为保证系统的安全性、防止非法操作、明确职责范围，必须根据会计电算化岗位的划分对所有操作人员分配不同的权限。

①操作权限的设置可以通过软件提供的"操作权限设置"功能实现，设置时应根据操作岗位分工进行，遵循会计内部牵制制度。操作人员应使用真实姓名，严禁设置不存在的操作人员。设置完毕后，应将系统默认操作人员删除或取消其所有的权限，防止使用默认的操作人员进行实际业务操作。

②出纳、会计人员进行数据输入后，由记账会计审核，财务负责人定期对计算机提供的会计信息进行分析和利用，参与经济活动的管理与决策。为保证会计核算的安全、正确，必须实施双人上岗、双敲复核，不得单人开机操作。

③要定期或不定期地进行会计电算化检查，及时发现并解决问题。对于人为造成的事故，要追究当事人的责任。

④为了保证计算机处理和存储的会计信息完整而准确，必须每日对电子数据进行备份。会计档案的存储方式主要以电磁介质为主、纸介质为辅，由维护人员保管并存档。

⑤除数据维护人员外，任何人未经授权不得擅自存取或改动数据记录。修改会计记录必须履行手续，经财务负责人授权后方可修改，并须详细记录在案。发现重大问题时，应及时上报。

应用实务

会计电算化的主要内容包括设置会计科目、填制会计凭证、登记会计账簿、计算成本费用、编制会计报表几个方面。

1. 设置会计科目电算化

设置会计科目电算化是通过会计核算软件的初始化功能实现的。初始化是所有的会计软件在运行时都要进行的一项必不可少的工作。在初始化的过程中，除了要输入一级会计科目和明细会计科目名称及其编码外，还要输入会计核算所必需的期初金额及其相关资料，包括年初数、累计发生额、往来款项、工资、固定资产、存货等项目的期初数字；计算有关指标需要的各种公式；选择会计核算方法，包括固定资产折旧方法、存货计价方法、成本核算方法等；定义自动转账凭证；输入操作人员岗位分工情况，包括操作人员姓名、操作权限、操作密码等。

2. 填制会计凭证电算化

会计凭证包括原始凭证和记账凭证两类，这两类凭证的处理方法在不同的会计软件中也各有不同。记账凭证是根据审核无误的原始凭证登记的，其中一类会计核算软件要求财会人员手工填制好记账凭证，然后再由操作人员输入电子计算机；另外一类会计核算软件要求财会人员根据原始凭证，直接在计算机上填制记账凭证；还有一类会计软件要求财会人员直接将原始凭证输入电子计算机，由计算机根据输入的原始凭证数据自动编制记账凭证。相比较而言，前两种方法比较接近，区别只是一个是输入已经手工写好的记账凭证，另一个是边输入边做记账凭证，其相同之处是都要把所有的记账凭证输入电子计算机。而最后一种方法与前两种有很大的差别，是由计算机来做记账凭证。

3. 登记会计账簿电算化

完成上述步骤的会计电算化后，便可以进行会计账簿的电算化登记。登记会计账簿一般可以分以下两个步骤进行：首先是由计算机根据会计凭证自动登记账簿，其次是将计算机生成的会计账簿打印输出。将计算机生成的会计账簿打印输出主要是考虑到有利于会计资料的保管以及进行定期审核。

4. 成本费用计算电算化

成本费用计算电算化的过程是根据账簿记录，对经营过程中发生的采购费用、生产费用、销售费用和管理费用进行成本费用核算，是会计核算的一项重要任务。在会计软件中，成本计算是由计算机根据已经存储的上述费用，按照会计制度规定的方法自动进行的。一般来讲，会计软件通常会提供多种成本计算方法供用户选择，企业可以根据自身会计核算的特点进行选择。

5. 编制会计报表电算化

在会计电算化下，编制会计报表的工作是由计算机自动进行的，一般的会计软件中都有一个可由用户自定义报表的"报表生成"功能模块，它可以定义报表的格式和数据来源等内容，这样无论报表如何变化，软件都可以适应。特别要注意的是，在设计报表模板时，在会计报表之间、会计报表各项目之间，凡有对应关系的数字，均应相互一致；在本期会计报表与上期会计报表之间，有关的数字也应当相互衔接。目前，多数会计软件都具备按照这一规定自动进行核对的功能。

第三章

打好根基开好局
——账簿、凭证知识

第一节　账簿知识

内容释义

所谓账簿，是由具有一定格式、互有联系的若干账页组成的，它是以会计凭证为依据，用以全面、系统、序时、分类记录各项经济业务的簿记。设置和登记账簿是会计核算的一种专门方法，也是会计核算的主要环节之一。

业务要点

1. 设立账簿的意义

记账凭证虽对经济业务进行了整理和归类，但由于其数量多且分散地反映在若干张凭证上，因而不能连续、集中、系统地反映企业在某一时期内所发生的某一类经济业务的变动情况及其变动结果。因此，为了把分散在会计凭证上的会计信息加以集中和分类汇总，需要设置序时账簿，分类地记录和反映经济业务。设立账簿的意义有以下几点。

（1）记载、储存会计信息。

（2）分类、汇总会计信息。

（3）检查、校正会计信息。

（4）编报、输出会计信息。

2. 账簿的种类

由于不同单位的经济业务和经营管理要求各不相同，因此，设置的账簿种类也就多种多样。

（1）按用途划分

账簿按其用途可以分为序时账簿、分类账簿和备查账簿，具体如表 3-1 所示。

表 3-1　按用途划分的账簿种类

名称	性质	种类	用途
序时账簿	在实际工作中，序时账簿是按照会计部门收到凭证的先后顺序，也就是按照记账凭证编号的先后顺序逐日进行登记的，所以，序时账簿也叫做日记账	普通日记账	序时记录所有经济业务
		特种日记账（现金日记账、银行存款日记账）	序时记录某种经济业务

（续表）

名称	性质	种类	用途
分类账簿	分类账簿又称分类账，是对全部经济业务分类登记的账簿	总分类账（可提供各种资产、负债、费用、成本、收入等总括核算资料）	总分类账简称总账，是根据一级会计科目设置的，总括反映全部经济业务和资金状况的账簿
		明细分类账	明细分类账简称明细账，是根据二级或明细科目设置的，是详细记录某一类中某一种经济业务增减变化及其结果的账簿。明细账是对总账的补充和具体化，并受总账的控制和统驭
备查账簿	辅助账	租入、租出固定资产登记簿，代销商品登记簿	备查账簿是对某些不能在日记账和分类账中记录的经济事项或记录不全的经济业务另行补充登记的账簿，因此也叫辅助账簿

（2）按外在形式划分

账簿按其外在形式可以分为订本式账簿、活页式账簿和卡片式账簿，具体如表3-2所示。

表3-2　按外在形式划分的账簿种类

名称	定义	特点	类型
订本式账簿	订本式账簿又称订本账，是在未使用之前，就把编有顺序号的、一定数量的账页固定装订成册的账簿	避免账页散失，防止账页抽损，易于归档保管	总分类账、现金日记账、银行存款日记账等
活页式账簿	活页式账簿是指在使用前和使用过程中都不把账页固定装订成册，而是将账页用账夹夹起来，可以随时增添、取出的一种账簿	可根据需要增加账页，便于记账工作的分工，但容易散失或被抽损	明细分类账

（续表）

名称	定义	特点	类型
卡片式账簿	卡片式账簿是利用卡片进行登记的账簿。这种账簿是由具有账页格式的硬纸卡组成的，并且这些硬纸卡被存放在卡箱中	比较灵活，可根据需要增添、调整账页，但容易散失	固定资产登记卡

（3）按账页格式划分

账簿按其账页格式可以分为三栏式账簿、多栏式账簿、数量金额式账簿和横线登记式账簿等，具体如表3-3所示。

表3-3 按账页格式划分的账簿

名称	说明
三栏式账簿	指在账页上设置"收入"（或"增加"）、"付出"（或"减少"）和"余额"三栏，或者"借方"、"贷方"和"余额"三栏，只记录金额的账簿
多栏式账簿	指在账页上设置多栏，只记录金额的账簿。一般适用于费用、成本等明细账，如"制造费用明细账"、"管理费用明细账"等
数量金额式账簿	指在账页上设置"收入"、"支出"和"结存"三栏，各栏内分设"数量"、"单价"和"金额"三栏，既记录金额又记录数量的账簿
横线登记式账簿	指在账页上分设增加、减少两大部分，采用横线登记法，在同一行上反映同一项经济业务的增减情况，以便于分析和检查某项经济业务发生和完成情况的账簿

3. 账簿的内容

虽然各种账簿所记录的经济内容各不相同，账簿的格式又多种多样，但是所有账簿都具备的一些基本要素是一致的。这些基本要素主要包括以下三项内容，具体如表3-4所示。

表3-4 账簿的内容

账簿内容	具体说明
封面	封面主要标明账簿名称，如"总分类账"、"材料物资明细账"、"债权债务明细账"等

（续表）

账簿内容	具体说明
扉页	扉页主要列明科目索引及账簿使用登记表，一般将科目索引列于账簿最前面，将账簿使用登记表列于账簿最后面。活页账、卡片账装订成册后，也应填列账簿使用登记表
账页	账页是账簿的主要内容，各种账页格式一般都包括：账户名称，或称会计科目；登账日期栏；凭证种类和号数栏；摘要栏；借、贷方金额及余额栏；总页次和分账户页次

4. 账簿的设立

出纳设立账簿时，主要设置订本式的"现金日记账"、"银行存款日记账"和有关有价证券方面的一些明细分类账。有价证券明细账主要核算股票、债券等有价证券的增减变动及结存情况，出纳人员对由自己所保管的各种有价证券要分设明细账进行核算，如设"长期投资股票投资（××股票）"明细科目，核算本企业对××股票的购进、售出以及结存情况。日记账可以选用"三栏式"账簿，也可以根据经济业务的特点和经营管理的需要选用"多栏式"账簿，明细账一般选用"三栏式"账簿。

应用实务

1. 账簿的启用

账簿是重要的会计档案和历史资料。启用会计账簿时，应当在账簿封面上写明企业名称和账簿名称；在账簿扉页上附启用表，内容包括启用日期、账簿页数和记账人员、会计机构负责人、会计主管的姓名，并加盖名章和企业公章。记账人员或者会计机构负责人、会计主管调动时，应注明交接日期、接办人员或监交人员姓名，并由交接双方签名或盖章。

启用订本式账簿时，应从第一页到最后一页顺序编定页数，不得跳页、缺号。使用活页式账页时，应按账户顺序编号，并定期装订成册，装订后，再按实际使用的账页顺序编定页码。在总分类账和明细分类账第一页的前面，应分别另加目录，记明每个账户的名称和页次，以便检查、登记，防止账页散失。

2. 账簿登记要求

账簿的登记要求如表3-5所示。

表3-5　账簿的登记要求

登记要求	具体内容
文字和数字必须整洁、清晰	摘要文字要紧靠左线；数字要写在金额栏内，不得越格错位、参差不齐；文字、数字要紧靠下线书写，上面要留有适当空距，一般应占格宽的1/2，以备按规定的方法改错。记录金额时，如果角分的位置没有数值，应分别在角分栏内填写"0"，不得省略不写，或以"－"号代替。阿拉伯数字一般可自左向右适当倾斜，以使账簿记录整齐、清晰
准确完整	登记会计账簿时，应当将会计凭证日期、编号、业务内容摘要、金额以及其他有关资料逐项记入账内，做到数字准确、摘要清楚、登记及时、字迹工整。每一项会计事项要同时记入总账和所属的明细账
注明记账符号	登记完毕后，要在记账凭证上签名或者盖章，并注明已经登账的符号，表示已经记账。在记账凭证上设有专门的栏目供注明记账的符号，以免发生重记或漏记
顺序连续登记	各种账簿按页次顺序连续登记，不得跳行、隔页，更不得随便更换账页和撤出账页，作废的账页也要留在账簿中，如果发生跳行、隔页，应当将空行、空页划线注销，或者注明"此行空白"、"此页空白"字样，并由记账人员签名或者盖章
墨水的使用	正常记账时，使用蓝黑墨水。登记账簿要用蓝黑墨水或者碳素墨水书写，不得使用圆珠笔（银行的复写账簿除外）或者铅笔书写。圆珠笔字迹不利于长期保存，而铅笔书写容易被随意篡改
	特殊记账时，使用红墨水。可以使用红字的情况：按照红色更正的要求，冲销错误记录；在不设借贷等栏的多栏式账页中，登记减少数；在三栏式账户的余额栏前，如未印明余额方向的，在余额栏内登记负数余额；根据国家统一会计制度的规定其他可以用红字登记的会计记录
结出余额	凡需要在会计期末结出余额的账户，结出余额后，应当在"借或贷"等栏内写明"借"或者"贷"字样；没有余额的账户，应当在"借或贷"等栏内写"平"字，并在余额栏内用"0"表示。现金日记账和银行存款日记账必须逐日结出余额
承前过次	每一账页登记完毕结转下页时，应当结出本页合计数及余额，写在本页最后一行和下页第一行的有关栏内，并在摘要栏内注明"过次页"和"承前页"字样；也可以将本页合计数及金额只写在下页第一行的有关栏内，并在摘要栏内注明"承前页"字样

（续表）

登记要求	具体内容
登记发生错误时的更正方法	发现差错时，必须根据差错的具体情况采用划线更正、红字更正、补充登记等方法更正
定期打印	对于实行会计电算化的单位，应当定期打印总账和明细账，从而保证会计信息的安全和完整

第二节　复式记账法

内容释义

所谓复式记账，就是对任何一笔经济业务，都必须用相等的金额在两个或两个以上的有关账户中相互联系地进行登记。复式记账是以"一个企业的资产总额和权益总额必然相等"的平衡关系作为反映生产经营活动的记账基础，使记账有一个完整的计算和反映体系，在记录上有着相互联系的关系，从而对企业经济活动能够起到全面控制的作用。

业务要点

1. 复式记账法的特点

复式记账法是一种科学的记账方法，现已被企业会计普遍采用。与单式记账法相比较，其主要特点有以下两点。

（1）对每项经济业务，都以相等的金额在两个或两个以上的、相互联系的账户中进行记录（即作双重记录），这也是其被称为"复式"的由来。

（2）各账户之间客观上存在对应关系，对账户记录的结果可以进行试算平衡。

【例】某企业以现金500元购入生产材料。在复式记账法下，应在"现金"账户中登记减少500元，同时在"原材料"账户中登记增加500元。这就说明"现金"减少500元，同时"原材料"增加500元，"现金"减少的原因是由于购买了"原材料"。这样的记录才能全面、系统地反映出经济业务的发生过程及结果，满足会计信息使用者的需要。

复式记账法较好地体现了资金运动的内在规律，能够全面、系统地反映资金增减变动的来龙去脉及经营成果，并有助于检查账户处理和保证账簿记录结果的正确性。在我国，复式记账曾有借贷记账法、增减记账法、收付记账法三种，但现在规定使用的只有借贷记账法。

2. 复式记账法的原理

下面举例说明复式记账的基本原理。

【例】某企业以现金12 000元存入银行。这项经济业务的发生，一方面使企业的库存现金减少了12 000元，另一方面使企业的银行存款增加了12 000元。根据复式记账法，这项经济业务应以相等的金额分别在"库存现金"和"银行存款"两个账户上相互联系地进行登记，即一方面在"库存现金"账户上登记减少12 000元，另一方面在"银行存款"账户上登记增加12 000元。

复式记账的经济内容是会计要素，它们是相互联系、相互依存的，但又各自具有独立的含义，并以不同的具体形式存在着。企业发生的经济业务，都会引起具体形式的价值数量发生变化，据其对相应的账户进行登记，就会使复式记账组成一个完整、系统的记账组织体系。有了这样一个记账组织体系，不仅能够反映出资产、负债和所有者权益的增减变化和结存情况，而且还能明确收入、费用和利润的数额及其形成原因，这是复式记账能够全面地核算和监督企业经济活动的根本原因。

复式记账通过价值形式的计算和记录，为经济管理提供核算指标。复式记账有一定的记账技术方法，它是以记账内容之间所表现出的数量上的平稳关系，作为记账技术方法的基础。会计恒等式是各会计要素之间的关系表达式，它不仅是价值数量关系上的表现，而且也有经济性质上的说明。根据会计恒等式的等量关系，必然要求经济事务发生相互联系和等量的变化，为此，必须通过两个或两个以上的账户相互联系地进行双重记录，才能得到全面的反映。

应用实务

1. 借贷记账法的账户结构

借贷记账法是以"借"、"贷"作为记账符号的一种复式记账法，其基本要素包括记账符号、账户结构、记账规则和试算平衡方法。

（1）记账符号

以"借"、"贷"作为记账符号。

（2）账户结构

将所有账户的左方定为"借"方，右方定为"贷"方，并用一方登记增加数，一方登记减少数。其中，资产类、成本类和损益支出类账户用借方登记增加数，贷方登记减少数，期末余额一般在借方；负债类、所有者权益类和损益收入类账户用贷方登记增加数，借方登记减少数，期末余额一般在贷方，具体如表3-6所示。

表3-6 借贷记账法的账户结构

借方	贷方	余额
资产增加	资产减少	在借方
负债减少	负债增加	在贷方
所有者权益减少	所有者权益增加	在贷方
成本增加	成本结转	在借方或无余额
收入结转	收入增加	无余额
费用增加	费用结转	无余额

① 资产类账户结构

借方登记资产的增加额，贷方登记资产的减少额，期末余额一般为借方余额，表示期末资产实有数额。每一会计期间内，借方记录的金额合计称为借方本期发生额，贷方记录的金额合计称为贷方本期发生额。资产类账户的期末余额可根据以下公式计算：

借方期末余额=借方期初余额＋借方本期发生额－贷方本期发生额

资产类账户的"T"型账户结构如表3-7所示。

表3-7 资产类账户结构

借方	贷方
期初余额××× （1）资产增加额××× （2）资产增加额×××	（1）资产减少额××× （2）资产减少额×××
期末余额×××	

② 成本费用类账户结构

借方登记成本费用的增加额，贷方登记成本费用的减少额或结转额，期末一般无余额；如有余额在借方，表示在产品成本。成本费用类账户的"T"型账户结构如表3-8所示。

表3-8　成本费用类账户结构

借方	贷方
（1）成本费用增加额××× （2）成本费用增加额×××	成本费用减少额（转销额）×××
期末余额×××	

③ 负债和所有者权益类账户结构

根据会计恒等式"资产＝负债＋所有者权益"，负债和所有者权益类账户结构与资产类账户结构正好相反，账户贷方登记负债和所有者权益的增加额，借方登记负债和所有者权益的减少额。由于负债和所有者权益的增加额与期初余额之和，通常都会大于或等于其本期减少额，所以这类账户期末如有余额，必定在贷方。其计算公式如下：

负债和所有者权益类账户期末贷方余额＝贷方期初余额＋贷方本期发生额－借方本期发生额

负债和所有者权益类账户的"T"型账户结构如表3-9所示。

表3-9　负债和所有者权益类账户结构

借方	贷方
	期初余额×××
（1）负债和所有者权益减少额××× （2）负债和所有者权益减少额×××	（1）负债和所有者权益增加额××× （2）负债和所有者权益增加额×××
	期末余额×××

④ 利润类账户结构

由于企业的利润（或亏损）在未分配以前归企业所有者所有（或承担），所以，利润类账户的结构与所有者权益类账户的结构基本相同，账户贷方登记利润的增加额，借方登记利润的减少额，期末余额一般在贷方，也可能在借方。利润类账户的"T"型账户结构如表3-10所示。

表3-10　利润类账户结构

借方	贷方
利润的减少：费用和损失 　　账户转入数×××	利润的增加：收入和利得 　　账户转入数×××
期末余额：本期发生的亏损数×××	期末余额：本期实现的净利润×××

通常，将期末有余额的账户称为实账户，实账户的期末余额代表着资产、负债和所有者权益；将期末无余额的账户称为虚账户，虚账户的本期发生额反映企业的损益情况。

2. 借贷记账法的记账规则

借贷记账法建立在复式记账原理的基础上，具体的记账规则可概括为"有借必有贷，借贷必相等"。资产、费用的增加，负债、所有者权益、收入的减少用符号"借"来表示；资产、费用的减少，负债、所有者权益、收入的增加用符号"贷"来表示。

3. 试算平衡

试算平衡是根据会计恒等式和借贷记账法的记账规则，通过汇总计算和比较来检查账户记录正确性、完整性的一种方法。

（1）发生额平衡

经济业务发生后，在按照借贷记账法的记账规则进行记账时，借贷双方的金额必然是相等的。当一定会计期间的全部经济业务都记入相关账户后，所有账户的借方发生额和贷方发生额的合计数也必然相等。

全部账户借方发生额合计＝全部账户贷方发生额合计

运用发生额试算平衡公式，可以检查每一项经济业务的记录是否正确，也可以检查一定会计期间内所有经济业务的记录是否正确。

（2）余额平衡

以"资产＝负债＋所有者权益"的等式作为理论依据时，资产类账户表现为借方余额，全部账户的借方余额合计数应该与资产总额相等；负债及所有者权益类账户表现为贷方余额，全部账户的贷方余额合计数应该与负债及所有者权益账户的总额相等。当"资产＝负债＋所有者权益"时，也就产生了余额试算平衡的公式：

全部账户借方余额合计＝全部账户贷方余额合计

利用余额试算平衡公式，可以检查每一账户记录的是否正确，也可以检查一定会计期间内所有账户的记录是否正确。在每一会计期间结束时，在已经结出各个账户本期发生额和期末余额的基础上，通常会通过编制试算平衡表完成试算平衡工作。试算平衡表有两种：一种是将本期发生额和期末余额分别编表进行试算平衡，另一种是将本期发生额和期末余额合并在一张表上进行试算平衡。

通过试算平衡来检查账簿记录是否平衡并不完全可靠。如果等式两边不等，说明账簿记录肯定有错误；如果等式两边相等，也不能说明账簿记录绝对正确。这是因为，有些错误并不影响等式两边的平衡，如重记、漏记、会计科目错误、记账方向相反等。

第三节　原始凭证的填制与审核

内容释义

原始凭证也称单据，是指在经济业务发生时，由业务经办人员直接取得或者填制，用以表明某项经济业务已经发生或其完成情况，并明确有关经济责任的一种凭证。原始凭证是填制记账凭证或登记账簿的原始依据，是重要的会计核算资料。各单位在经济业务发生时，不但必须取得或者填制原始凭证，还应该将原始凭证及时送交本单位的会计机构或专职会计人员，以保证会计核算工作的顺利进行。

业务要点

1. 原始凭证的分类

按来源不同，原始凭证可分为外来原始凭证和自制原始凭证。

（1）外来原始凭证，指在同外企业发生经济往来事项时，从外企业取得的凭证，如发票、飞机和火车的票据、银行收付款通知单，以及企业购买商品、材料时，从供货企业取得的发货票等。

（2）自制原始凭证，指在经济业务事项发生或完成时，由本企业内部经办部门或人员填制的凭证，如收料单、领料单、开工单、成本计算单、出库单等。按其填制手续的不同，自制原始凭证又可分为一次凭证、累计凭证和汇总原始凭证，具体如表 3-11 所示。

表 3-11　自制原始凭证分类

分类	说明
一次凭证	指只反映一项经济业务或同时记录若干项同类性质经济业务的原始凭证，其填制手续是一次性完成的。如各种外来原始凭证，企业有关部门领用材料的"领料单"，职工"借款单"，购进材料"入库单"以及根据账簿记录和经济业务的需要编制的记账凭证等，都是一次性凭证
累计凭证	指在一定时期内（一般以一个月为限）连续发生的同类经济业务的自制原始凭证，其填制手续是随着经济业务事项的发生而分次进行的，如"限额领料单"
汇总原始凭证	指根据一定时期内反映相同经济业务的多张原始凭证，汇总编制而成的自制原始凭证，以集中反映某项经济业务的总括发生情况。汇总原始凭证既可以简化会计核算工作，又便于对经济业务进行分析与比较，如"工资汇总表"、"现金收入汇总表"、"发料凭证汇总表"等

2. 原始凭证的填制要求

原始凭证的填制要求如表 3-12 所示。

表 3-12　原始凭证的填制要求

填制要求	具体说明
记录要真实	原始凭证上填列的内容、数字必须真实可靠，符合有关经济业务的实际情况，不得弄虚作假，更不得伪造凭证，并须符合国家有关政策、法规、法令以及制度的要求
内容要完整	原始凭证上所要求填列的项目必须逐项填列齐全，不得遗漏和省略；必须符合手续完备的要求，经办业务的有关部门和人员要认真审核并签章
要明确经济责任	原始凭证上要有经办人员或部门的签章。对于外来的原始凭证，若是从外单位取得的，必须盖有填制单位的财务公章；若是从个人处取得的，必须有填制人员的签名或盖章；若是自制原始凭证，必须有经办单位负责人的签名或盖章。对外开出的原始凭证必须加盖本单位的财务公章
书写要清楚、规范	原始凭证要按规定填写，文字要简洁，字迹要清楚、易于辨认。原始凭证要用蓝黑墨水书写，支票要用碳素墨水填写，且两联或两联以上套写的凭证必须全部写透。不得使用未经国务院公布的简化汉字；大小写金额必须相符且填写规范，小写金额用阿拉伯数字逐个书写，不得写连笔字；在金额前要填写人民币符号"￥"，人民币符号"￥"与阿拉伯数字之间不得留有空白；金额数字一律填写到角分，无角分的写"00"或符号"—"，有角无分的在分位写"0"，不得用符号"—"；大写金额用汉字"壹、贰、叁、肆、伍、陆、柒、捌、玖、拾、佰、仟、万、亿、元、角、分、零、整"书写，一律用正楷或行书字书写；大写金额前未印有"人民币"字样的应加写"人民币"三个字，"人民币"字样和大写金额之间不得留有空白；大写金额到元或角为止的后面要写"整"或"正"字，有分的则不写，如小写金额为 ￥1 006.00，其大写金额应写成"人民币壹仟零陆元整"
编号要连续	如果原始凭证已预先印定编号，在写坏作废时，应加盖"作废"戳记，并且要妥善保管，不得撕毁
不得涂改、刮擦、挖补	原始凭证有错误的，应由出具单位重开或更正，更正处应加盖出具单位的印章；原始凭证金额有错误的，应由出具单位重开，不得在原始凭证上更正
填制要及时	各种原始凭证一定要及时填写，并按规定的程序及时送交会计人员进行审核

3. 原始凭证的基本要素

由于原始凭证是记录经济业务完成情况、明确有关单位与人员经济责任的证明单据，因此，必须认真如实地填制好原始凭证。原始凭证上应包含以下要素：

（1）原始凭证的名称；

（2）原始凭证的编号；

（3）填制日期；

（4）填制和接受原始凭证单位的名称；

（5）所涉及经济业务的数量、计量单位、单价和金额总量；

（6）有关的经济业务内容；

（7）有关部门与人员的签章以及凭证附加条件。

4. 原始凭证的附加条件

除具有上述内容外，原始凭证上还应有相应的附加条件，例如：

（1）从外单位取得的原始凭证，应使用印有税务专用章的统一发票并加盖单位公章；

（2）自制的原始凭证，必须要有经办单位负责人或其制定人员的签章；

（3）支付款项的原始凭证，必须要有收款单位和收款人的收款证明；

（4）购买实物的原始凭证，必须要有验收证明；

（5）发生退货并退款时，以退货发票、退货验收证明和对方的收款收据为原始凭证；

（6）职工借款时填制的借款凭证，必须附在记账凭证的后面；

（7）经上级有关部门批准的经济业务事项，应当将批准文件作为原始凭证的附件。

5. 原始凭证的审核

会计监督的一个重要手段就是对会计凭证的审核。原始凭证填好后，为了保证其真实可靠，会计部门在据此填制记账凭证并入账前，必须对其进行严格的审核，该审核须按国家统一会计制度的规定进行。审核的主要内容有以下五项。

（1）合法性

审核所发生的经济业务是否符合国家有关规定的要求，以及是否有违反财经制度的现象。

（2）真实性

原始凭证中所列的经济业务事项是否真实，有无弄虚作假的情况。在审核原始凭证的过程中，若发现有多计或少计收入、费用，擅自扩大开支范围、提高开支标准，巧立名目，虚报冒领，滥发奖金和津贴等违反财经制度和财经纪律的情况，不仅不能将其作为合法、真实的原始凭证，还要按规定对其进行处理。

（3）合理性

审核所发生的经济业务是否符合厉行节约、反对浪费、有利于提高经济效益的原则，有无违反该原则的现象。经审核后，如确定有突击使用预算结余购买不需要的物品，以及对陈旧过时的设备进行大修理等违反上述原则的情况，则该凭证不能作为合理的原始凭证。

（4）完整性

审核原始凭证是否填写完整，有无未填或填写不清楚的现象。经审核后，如确定有未填写接受凭证单位名称、无填证单位或制证人员签章、业务内容与附件不符等情况，则该凭证不能作为内容完整的原始凭证。

（5）正确性

审核原始凭证在计算方面是否存在失误。经审核后，如确定有业务内容摘要与数量、金额不相对应，业务所涉及的数量与单价的乘积与金额不符，金额合计错误等情况，则该凭证不能作为正确的原始凭证。

应用实务

1. 领料单

领料单属于自制原始凭证。为了便于分类汇总，对领料单要"一料一单"地填制，即一种原材料填写一张单据。其基本格式如表 3-13 所示。

表 3-13　领料单

领料单位：　　　　　　　　　　　　　　　　　　　　　编号：

用　　途：　　　　　　　___年___月___日　　　　　　仓库：

材料类别	材料编号	材料名称及规格	计量单位	数量		单价	金额
				请领	实领		

记账：　　　　　发料：　　　　　领料部门负责人：　　　　　领料：

2. 入库单

入库单是在将外采购的材料物资验收入库时填制的凭证。其基本格式如表 3-14 所示。

表 3-14 入库单

_____年_____月_____日

材料编号	材料名称	规格	单位	入库数量	单价	金额	备注

记账： 保管： 经办：

3. 商品验收单

商品验收单是商业企业购进商品后，验收入库的凭证。在商品送往企业后，业务部门应将发货票与经济合同进行核对，经核对无误后再填制商品验收单，一式四联，然后交仓库或实物负责人验收商品。验收完成后，应在商品验收单上加盖收货戳记，然后分送业务、会计、统计等部门据以办理货款结算、记账和登记等手续。其具体格式如表 3-15 所示。

表 3-15 商品验收单

供货单位：

收货部门： 验收日期：_____年_____月_____日 No.：

商品名称	品名	进价				含税售价				进销差价
		单位	数量	单价	金额	单位	数量	单价	金额	
合计										

收货人： 复核： 制单：

4. 普通发票

填制普通发票时，首先要写清购货单位的全称，不能过于简略（如仅填写××公司，而不写明是××市公司还是××县公司），然后按凭证格式和内容逐项填列齐全。对发票要如实填写，不能按购货人的要求填写，经办人的签章和单位的公章都要盖全。其具体格式如图 3-1 所示。

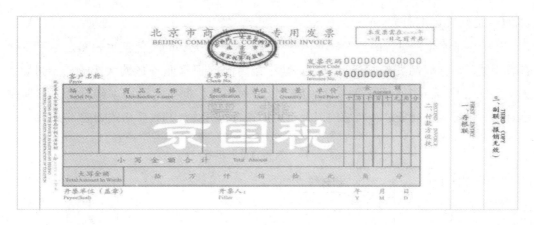

图 3-1　普通发票的格式

5. 增值税专用发票

增值税专用发票只能用于被税务机关确认为增值税一般纳税人的企业或单位在中华人民共和国境内销售货物或者提供加工、修理修配劳务以及进口货物的行为。

增值税专用发票是一般纳税人在销售货物时开具的销货发票，一式四联，销货单位和购货单位各两联。其中，对于留销货单位的两联，一联存有关业务部门，一联作为会计机构的记账凭证；对于交购货单位的两联，一联作为购货单位的结算凭证，一联作为税款抵扣凭证。其具体格式如图 3-2 所示。

北京市增值税专用发票

1100043140　　　　　　　　　　　　　　　　　　　N o 02863109

　　　　　　　　　　　　　　　　　　　　　　　　开票日期：

购货单位	名　　　　称： 纳税人识别号： 地　址 、电 话： 开户行及账号：			密码区					
货物或应税劳务名称		规格型号	单位	数量	单价	金额	税率	税额	
合计									
价税合计（大写）				（小写）					
销货单位	名　　　　称： 纳税人识别号： 地　址 、电 话： 开户行及账号：			备注					

国税函（2004）683 号北京印钞厂

第一联：抵扣联购货方扣税凭证

收款人：　　　　　复核：　　　　　开票人：　　　　　销货单位章

图 3-2　增值税专用发票

6. 发料凭证汇总表

工业企业在生产过程中领发材料比较频繁、业务量大，同类凭证也较多。为了简化核算手续，需要编制发料凭证汇总表。其编制时间应根据业务量的大小确定，可每 5 天、10 天、15 天或 1 个月汇总编制一次。汇总时，要根据按实际成本计价（或计划成本计价）的领发料凭证、领料部门以及材料用途进行分类。其具体格式如表 3-16 所示。

表 3-16　发料凭证汇总表

借方科目	原材料	燃料	合计
生产成本 1～15 日 16～30 日			
合计			
制造费用 1～15 日 16～30 日			
合计			
管理费用 1～15 日 16～30 日			
合计			
本月发出合计			

第四节　记账凭证的填制与审核

内容释义

会计凭证是记录经济业务的发生和完成情况、明确经济责任、作为记账依据的书面证明。会计核算单位在办理任何一项经济业务时，都必须办理会计凭证手续，由执行或完成该项经济业务的有关人员填制或取得会计凭证，详细说明该项经济业务的内容，并在会计凭证上签名或盖章，明确经济责任。填制或取得会计凭证后，要由相关人员进行审核，经审核通过后，方可作为记账的依据。

业务要点

1. 记账凭证的分类

记账凭证的分类如表3-17所示。

表3-17 记账凭证的分类

分类依据	分类	具体说明
按所反映的经济业务是否与货币有关分类	收款凭证	指用以反映货币资金收入业务的记账凭证，它是根据货币资金收入业务的原始凭证填制而成的
	付款凭证	指用以反映货币资金支出业务的记账凭证，它是根据货币资金支出业务的原始凭证填制而成的
	转账凭证	指用以反映与货币资金收付无关的转账业务的凭证，它是根据有关转账业务的原始凭证或记账凭证填制而成的
按填制方式分类	复式记账凭证	指将每一项经济业务所涉及的会计科目集中到一起，填列在一张记账凭证上的一种凭证。它可以比较完整地反映每一项经济业务的全貌，可以在一张凭证上集中记录某项经济业务所涉及的全部账户及其对应关系，填写方便，有利于凭证的分析、审核和保管
	单式记账凭证	指按照一项经济业务所涉及的每个会计科目单独编制一张记账凭证，每张记账凭证中只登记一个会计科目。采用单式记账凭证有利于分工记账和按科目汇总

2. 记账凭证的基本内容

作为登记会计账簿的依据，记账凭证必须具备以下几个要素：

(1) 记账凭证的名称；

(2) 填制记账凭证的日期；

(3) 记账凭证的编号；

(4) 经济业务事项的内容摘要；

(5) 经济业务事项所涉及的会计科目及其记账方向；

(6) 经济业务事项的金额；

(7) 记账标记；

(8) 所附原始凭证的张数；

(9) 会计主管、记账、审核、出纳、制单等相关人员的签名和盖章。

3. 填制记账凭证的要求

（1）基本要求

①审核无误。在对原始凭证审核无误的基础上填制记账凭证，这是内部牵制制度的一个重要环节。

②内容完整。记账凭证应该包括的内容要具备。

③分类正确。根据经济业务的内容，正确区别不同类型的原始凭证，正确应用会计科目。在此基础上，记账凭证可以根据每一张原始凭证填制，或者根据若干张同类原始凭证汇总编制，也可以根据原始凭证汇总表填制。

④连续编号。记账凭证应当连续编号，这有利于分清会计事项处理的先后顺序，便于记账凭证与会计账簿之间的核对，确保记账凭证的完整。

（2）具体要求

记账凭证填制的具体要求如表3-18所示。

表3-18　记账凭证填制的具体要求

具体要求	解释
记账凭证必须附有原始凭证并注明所附原始凭证的张数（除结账和更正错误）	与记账凭证中的经济业务记录有关的每一张证据，都应当作为原始凭证的附件。如果记账凭证中附有原始凭证汇总表，则应该把所附的原始凭证和原始凭证汇总表的张数一起计入附件的张数之中
由两个以上的单位共同负担时，应当由保存该原始凭证的单位向其他应负担单位开具原始凭证分割单	原始凭证分割单必须具备原始凭证的基本内容，包括凭证的名称，填制凭证的日期，填制凭证单位的名称或填制人的姓名，经办人员的签名或盖章，接受凭证单位的名称，经济业务内容、数量、单价、金额和费用的分担情况等
记账凭证编号的方法	记账凭证编号的方法有很多，可以按现金收付、银行存款收付和转账业务三类分别编号，也可以按现金收入、现金支出、银行存款收入、银行存款支出和转账五类进行编号，或者将转账业务按照具体内容再分成几类进行编号
	各单位应当根据本单位业务的繁简程度、人员的多寡和分工情况来选择便于记账、查账、内部稽核，且简单严密的编号方法。无论采用哪一种编号方法，都应该按月顺序编号，即每月都从1号编起，按顺序编至月末。对于一笔经济业务需要填制两张或者两张以上记账凭证的，可以采用分数编号法进行编号，如1号会计事项分录需要填制三张记账凭证，则可以将其编成 $1\frac{1}{3}$、$1\frac{2}{3}$、$1\frac{3}{3}$ 号

（续表）

具体要求	解释
填制记账凭证时如果发生错误，应当重新填制	对已经登记入账的记账凭证在当年内发现错误的，可以用红字注销法进行更正
	在会计科目的应用上没有错误、只是金额错误的情况下，也可以按正确数字同错误数字之间的差额，另编一张调整记账凭证
	发现以前年度的记账凭证有错误时，应当用蓝字填制一张更正的记账凭证
记账凭证应当符合对记账凭证的一般要求	实行会计电算化的单位的出纳人员要做到会计科目使用正确、数字准确无误。在打印出来的机制记账凭证上，要有制单人员、审核人员、记账人员和会计主管人员的印章或者签字，以明确责任
空行处要划线注销	在记账凭证上填制完经济业务事项后，如有空行，应当在金额栏自最后一笔金额数字下的空行处至合计数上的空行处划线注销
正确编制会计分录并保证借贷平衡	必须根据国家统一会计制度的规定和经济业务的内容，正确使用会计科目和编制会计分录。记账凭证的借、贷方金额必须相等，合计数必须计算正确
摘要应与原始凭证的内容一致	应能使阅读者通过摘要就能了解该项经济业务的性质与特征，判断出会计分录的正确与否，一般不必再去翻阅原始凭证或询问有关人员
现金和银行存款之间的凭证以付款为主	对于只涉及现金和银行存款之间收入或付出的经济业务，应以付款业务为主，只填制付款凭证，不填制收款凭证，以免重复

4. 记账凭证的审核

记账凭证填制完毕，必须经审核无误后方能登记账簿。记账凭证审核的主要内容包括记账凭证是否附有原始凭证，所附原始凭证是否齐全；记账凭证的经济内容是否与所附的原始凭证的内容相符；记账凭证中载明的业务内容是否合法、正常，应借应贷的账户是否正确；记账凭证上的项目是否填写清楚、完整，编号是否连续，有关人员的签章是否齐全。审核记账凭证的方法主要有以下几种。

（1）核对法

审核人员在初步审阅的基础上，如发现了异常或疑点，应立即将记账凭证的可疑之处与原始凭证进行核对，也是对记账凭证进行进一步的检查。核对法的主要内容包括以下几点：

①会计科目核算的经济内容是否与原始凭证相符；

②记账凭证中的借贷方金额是否与原始凭证相符；

③汇总记账凭证与分录记账凭证上的合计数是否相符；

④记账凭证与明细账、日记账及总账是否相符、是否存在矛盾的地方。

（2）查询法

查询是指审查人员针对记账凭证中出现的异常或可疑之处，向被查单位的有关操作人员、当事人或者知情人进行询问。询问可以公开、当面进行，也可以秘密进行。查询也包括函询，函询又分为积极函询和消极函询两种方式。函询对象一般是出具原始凭证的单位、开具凭证的经办人、被查单位的货主或者客户等。查询中，应查清记账凭证中出现的各种问题，并取得有关问题的证据材料。

（3）审阅法

为了增强查找舞弊的准确性、提高审核的工作效率，审核人员可以首先采取审阅法对记账凭证的重要部位进行技术观察和审视。审阅法审核的主要内容如表3-19所示。

表3-19　审阅法审核的内容

审核内容	具体说明
记账凭证所载的会计分录	审核所运用的会计科目是否正确，能否反映原始凭证所载的经济业务，其对应关系是否明确，指向是否清楚，一级科目、二级科目是否层次分明，所涉金额是否无误
记账凭证的外在形式	审核其基本要素是否表达清晰，有无粗糙、模糊之处，其手续是否完备，填制的经办人和复核人是否签章
记账凭证的摘要	审核账簿能否说明经济业务的轮廓和梗概，是否有似是而非之处
科目编号	如果记账凭证是采用计算机填制的，要对其所采用的科目编号进行查对，审核是否混淆不同会计科目的顺序及其编号，填制凭证的操作程序是否有错误，操作后是否存盘或保留必要的备份

由于有时企业的记账凭证数量非常大，审核人员一般较难对其全部进行详尽的检查，因此审核人员可以采用抽样审核的方法，这样可使审核有所侧重，提高审核效率。

（4）其他方法

在记账凭证检查中，审核人员还应该综合使用其他的技术方法，具体内容如表3-20所示。

表3-20 审核记账凭证的其他方法

审核方法	具体说明
使用经验判断法	分析和判断记账凭证错误和舞弊的动因和根源，界定其对相关业务及会计资料的影响
采用计算统计法	分析记账凭证发生舞弊的概率，计算出凭证舞弊所涉的金额
采用内查外调法	针对在被查单位内部无法查清楚的特殊凭证，向有关单位和个人进行调查寻访，以收集外部审查证据
使用比较分析法	对原始凭证和记账凭证填制的时间，业务发生地点，所涉及的数量、金额等进行分析

应 用 实 务

1. 收款凭证

收款凭证是根据现金和银行存款收款业务的原始凭证填制的。凡是涉及现金或者银行存款账户金额增加的，都必须填制收款凭证。具体格式如表3-21所示。

表3-21 收款凭证

借方：　　　　　　　　　　　＿＿年＿＿月＿＿日　　　　　　　编号：

摘要	贷方	明细科目	金额	记账
附单据　　张	合计			

记账：　　　　　　　　　　复核：　　　　　　　　　　制证：

2. 付款凭证的填制

付款凭证是根据现金和银行存款付款业务的原始凭证填制的。凡是涉及现金或者银行存款账户金额减少的，都必须填制付款凭证。具体格式如表3-22所示。

表 3-22　付款凭证

贷方：　　　　　　　　　　　___年___月___日　　　　　　　　　　编号：

摘要	借方	明细科目	金额	记账
附单据　　张	合计			

记账：　　　　　　　　　　复核：　　　　　　　　　　制证：

3. 转账凭证的填制

转账凭证是根据不涉及现金和银行存款收付的转账业务原始凭证填制的。凡是不涉及现金和银行存款账户金额增加或减少的业务，都必须填制转账凭证。转账业务没有固定的账户对应关系，因此，在转账凭证中，要按"借方科目（或账户）"和"贷方科目（或账户）"分别填列有关总账（一级）科目和明细（二级）科目。借方科目的金额与贷方科目的金额都在同一行的"金额"栏内填列。具体格式如表 3-23 所示。

表 3-23　转账凭证

___年___月___日　　　　　　　　　　编号：

摘要	总账科目	明细科目	借方金额	贷方金额	记账
附单据　　张	合计				

记账：　　　　　　　　　　复核：　　　　　　　　　　制证：

第五节　会计凭证的装订与保管

内容释义

根据财政部《会计基础工作规范》第五十五条的规定，记账凭证登记完毕后，应当按照分类和编号顺序进行保管，不得散乱或丢失。为此，必须对会计凭证进行装订，对于记账凭证，应当连同所附的原始凭证或者原始凭证汇总表，按照编号顺序，折叠整齐；按期装订成册，加具封面，在封面上编好卷号，并在明显处标明凭证种类编号，由装订人在装订线封签处签名或者盖章；最后按编号顺序入柜，以便调阅。

1. 装订前的准备工作

会计凭证装订前，应做好相关的准备工作，即对会计凭证进行排序、粘贴和折叠。具体如图3-3所示。

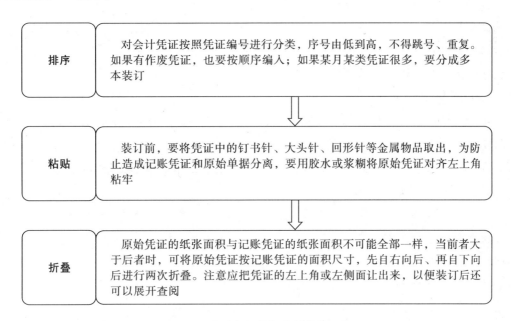

| 排序 | 对会计凭证按照凭证编号进行分类，序号由低到高，不得跳号、重复。如果有作废凭证，也要按顺序编入；如果某月某类凭证很多，要分成多本装订 |

| 粘贴 | 装订前，要将凭证中的钉书针、大头针、回形针等金属物品取出，为防止造成记账凭证和原始单据分离，要用胶水或浆糊将原始凭证对齐左上角粘牢 |

| 折叠 | 原始凭证的纸张面积与记账凭证的纸张面积不可能全部一样，当前者大于后者时，可将原始凭证按记账凭证的面积尺寸，先自右向后、再自下向后进行两次折叠。注意应把凭证的左上角或左侧面让出来，以便装订后还可以展开查阅 |

图3-3　会计凭证装订前的准备工作

2. 会计凭证的保管

会计凭证是重要的会计档案和经济资料，每个企业都要建立保管制度，对其进行妥善保管。对各种会计凭证要分门别类、按照编号顺序进行整理并装订成册。封面上须有会计凭证的名称、起讫号、时间以及有关人员的签章。对于会计凭证，应妥善保管，在保管期间，会计凭证不得外借；对于超过规定期限（一般是15年）的会计凭证，要严格依照有关程序进行销毁；对于需永久保留的有关会计凭证，不得销毁。

（1）传递

会计凭证的传递是指会计凭证从编制时起到归档时止，在企业内部各有关部门及人员之间的传递程序和传递时间。为了使会计凭证能够及时地反映各项经济业务、提供会计信息、发挥会计监督的作用，必须正确、及时地进行会计凭证的传递，不得积压。

《会计基础工作规范》第五十四条规定："各企业会计凭证的传递程序应当科学、合理，具体办法由各企业根据会计业务需要自行规定。"正确组织会计凭证的传递，对及时处理和登记经济业务、明确经济责任以及实行会计监督具有重要的作用。从某种意义上说，会计凭证的传递在企业内部经营管理的各环节中起着协调和组织的作用。会计凭证传递程序是企业管理规章制度的重要组成部分，其主要作用有以下两点。

①有利于完善经济责任制度。经济业务的发生、完成及记录是由若干责任人共同负责、分工完成的。会计凭证作为记录经济业务、明确经济责任的书面证明，体现了经济责任制度的执行情况。通过对会计凭证传递程序和传递时间的规定，企业可以进一步完善其经济责任制度，使各项业务的处理顺利进行。

②有利于及时进行会计记录。从经济业务的发生到账簿登记需要一定的时间，通过对会计凭证进行传递，可以使会计部门尽早了解经济业务的发生和完成情况，并能够及时记录经济业务、进行会计核算、实行会计监督。

（2）复制

原始凭证不得外借，其他单位如因特殊原因确实需要使用原始凭证时，须经本单位会计机构负责人、会计主管人员批准后方可复制。对于向外单位提供的原始凭证复制件，应当在专设的登记簿上进行登记，并由提供人员和收取人员共同签名或盖章。

（3）遗证

从外单位取得的原始凭证如有遗失，应当取得原开出单位盖有公章的证明，并注明原凭证的号码、金额和内容等，由经办单位会计机构负责人、会计主管人员和单位领导人批准后，方能代作原始凭证。若确实无法取得证明，如火车票、船票、飞机票等凭证，当事人须详细写明情况，并由经办单位会计机构负责人、会计主管人员和单位领导批准后，代作原始凭证。

应用实务

会计凭证的装订是指把定期整理完毕的会计凭证按照编号顺序，外加封面、封底，装订成册，并在装订线上加贴封签。在封面上，应写明单位名称、年度、月份、记账凭证的种类、起讫日期、起讫号数，以及记账凭证和原始凭证的张数，并在封签处加盖会计主管的骑缝图章。会计凭证的装订主要有以下几点要求。

1. 薄厚均匀

装订的厚度一般为 2.5 厘米，最厚不应该超过 3.5 厘米，以便装订、审阅和保管。

2. 结实牢固

会计凭证的装订应采用角订法，顺序如图 3-4 所示。

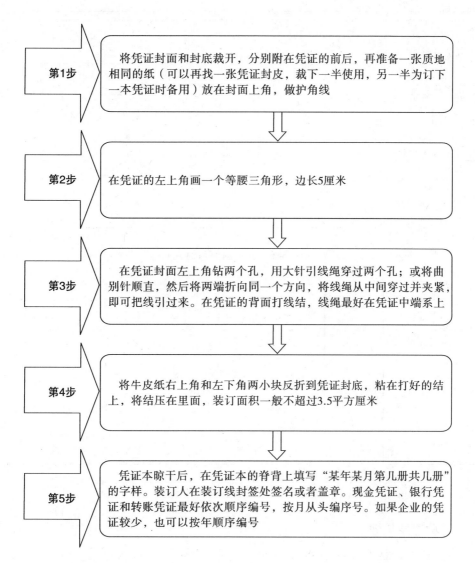

图 3-4 会计凭证的装订顺序

3. 凭证封面的要求

凭证封面的规格分为"11 厘米×22 厘米"和"11 厘米×25.5 厘米"两种，封面纸质应当耐磨、耐拉，一般为牛皮纸，上印黑色字，单页。凭证封面上的内容如图 3-5 及图 3-6 所示。

```
单位名称 _____  档案编号 _____

凭证名称 _____  保管期限 _____

起止时间  自 ___ 年 ___ 月 ___ 日起至 ___ 年 ___ 月 ___ 日止

_____ 字凭证  自第 ___ 号起至第 ___ 号止  共计 ___ 张

          会计主管 _____ 审核 _____ 立卷 _____
```

图 3-5　凭证封面示例 A

```
凭证名称 _____

___ 年 ___ 月

保管期限 _____

案卷号 _____
```

```
                    备考表

本卷需要说明的情况：

会计主管：        立卷人： ___ 年 ___ 月 ___ 日
```

图 3-6　凭证封面示例 B

4. 特种原始凭证

特种原始凭证是针对某些数量过多的同类原始凭证，如收料单等不便附在记账凭证后面一同装订的情况而设计的。对于这些凭证，可在汇总后单独装订、保管，制成"特种原始凭证汇总表"。

特种原始凭证汇总表的规格为 9.15 厘米 ×20.5 厘米，上印黑色字，其格式、内容和记账凭证大致相同（如表 3-24 所示）。特种原始凭证汇总表一式两份，一份作为封面与原始凭证一同装订，另一份作为原始凭证附在有关记账凭证上与记账凭证一同装订、同时归档。

表3-24　特种原始凭证汇总表

汇总日期：　　　　　　　　　　　　___年___月___日　　　　　　凭证种类：

经济事项内容		结算方式	现收	现付
			银行转收	银行转付
原始凭证	自___号至___号共___张	金额小写：￥_____		
金额大写	___万___仟___佰___拾___元___角___分			
原始凭证保管情况		记账凭证保管情况		

保管：　　　　　　装订：　　　　　　审核：　　　　　　制表：

5. 重要原始单据的装订

重要原始单据应单独编目、另外装订和保管，并在有关的记账凭证和原始凭证上相应地注明日期和编号，如合同、契约、提货单、押金收据等；对重要的空白凭证也应妥善装订和保管，以防丢失，如空白支票、支票及其他结算凭证等。

第六节　会计账簿及凭证中常见的错误及查找

内容释义

在日常工作中，出纳人员应该熟练运用会计知识做好本职工作，避免出现错误。出纳工作中的常见错误如表3-25所示。

表3-25　出纳工作中的常见错误

常见错误	具体说明
原始凭证中的错误	企业原始凭证的差错是导致会计核算中许多差错的源头。原始凭证的差错一方面是由于别有用心的人出于个人投机的目的或私心而伪造导致的；一方面也反映了单位内部的管理制度不够严格，产生了漏洞
记账凭证中的错误	记账凭证中容易出现的错误在许多方面与原始凭证的错误有类似之处，有些记账凭证的错误也可以归结于要素方面的错误，如日期错误、金额错误、计算错误、摘要错误、格式错误、编号错误等。查账时，应当注意记账凭证错误的特点，查找其特殊之处

（续表）

常见错误	具体说明
会计账簿中的错误	账簿的错误虽然存在于会计账簿之中，引发错误的原因却分布于会计核算的各个方面，如会计凭证错误、实物盘点错误、财务人员之间交接的错误、会计工作操作错误和作假等

业务要点

1. 原始凭证的常见错误

原始凭证中容易出现多种错误，常见的错误主要有以下几点，如表3-26所示。

表3-26　原始凭证的常见错误表现

常见错误	具体说明
抬头错误	原始凭证接受单位应属于本单位，有些原始凭证会出现张冠李戴，或者将为个人开具的发票计入集体账目、将为其他单位开具的原始凭证计入自己单位
数量及金额错误	原始凭证中的有关数据发生错误，或大写金额与小写金额不一致，会导致账实不符
书写错误	原始凭证的书写不符合有关记账规范要求、乱涂乱改，特别是对于一些重要的凭证要素，如金额、摘要、单位、价格等，采用挖、补、刮、擦等方法进行涂改
日期错误	原始凭证所记录的日期与报账日期或会计处理日期相距甚远。其发生原因一般可能是由于人为调整企业损益，或是记账发生了错误

2. 记账凭证的常见错误

记账凭证的错误大多是原始凭证错误的延续。例如，原始凭证是伪造的，未经过真伪鉴别就按其填制了记账凭证并登记入账；或者填制记账凭证时操作错误，将有关经济业务的处理（即会计分录）记错，导致其不能正确反映经济业务活动等。记账凭证的常见错误表现如表3-27所示。

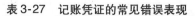

表 3-27 记账凭证的常见错误表现

常见错误	错误分类	具体说明
科目运用错误	内容错误	将科目所包括的业务内容弄错。例如，混淆了银行支票、汇票和本票，将银行汇票、本票列入银行存款之中，将销售费用列入财务费用或管理费用之中等
	性质运用错误	例如，将应收账款与应付账款、预收账款与预付账款、应收账款与其他应收款、应付账款与其他应付款混淆等
	对应关系错误	将科目借方与贷方关系弄错，出现多借多贷或者其他对应关系不明的现象
摘要记录错误	摘要过于简单	摘要过于简单，不能清楚地反映经济内容
	内容和形式不规范	记录反映的内容和形式不规范，不能最低限度地说明经济业务活动的情况
	用语不准确	用语不准确、容易造成误解，或者文字说明词不达意、与实际情况相去甚远
	填写不全	将凭证空缺不写，给舞弊者创造可乘之机
附件数量和金额错误	附件数量错误	记账凭证所附原始凭证的张数和内容与记账凭证不符
	金额错误	原始凭证所记金额的合计数与记账凭证不符
凭证使用错误	用途不明	收入凭证、支出凭证和转账凭证的用途不明
	理解错误	例如，许多人认为转账凭证反映的是银行转账业务的一种，因而使用了错误的凭证，这是由于错误的理解；另外，对于从银行提取现金或向银行存入现金，未按规定编制付款凭证，而是分别编制收款和付款凭证，出现重复记账
记账凭证无编号或者编号错误	无编号	当记账凭证涉及两张及两张以上的原始凭证时，未对原始凭证进行编号，没有用序号区分表示所附的不同的原始凭证
	编号错误	对于同一份原始凭证需要编制多张记账凭证的，未按规定进行编号

（续表）

常见错误	错误分类	具体说明
印鉴错误	未加盖印章或加盖不全	对已入账记账凭证未加盖有关印章或者加盖不全，使已入账的凭证与未入账的凭证难以区分
	印鉴使用混乱	有效的记账凭证与出错作废的凭证难以区分
	相关人员签章不全	记账凭证中没有记账人员、审核人员的签章等

3. 会计账簿的常见错误

引发会计账簿错误的原因分布于会计核算的各个方面，如实物盘点错误、会计凭证错误、财务人员之间的交接错误、会计工作操作错误和作假等。明确会计账簿中的常见错误有助于查账人员在查账时集中注意力，掌握错误在账簿中的表现规律，提高发现错误的敏锐度、及时性和准确性。会计账簿的常见错误表现如表3-28所示。

表3-28　会计账簿的常见错误表现

常见错误	错误分类	具体说明
记账依据错误	记账凭证错误	未根据经过审核的记账凭证进行记账业务，或者有关记账凭证不符合会计制度的要求，有关内部制度处于失控状态
	无记账凭证、凭空记账	无记账凭证或者有凭证而不记账，账簿中所列的业务不是根据经审核无误的原始凭证或记账凭证逐笔记录的，而是虚列业务，将不存在的业务登记入账（或假造记账凭证入账），或者将真实合法的账簿记录采用倒轧的办法，依次推出所需的成本、收入和销售数量，先编制会计报表，然后根据报表数来调节账目、拼凑凭证
记账错误	错记	将有关的记账要素，如数目、摘要等记录反映错误，有关账户借贷方向颠倒，数字的位数倒错，小数点错误，计算错误等
	重记	重复记账，一账两记或多记
	漏记	将业务记录遗漏未记
	对应关系错误	有关总账和明细账登记顺序和对应关系错误

（续表）

常见错误	错误分类	具体说明
账户设置错误	与相关制度不相适应	账户的设置不符合企业会计制度的规定，与本单位的会计核算形式、记账方法不相适应
	应该设置的账户未设置	应该设置的账户未设置，而不应设置的账户却重复设置，有关账簿的组织不科学，有关人员分工关系不明确
账簿使用形式、启用及交接错误	使用形式错误	没有使用正式规范的账簿登记业务，而是以表代账、以单代账，或者用其他簿籍代账；记账工具及其记录字体、数据不规范
	启用错误	账簿启用和人员交接未办理必要的手续，在账簿扉页上没有标注账簿启用、交接、启用日期、有关人员姓名、账簿页数、使用期限等
	交接错误	记账人员交接时无相应记录，造成记账工作衔接不连贯
更账、过账错误	更账错误	对发现的错误未按规范的更正方法进行改正，而是采用非法形式，如涂、挖、刮、补、化学药剂褪色等
	过账错误	各类账簿启用转记、新页与旧页接转错误，"承上页"、"接下页"等页次关系不明确
结账错误	结账截止时间错误	结账截止时间错误，提前或者推迟结账
	业务登记不全	各账簿未将本期发生的所有业务登记入账
	登记错误	有关收益、费用和应摊销或预提的费用未按权责发生制的原则按期计提或摊销后登记入账
	未按规定入账	各种收入成本费用账户未按规定在结转本年利润后登记入账
账簿保管错误	账簿的保管应按照会计档案管理办法进行，否则就可能造成有关账簿保管不当，会计档案未建或散失，现存账簿查找困难，账簿损坏、残缺、腐烂或丢失等情况	
计算机造假	在采用计算机会计核算的单位，利用计算机知识和经验在系统程序中设置陷阱，或通过计算机系统本身制造假数据、窜改数据等	

应用实务

1. 原始凭证错误查找内容

检查原始凭证的主要目的是查堵防漏，防止由于原始凭证的问题导致整个系统的错误，也可以用抽查的方法来证实会计报表和账簿检查中发现的疑点。对原始凭证错误的查找方法有顺查法和逆查法。原始凭证错误查找的内容如表3-29所示。

表3-29　原始凭证错误查找内容

查找内容	具体说明
对反映实质内容的检查	经济业务的处理程序和手续是否按要求办理
	经济业务的摘要是否与原始凭证所反映的业务内容一致
	是否有人为利用原始凭证进行舞弊的行为
	对于应当附有入库、出库及有关明细的其他凭证，检查其是否已附有附件
对其技术形式的分析、审查	原始凭证所填写的文字、数字是否清楚完整，更正方法是否符合规定，有无涂改、人为变造
	原始凭证所具备的要素是否齐备
	自制原始凭证（包括证、券、单、表）是否连续编号，其存根与所开具的凭证是否一致
	外来原始凭证是否属于符合国家法律规定的许可票证
	原始凭证所办理的审批传递手续是否符合规定程序，对其技术形式进行分析审查的有关人员是否全部正式签章，是否盖有财务公章或收讫、付讫戳记

2. 记账凭证错误查找

记账凭证错误的查找内容有以下几点。

（1）记账凭证的基本要素是否完整，有无缺少或空白。

（2）检查会计科目的运用是否符合经济业务的性质和内容，是否符合有关财务制度和会计制度的规定，借贷方向与金额是否正确。

（3）检查记账凭证签章栏内，各级负责人和有关经办人的签章是否齐备。

（4）与所附的原始凭证核对，检查其数量、金额、摘要等是否一致，是否有证证不符的现象。

（5）核对记账凭证与对应的账簿记录是否一致，是否有出入和账证不符的情况。

（6）复核记账凭证的各明细科目金额、合计金额是否正确，是否多计、少计和误计。

3. 凭证错误查找

凭证错误查找的技巧如表3-30所示。

表3-30　凭证错误的查找的技巧

查找技巧	具体内容
配合原始凭证及会计账簿进行检查	独立地对记账凭证进行检查往往只能发现其中存在的某些疑点或异常，却不能找到错误的依据
顺查法下，在原始凭证的基础上进行检查	根据原始凭证中的错弊追踪到记账凭证，检查是否假账真做或真账假做
逆查法下，在会计账簿的基础上进行检查	凭证的检查是账簿检查的深入和延伸，所以记账凭证的检查应当作为查账工作过程中的一个环节，查账人员要注意这一环节与其他环节的连接和互动

4. 会计账簿错误查找

（1）会计账簿错误的查找内容

会计账簿错误的查找内容有以下几点。

①审查账簿的入账登记、过账、调账、结账等操作业务的规范性和合规性，检查账户对应关系的清晰性。

②对有关总账和明细账进行核对分析，保证账账相符。

③复核、验证有关账簿所记载的收、付、存的数额及其小计、合计数的正确性。

④对账簿中记录的业务发生的异常点进行重点检查，并根据异常情况和重要错误的线索，进一步检查相应的会计凭证和实物，查明问题的原因所在。

⑤将账簿检查过程中发现的问题进行归纳分类、收集有关证据数据。可根据不同的性质将账簿中发现的错误归为一类，将账簿中发现的舞弊归为一类，分别列出其造成的危害和影响，并将有关证据材料附于其后。

（2）会计账簿错误的查找方法

会计账簿错误的查找方法有很多种，其中较为常用的方法有以下几种。

① 复核法

复核法又称复算法，是指采用原始、机械的方法对会计账簿中已发生的历史记录及其合计、小计、差额等进行重新验算，以证实有关金额或数据记录的正确性和准确性。它是采用查账人员进行验算核准后的有关数据来检查账面数据的，所以要求查账人员的验算是正确无误的，且其验算的资料数据的计算口径等与被验算的数据具有可比性。复核法的适用范围仅限于会计账簿中已经发生的有关数据资料。

② 审查法

审查法是以会计法及会计准则的要求作为判断是非的准绳，检查、分析有关账簿资料的真实性、合法性和合规性，审查其有无差错、疑点或弊端。审查法的适用性较广，在查账工作中经常运用。该方法的运用成功与否在很大程度上取决于查账人员自身的执法能力、观察能力、分析能力和判断能力，取决于其经验水平，所以对查账人员的自身素质要求较高。运用审查法对账簿进行分析时，主要是审阅账簿记录的有关经济业务是否符合会计核算的基本要求，记账内容是否规范，其记账金额是否与记账凭证相符，内容记载是否齐全，账页是否连号，记账是否符合会计制度和记账规则，有无违法（会计法）的现象，有无涂改或其他异常迹象；对明细分类账的记账内容要认真审阅，各科目所列内容是否违反国家有关法律法规的规定，是否有违反财务会计制度乱列名目、擅自支用等现象。

③ 核对法

核对法是指对账簿记录（包括相关资料）两处或两处以上的同一数值或有关数据进行互相对照，旨在查明账账、账证、账实、账表是否相符，以便证实账簿记录是否正确，有无错账、漏账、重账等行为。核对法在查账工作中的运用也十分广泛，查账人员常常利用其来发现疑点、取得证据，为进一步审查提供线索。核对法可由两人合作进行，也可由一人单独进行。核对法检查的内容如表 3-31 所示。

表 3-31　核对法下的检查内容

检查内容	具体说明
记录之间的核对	核对凭证与账簿记录、账簿与账簿记录（总账与明细账）、账与报表记录、账与卡、账与实之间的数额是否相符
账账之间的核对	核对总分类账借方余额的合计数同贷方余额的合计数是否相符
账与账单之间的核对	银行打印的对账单、客户认可的往来清单及函证等，同本单位有关账目的数据是否相符
与其他业务部门的原始记录之间的核对	核对销售合同、外加工合同、联营合同等所记载的内容与金额，同有关账簿记录所反映的内容、金额是否相符

④ 核实法

核实法是核对法的一种特例，指将账簿资料与实际情况进行对照，用以验证账实之间是否相符，并取得书面证据的一种方法。核实法主要用以核对账簿记录，结合采用盘点方法所获取的实物证据，对账簿资料与实物进行对照。核实法重点用于盘存类账户，如现金、原材料等，此外，盘存类账户中银行存款、其他货币资金及其结算类账户中的应收账款、应付账款、暂收账款、暂付账款等，也可以用此法进行核对分析。

⑤调节法

调节法是指为了检查账簿中的某些业务，而事先对其中某些因素进行增减调节，以使其相关可比的一种查账方法。对于在被查单位各类账簿中记录的各种业务，因为其记录业务的角度和方式不同，其账簿与账簿之间、业务与业务之间可能存在差异，有时不具有可比性。另外，由于查账人员检查账簿的时点与被查单位作账的时点不同，两者面对的资料数据也可能存在差异，这些都影响着账项的比较与查对，因此，需要采用调节法对此进行处理，以使其对口且具有可比性。例如，对银行存款未达账项进行调节，是将银行存款日记账余额与银行提供的对账单余额进行核对的前提。

⑥ 分析法

分析法主要包括账户分析法、比较分析法、比率分析法、相关分析法、平衡分析法、分组分析法、因素分析法、推理分析法、图表分析法、差额分析法、量本利分析法和价值分析法等。

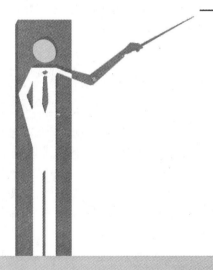

第四章

平时精演勤磨练
——出纳专项技能

第一节　人民币识别

内容释义

出纳人员每天与大量的现钞接触，为了保证企业的财产安全，避免造成经济损失，出纳人员必须做好假币防范工作和损伤币券处理工作。我国当前正在流通使用的第五套人民币票券在印制方面主要有以下三项防伪特征。

1. 在用纸方面

印制人民币所用的纸张是特制的纸张，具体特征如表4-1所示。

表4-1　人民币用纸的防伪特征

特征	具体说明
质地高超	制造这种纸张的原料主要是棉短绒，它比一般的造纸原料贵重。由于造纸原料配方有固定的比例，所以造出来的纸质地光洁细腻、坚韧耐折、挺括平整。如果用手拿着钞票在空中抖动，或者两手拿着钞票的两端一松一紧地拉动，或者用手指轻弹纸的表面，都会听到清脆的声音
无荧光反应	人民币的用纸所选用的原料纯净清洁、不含杂质、白度很高，不添加荧光增白剂，呈自然的洁白色，在紫外线的光照下无荧光反应
水印	人民币的印刷较普遍地采用了水印技术。第五套人民币的100元、50元纸币均采用人物头像固定水印；20元、10元、5元纸币的固定水印为花卉图案
安全线	第五套人民币在各券别票面正面中间偏左外，均有一条安全线。平视这些钞票时，是看不见安全线的；将这些钞票迎光透视时，则可以清楚地看到钞票纸内有一条立体感明显的暗色安全线

2. 在用墨方面

印制人民币的油墨原材料构成比较复杂，其中，颜料、填充料、干燥剂等都是特殊制造的，各种原材料的调制和配比都有专门技术。针对不同的印刷设备，油墨的调制方法和性能也有所不同。

3. 在制版和印刷方面

人民币在制版和印刷上有以下几种防伪特征，具体内容见表4-2。

表 4-2 人民币在制版和印刷上的防伪特征

特征	说明
表面设计采用特色图案衬托主景	人民币花符对称，正背面对应，阴阳光线分明；人民币票面设计为在不同部位上或凹印或凸印、平印错落有致，多种防伪措施和标志布局合理，并附有名人手写银行行名
印刷制版采用了先进的机器雕刻与手工雕刻相结合的技术	人民币票面上雕的底纹、团花、网状线极其精细，仿制难度极大。手工雕刻的凹版是点线排列的，疏密相间。在景物的深浅方面，每一个图案都有它特有的特征
人民币印刷的多色接线技术	人民币票面各种图案、图形上的线条是由多种颜色组成的，在不同线的技术部位或线段上显示不同的颜色，而不同颜色线段间的衔接是很自然的，没有重叠、缺口、漏白、错位现象，也没有生硬的感觉
人民币票面底纹的彩虹印刷	人民币票面底纹由直线、斜线、波纹线等构成，线条分布均匀，有一定的规律性。底纹的颜色是由多种颜色印刷的，往往是由一种或几种颜色逐渐、自然地过渡到另外一种或几种颜色上。由于底纹色彩的面积比较大，加上有多种颜色的变换，因而可以呈现出彩虹般的色彩效果
各种尺寸计算准确	人民币各种图案、花纹的尺寸、位置等是固定的，在设计、制版、印刷时计算得非常精确。人民币的正面和背面是一次印刷完成的。人民币在设计时就已设定好了在某一部位的某个图案或花纹要在票券的正面和背面保持完全一致

业务要点

1. 假币辨别

假币大体可分为伪造币和变造币两种。伪造币是依照真币原样，利用各种手段非法重新仿制的各类假币。变造币是在真币基础上或以真币为基本材料，通过挖补、剪接、涂改、揭层等办法加工处理的假货币。

（1）疑似假币

出纳在收到疑似假币的情况下，不得随意加盖假币戳记和没收，而应向持币人说明情况，开具载明面值和号码的临时收据，连同可疑币及时报送有假币鉴定权的金融机构进行鉴定。

出纳进行假币鉴定，可以自收缴之日起3个工作日内，持"假币收缴凭证"直接或通过收缴单位向中国人民银行当地分支机构或中国人民银行授权的当地鉴定机构提出书面鉴定申请。中国人民银行分支机构和中国人民银行授权的鉴定机构应无偿提供鉴定货币真伪的服务，鉴定后，应出具中国人民银行统一印制的"货币真伪鉴定书"，并加盖货币鉴定专用章和鉴定人名章。

（2）确定假币

出纳收到并确定其为假币后，应上缴中国人民银行或办理人民币存取款业务的金融机构，并配合安全机构追查来源，切不可让假币继续流通。

2. 损伤人民币的挑选及处理

人民币在长期流通使用中，难免会有损伤，如票面撕裂、损缺，或因自然磨损、侵蚀而发生外观、质地受损，颜色变化，图案不清晰，防伪特征受损等情况。这就要求出纳人员在从事日常现金收取时要认真仔细，对损伤人民币要及时挑出，并对其进行妥善处理。

（1）损伤人民币的挑选

为提高流通人民币整洁度，维护人民币的信誉，中国人民银行制定了《不宜流通人民币挑剔标准》，并从2004年1月1日起执行。损伤人民币的挑选标准有以下几点。

①纸币票面缺少面积在20平方毫米以上。

②纸币票面裂口两处以上，长度每处超过5毫米；裂口1处，长度超过10毫米。

③纸币票面纸质较绵软，起皱明显，脱色、变色、变形，不能保持其票面防伪特征。

④纸币票面污渍、涂写字迹面积超过2平方厘米；涂写字迹面积虽不超过2平方厘米，但遮盖了防伪特征。

⑤硬币有穿孔、裂口、变形、磨损、氧化，文字、面额数字、图案模糊不清。

（2）损伤人民币的处理

凡办理人民币存取款业务的金融机构（以下简称金融机构），应无偿为公众兑换残缺、污损的人民币，不得拒绝兑换。

①全额兑换。破损极微，能辨别面额，其余留部分在3/4以上的人民币；图案文字能原样连接吻合的人民币；污损熏焦，但签章号码文字花纹等都可辨认的人民币。

②半额兑换。能辨别面额，票面剩余1/2至3/4，其图案、文字能按原样连接的残缺、污损人民币。

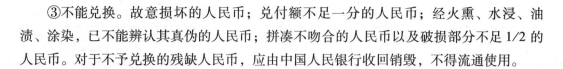

③不能兑换。故意损坏的人民币；兑付额不足一分的人民币；经火熏、水浸、油渍、涂染，已不能辨认其真伪的人民币；拼凑不吻合的人民币以及破损部分不足 1/2 的人民币。对于不予兑换的残缺人民币，应由中国人民银行收回销毁，不得流通使用。

应用实务

根据中华人民共和国第 268 号国务院令，中国人民银行从 1999 年 10 月 1 日起在全国陆续发行第五套人民币。第五套人民币有 100 元、50 元、20 元、10 元、5 元、1 元、5 角和 1 角共八种面额。其特征如表 4-3 所示。

表 4-3　第五套人民币的特征

面额	方位	特征
100 元纸币	色彩、尺寸	主色调为红色，票幅长 155 毫米、宽 77 毫米
	正面	主景为毛泽东头像，左侧为"中国人民银行"行名、阿拉伯数字"100"、面额"壹佰圆"和椭圆形花卉图案。左上角为中华人民共和国国徽图案，右下角为盲文面额标记
	背面	主景为"人民大会堂"图案，左侧为人民大会堂内圆柱图案。票面右上方为"中国人民银行"的汉语拼音字母和蒙、藏、维、壮四种民族文字的"中国人民银行"字样和面额
50 元纸币	色彩、尺寸	主色调为绿色，票幅长 150 毫米、宽 70 毫米
	正面	主景为毛泽东头像，左侧为"中国人民银行"行名、阿拉伯数字"50"、面额"伍拾圆"和花卉图案，左上角为中华人民共和国国徽图案，右下角为盲文面额标记
	背面	主景为"布达拉宫"图案，右上方为"中国人民银行"汉语拼音字母和蒙、藏、维、壮四种民族文字的"中国人民银行"字样和面额
20 元纸币	色彩、尺寸	主色调为棕色，票幅长 145 毫米、宽 70 毫米
	正面	主景为毛泽东头像，左侧为"中国人民银行"行名、阿拉伯数字"20"、面额"贰拾圆"和花卉图案，票面左上角为中华人民共和国国徽图案，右下角为盲文面额标记
	背面	主景为"桂林山水"图案，票面右上角为"中国人民银行"汉语拼音字母和蒙、藏、维、壮四种民族文字的"中国人民银行"字样和面额

（续表）

面额	方位	特征
10元纸币	色彩、尺寸	主色调为蓝黑色，票幅长140毫米、宽70毫米
	正面	主景为毛泽东头像，左侧为"中国人民银行"行名、阿拉伯数字"10"、面额"拾圆"和花卉图案。左上角为中华人民共和国国徽图案，右下角为盲文面额标记
	背面	主景为"长江三峡"图案，右上方为"中国人民银行"汉语拼音字母和蒙、藏、维、壮四种民族文字的"中国人民银行"字样和面额
5元纸币	色彩、尺寸	主色调为紫色，票幅长135毫米、宽63毫米
	正面	主景为毛泽东头像，左侧为"中国人民银行"行名、阿拉伯数字"5"、面额"伍圆"和花卉图案。左上角为中华人民共和国国徽图案，右下角为盲文面额标记
	背面	主景为"泰山"图案，右上方为"中国人民银行"汉语拼音字母和蒙、藏、维、壮四种民族文字的"中国人民银行"字样和面额
1元纸币	色彩、尺寸	主色调为橄榄绿色，票幅长130毫米、宽63毫米
	正面	主景为毛泽东头像，左侧为"中国人民银行"行名、阿拉伯数字"1"、面额"壹圆"和花卉图案，左上角为中华人民共和国国徽图案。右下角为盲文面额标记
	背面	主景为杭州"西湖"图案，右上角"中国人民银行"汉语拼音字母和蒙、藏、维、壮四种民族文字的"中国人民银行"字样和面额

第二节 点钞技能

内容释义

　　点钞是从拆把开始到扎把为止的一个连续、完整的过程，具体包括拆把持钞、清点、记数、墩齐、扎把、盖章等环节。点钞是出纳人员必须掌握的一项技能，出纳人员要想加快点钞速度、提高点钞水平，就必须把各个环节的工作做好。

1. 点钞的基本环节

点钞的基本环节主要包括拆把持钞、清点、记数、墩齐、扎把、盖章等环节，如图4-1所示。

环节1 拆把持钞	成把清点时，首先需将腰条纸拆下。拆把时，可将腰条纸脱去，保持其原状，也可将腰条纸用手指勾断。初点时，通常采用脱去腰条纸的方法，以便复点时发现差错进行查找；复点时，一般将腰条纸勾断

环节2 清点	清点钞券是出纳人员工作的关键环节。出纳人员的清点既要快又要准确，因此，出纳人员要勤学苦练清点基本功。同时，出纳人员在清点过程中，还需将损伤券按规定标准剔出，以保持流通中票面的整洁。如该把钞券中夹杂着其他版面的钞券，应将其挑出。在点钞过程中若发现差错，出纳人员应将差错情况记录在原腰条纸上，并把原腰条纸放在钞券上面一起扎把，不得将其扔掉，以便事后查明原因，另作处理

环节3 记数	记数也是点钞的基本环节，与清点相辅相成。在清点准确的基础上，必须做到记数准确

环节4 墩齐	出纳人员将钞券清点完毕扎把前，先要将钞券墩齐，以便扎把时保持钞券外观整齐美观。墩齐钞券要求四条边水平，不露头、不呈梯形错开，卷角应拉平。墩齐时，双手松拢，先将钞券竖起来，双手将钞券捏成瓦形在桌面上墩齐，然后将钞券横立并将其捏成瓦形在桌面上墩齐

环节5 扎把	每把钞券清点完毕后，要扎好腰条纸。腰条纸要求扎在钞券的1/2处，左右偏差不得超过2厘米。同时要求扎紧，以提起第一张钞券不被抽出为准

环节6 盖章	盖章是点钞过程的最后一环。在腰条纸上加盖点钞员名章，表示对此把钞券的质量、数量负责，所以，每个出纳人员点钞后均要盖章，而且图章要盖得清晰，以看得清姓名为准

图4-1 点钞的基本程序

2. 点钞的基本要领

点钞是搞好出纳工作的基础，也是出纳人员必备的基本业务素质之一。这就要求出纳人员必须刻苦训练，掌握过硬的点钞技术。点钞的基本要领如表4-4所示。

表4-4　点钞的基本要领

序号	要领	具体说明
1	肌肉要放松	点钞时，两手各部位的肌肉要放松。正确的姿势是：肌肉放松，双肘自然放在桌面上，持票的左手手腕接触桌面，右手腕稍抬起
2	钞券要墩齐	需清点的钞券必须清理整齐、平直。清理好后，将钞券在桌面上墩齐
3	开扇要均匀	钞券清点前，都要将票面打开成扇形，使钞券有一个坡度，便于捻动。手工点钞时，捻钞的手指与票子的接触面要小
4	动作要连贯	动作的连贯性包括两方面的要求：一是指点钞过程的各个环节必须紧张协调、环环紧扣；二是指清点时的各个动作要连贯，动作之间要尽量缩短和不留空隙时间
5	点数要协调	点和数是点钞过程的两个重要方面，这两个方面要相互配合、协调一致。为了使二者紧密结合，记数通常采用分组法。单指单张以十为一组记数，多指多张以清点的张数为一组记数，使点和数的速度能基本吻合。同时，记数通常要用脑子记，尽量避免用口数

应 用 实 务

按点钞的姿势不同，手工点钞可分为手持式点钞法和手按式点钞法。

1. 手持式点钞法

手持式点钞法是指将钞券拿在手上进行清点。手持式点钞法包括手持式单指单张点钞法、手持式一指多张点钞法、手持式四指拨动点钞法和手持式五指拨动点钞法等多种方法。

（1）手持式单指单张点钞法

手持式单指单张点钞法是指用一根手指一次点一张地清点人民币，其操作过程如图4-2所示。

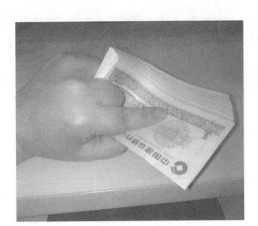

步骤1 持票	左手持人民币，手心向下，左手拇指按住人民币正面的左端中央，食指和中指在人民币背面，与拇指同时捏住人民币

步骤2 清点	拆把后，用右手拇指尖向下捻动钞券的右上角，食指在钞券背面托住少量钞券配合拇指工作（捻动时，拇指不要抬得太高，动作不要太大，以免影响速度），随着钞券的捻出食指还要向前移动，以及便时托住另一部分钞券；无名指将捻下来的钞券向怀里弹，每捻下一张弹一次，要注意轻点快弹；中指翘起不要触及票面，以免妨碍无名指的动作。在这一环节中要注意，右手拇指捻钞时，主要负责将钞券捻开，下钞主要靠无名指弹拨

步骤3 挑残破卷	在清点过程中，如发现残破券，应按剔旧标准将其挑出。为了不影响点钞速度，点钞时不要急于抽出残破券，只要用右手中指、无名指夹住残破券将其折向外边；待点完100张后，抽出残破券，补上完整券

步骤4 记数	在记数时，由于币面数量大、容易混杂，从而影响点钞的速度和准确度，应尽量将10张算作一组来计算。点钞时注意姿式，身体挺直，眼睛和人民币保持一定距离，两手肘部放在桌面上

图 4-2　手持式单指单张点钞法的操作步骤

记数时，记数速度往往跟不上捻钞速度，所以必须巧记，通常可采用分组计数法。分组记数法包括以下两种方法，具体内容如表4-5所示。

表4-5　记数方法

数量	方法	解释
第一种方法	1、2、3、4、5、6、7、8、9、1； 1、2、3、4、5、6、7、8、9、2； …… 1、2、3、4、5、6、7、8、9、10	这种记数方法是将100个数编成10个组，每个组都由10个一位数组成，前面9个数都表示张数，最后一个数既表示这一组的第10张，又表示这个组的组序号码，即第几组。这样在点数时，记数的频率和捻钞的速度能基本吻合
第二种方法	0、2、3、4、5、6、7、8、9、10； 1、2、3、4、5、6、7、8、9、10； …… 9、2、3、4、5、6、7、8、9、10	这种记数方法的原则与第一种相同，不同的是，把组的号码放在了每组数的前面

（2）手持式一指多张点钞法

手持式一指多张点钞法适合收款、付款和整点工作。其优点是点钞效率高，记数简单省力；其缺点是不易发现残破券和假币。这种点钞法的操作步骤除了清点和记数外，其他均与手持式单指单张点钞的操作步骤相同。具体如图4-3所示。

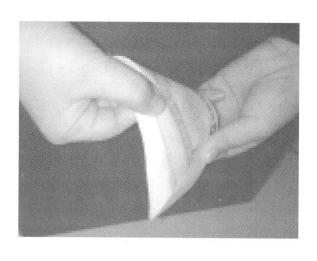

步骤1 持票	左手持人民币，手心向下，左手拇指按住人民币正面的左端中央，食指和中指在人民币背面，与拇指同时捏住人民币

步骤2 清点	清点时，右手拇指肚放在钞券的右上角，拇指尖略超过票面。如点双张，先用拇指肚捻下第1张，用拇指尖捻下第2张；如点3张及3张以上时，同样先用拇指肚捻下第1张，然后捻下第2张，用拇指尖捻下最后1张。要注意拇指应均衡用力，捻的幅度也不要太大，食指、中指在钞券后面配合拇指捻动，无名指向怀里弹。为增大审视面，并保证左手切数准确，点数时眼睛要从左向右看，这样容易看清张数、残破券和假币

步骤3 挑残破卷	在清点过程中，若发现残破券，应按剔旧标准将其挑出。为了不影响点钞速度，点钞时不要急于抽出残破券，只要用右手中指、无名指夹住残破券将其折向外边即可；待点完100张后，抽出残破券，补上完整券

步骤4 记数	一次捻下多张时，应采用分组记数法，以每次点的张数为一组记数。如点4张，即以4张为一组记数，每捻4张记一个数，25组就是100张；又如点5张，即以5张为一组记数，每捻5张记一个数，20组就是100张，以此类推

图4-3 手持式一指多张点钞法的操作步骤

（3）手持式四指拨动点钞法

手持式四指拨动点钞法，也称四指四张点钞法或手持式四指扒点法。这种方法适用于收款、付款和整点工作，是一种使用广泛、比较适合柜面收付款业务的点钞方法。它的优点是速度快、效率高。由于每指点一张，票面可视幅度较大，看得较为清楚，有利于发现残破券和假币。它的缺点是点一张记一个数，比较费力。具体的操作步骤如图4-4所示。

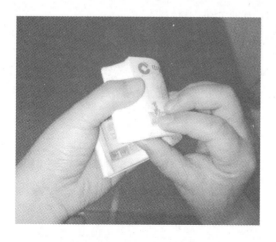
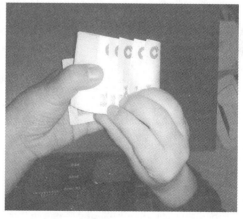

步骤1 持票	钞券横立，左手持钞。持钞时，手心朝向胸前，手指向下，中指在票前，食指、无名指、小指在后，将钞券夹紧；以中指为轴心五指自然弯曲，中指第二关节顶住钞券，向外用力，小指、无名指、食指、拇指同时向手心方向用力，将钞券压成"U"形，"U"口朝里。这里要注意食指和拇指要从右上侧将钞券往里、往下方轻压；手腕向里转动90度，使钞券的凹面向左但略朝里，凸面向右但略朝外；中指和无名指夹住钞券，食指移到钞券外侧面，用指尖按住钞券，以防下滑，大拇指轻轻按住钞券外上侧，既要防钞券下滑又要配合右手清点。最后，左手将钞券移至胸前约20厘米的位置，右手五指同时沾水，作好清点准备

步骤2 清点	两只手摆放要自然。一般左手持钞略低，右手手腕抬起高于左手。清点时，右手拇指轻轻托住内上角里侧的少量钞券；其余四指自然并拢，弯曲成弓形；食指在上，中指、无名指、小指依次略低，四个指尖呈一条斜线。然后从小指开始，四个指尖依次顺序各捻下1张，四指共捻4张。接着以同样的方法清点，循环往复，点完25次即点完100张。用这种方法清点时要注意以下几点：①捻钞券时动作要连续，下张时一次一次连续不断，当食指下本次最后一张时，小指要紧紧跟上，每次之间不要间歇；②捻钞的幅度要小，手指离票面不要过远，四个指头要一起动作，加快往返速度；③四个指头与票面接触面要小，应用指尖接触票面进行捻动；④右手拇指随着钞券的不断下捻向前移动，托住钞券，但不能离开钞券；⑤在右手捻钞的同时，左手要配合动作，每当右手捻下一次钞券，左手拇指就要推动一次，二指同时松开，使捻出的钞券自然下落，再按住未点的钞券，往复动作，使下钞顺畅自如

步骤3 记数	手持式四指拨动点钞法应采用分组记数法。以四个指头顺序捻下4张为一次，每次为一组，25次即25组，总共就是100张

步骤4 扎把与盖章	用手持式四指拨动法点钞，清点前不必先折纸条，只要将捆扎钞券的腰条纸挪移到钞券1/4处就可以开始清点，发现问题时，可保持原状，便于追查。清点完毕后，初点不用勾断腰条纸，复点完时顺便将腰条纸勾断，重新扎把盖章

图4-4 手持式四指拨动点钞法的操作步骤

2. 手按式点钞法

（1）手按式单指单张点钞法

手按式单指单张点钞法是一种传统的点钞方法，在会计行业中流传甚广。它适用于收付款和整点各种新、旧大小钞券。这种点钞法的步骤如图4-5所示。

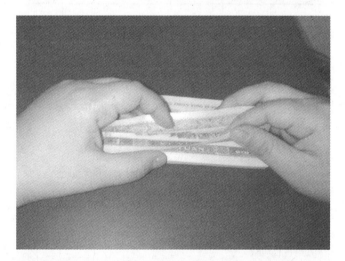

| 步骤1
拆把 | 将钞券横放在桌面上，一般在点钞员正胸前。左手小指、无名指微弯按住钞券左上角，约占票面1/3处，食指伸向腰条纸并将其勾断，拇指、食指和中指微屈，作好点钞准备 |

| 步骤2
清点 | • 右手拇指托起右下角的部分钞券，用右手食指捻动钞券，其余手指自然弯曲。右手食指每捻起一张，左手拇指便将钞券推送到左手食指与中指间夹住，这样就完成了一次点钞动作，以后依次连续操作
• 用这种方法清点时应注意，右手拇指托起的钞券不要太多，否则会使食指捻动困难；也不宜太少，太少会增加拇指活动次数，从而影响清点速度。一般一次以20张左右为宜 |

| 步骤3
记数 | 记数可采用双数记数法，数至50张，不用到100张，也可采用分组记数法，以十为一组记数。记数方法与手持式单指单张基本相同 |

图4-5 手按式单指单张点钞法的操作步骤

（2）手按式双张点钞法

手按式双张点钞法的操作步骤如图4-6所示。

| 步骤1
放票 | 整点时，把钞券斜放在桌面上，左手的小指、无名指压住钞券左上方约占1/4处 |

| 步骤2
沾水 | 右手食指、中指蘸水后，随即用拇指托起右下角的部分人民币 |

| 步骤3
点数 | 右臂倾向左前方，然后用中指向下捻起第一张，随即用食指再捻起第二张，捻起的这两张人民币由左手拇指往上送到食指、中指间夹住 |

| 步骤4
记数 | 记数采用分组记数，两张为一组记一个数 |

图4-6 手按式双张点钞法的操作步骤

（3）手按式三张和四张点钞法

手按式三张和四张点钞法的操作步骤如图4-7所示。

| 步骤1
放票 | 整点时，把钞券斜放在桌面上，左手的小指、无名指压住钞券的左上方约占1/4处 |

| 步骤2
沾水 | 右手的食指、中指、无名指和小指沾水 |

| 步骤3
点数、记数 | 采用分组记数，三指点钞就是每3张为一组记1个数，数到33组最后剩一张，即为100张；四指点钞就是每4张为一组记1个数，数到25组即为100张 |

| 步骤4
挑残破卷 | 点数时发现残破券，即用两个手指夹住并抽出来 |

图4-7 手按式三张和四张点钞法的操作步骤

（4）手按式五张扳数点钞法

手按式五张扳数点钞法的操作步骤如图4-8所示。

步骤1 放票	双手持钞券，两手拇指在钞券前，其余各指在钞券后，捏住钞券的下半部将其竖立

步骤2 点数	以左手拇指向右推，右手四个手指向左推，下端约伸出桌面2厘米；左手中指、无名指、小指按住钞券并扳起右下角，使其向左散开，然后左手拇指在扳起的钞券中部一次扳5张，每扳一次用中指、食指夹住

步骤3 记数	记数时，5张为一组，记1个数，数到20组即为100张

图4-8　手按式五张扳数点钞法的操作步骤

（5）手按式点钞法的优缺点比较

手按式点钞法的优缺点比较如表4-6所示。

表4-6　手按式点钞法的优缺点比较

点钞法	优点	缺点
手按式单指单张点钞法	逐张清点，看到的票面较大，便于挑剔损伤券，特别适宜于清点散把钞券、辅币及残破券多的钞券	速度较受限
手按式双张点钞法	速度比手按式单指单张点钞法快一点	挑残破币不方便
手按式三张和四张点钞法	速度较快	除第一张外，其余各张看到的票面小，不宜整点残破卷较多的钞票，劳动强度也较大
手按式五张扳数点钞法	速度较快	票面小，不便挑出残破券和鉴别假票

3. 硬币清点方法

在出纳工作中，清点硬币是一件麻烦的工作。以下介绍两种硬币清点方法，供读者参考。

（1）手工整点硬币

手工整点硬币一般常用于收款、收点硬币尾零款，以100枚为一卷，一次可清点5枚、12枚、14枚或16枚，最多的可一次清点18枚。具体如图4-9所示。

步骤1 拆卷	右手持硬币卷的1/3部位，左手撕开硬币包装纸的一头，然后右手大拇指向下从左到右开包装纸，把纸从卷上面压开后，左手食指平压硬币，右手抽出已压开的包装纸，这样即可准备清点

步骤2 点数	按币值大小顺序，左手持币，右手拇指食指分组清点。为保证准确，用右手中指从一组中间分开查看，如一次点18枚为一组，即从中间分开一边9枚；如一次点10枚为一组，一边为5枚

步骤3 包装	清点完毕，用双手的无名指分别顶住硬币的两头，用拇指、食指、中指捏住硬币的两端，将硬币取出，放入已准备好的包装纸1/2处，再用双手拇指把里半部的包装纸向外掀起掖在硬币底部，然后右手掌心用力向外推卷，用双手的中指、食指、拇指分别将两头包装纸压下均贴至硬币，这样使硬币两头压三折，完成包装

图4-9 手工整点硬币的操作步骤

（2）工具整点硬币

所谓工具整点硬币，就是指对大批的硬币用整点工具进行整点。具体操作步骤如图4-10所示。

步骤1 拆卷	①震裂法拆卷：用双手的拇指与食指、中指捏住硬币的两端向下震动，在震动的同时，左手稍向里扭动，右手稍向外扭动 ②刀划法拆卷：首先在硬币整点器的右端安装一个坚硬刃向上的刀片，拆卷时，用双手的拇指、食指、中指捏住硬币的两端，从左端向右端从刀刃上划过，这样包装纸被刀刃划破一道口，硬币进入整点器盘内，然后将被划开的包装纸拿开，准备点数

步骤2 点数	将硬币放入整点器内进行清点时，用双手食指扶在整点器的两端，拇指推动弹簧轴，眼睛从左端到右端，看清每格内是否5枚，若有氧化变形的硬币或伪币，随时挑出，如数补充上，然后准备包装

步骤3 包装	清点完毕，用双手的无名指分别顶住硬币的两头，用拇指、食指、中指捏住硬币的两端，将硬币取出，放入已准备好的包装纸1/2处，再用双手拇指把里半部的包装纸向外掀起掖在硬币底部，然后右手掌心用力向外推卷，用双手的中指、食指、拇指分别将两头包装纸压下均贴至硬币，这样使硬币两头压三折，完成包装

图4-10 工具整点硬币的操作步骤

第三节　会计档案管理

内容释义

出纳人员除了做好基本业务工作外，还应管理好会计档案。会计档案的内容包括以下几项。

1. 出纳凭证

包括出纳记账所编制和使用的各种记账凭证及其所附的原始凭证和汇总记账凭证。

2. 出纳账簿

包括现金日记账、银行存款日记账和有价证券明细分类账。

3. 出纳单据及报告

包括经费开支计划与决算表、出纳报告单、银行存款对账单、资金分析报告单、作为收付款依据的各种经济合同和文件以及其他财务管理方面的重要凭据（如支票申请单、支票领用登记簿等）。

业务要点

出纳人员应按规定对会计档案进行整理，具体包括以下几点。

（1）出纳人员要做好原始凭证的整理、分类、装订。

（2）出纳人员应一年更换一次账簿，在更新账簿时，将旧账编号、扉页内容、目录等项目按有关要求填写齐全。

（3）对活页账和卡片账进行装订，编齐页码，加上扉页，并加盖企业财务公章。更换新账后，应将整理完整的旧账归入会计档案。

（4）档案记录应真实、完整、准确，不得擅自篡改、涂改档案内容。

（5）档案要按要求进行整理，防止其散乱丢失。

（6）档案的使用、移交、销毁必须严格按照规定执行，不得擅自将档案外借。

（7）档案存放的地方必须防盗、防火、防潮、防虫。

（8）档案保管必须按规定年限执行。

应用实务

1. 会计档案保管期限

会计档案按其特点可分为永久保管和定期保管两类。定期保管期限为 3 年、5 年、10 年、15 年、25 年。会计档案的保管期限从会计年度终了后的第一天算起。《会计档案管理办法》第九条规定，会计档案的保管期限为最低保管期限。各类会计档案的保管应按表 4-7 所示的期限执行。

表 4-7　会计档案保管期限一览表

序号	档案名称	保管期限（年）	备注
	一、会计凭证类		
1	原始凭证	15	
2	记账凭证	15	
3	汇总凭证	15	
	二、账簿类		
4	总账	15	包括日记总账
5	明细账	15	
6	日记账	15	现金和银行存款日记账保管 25 年
7	固定资产卡片		固定资产报废清理后保存 5 年
8	辅助账簿	15	包括各级主管部门的汇总财务报告
	三、财务报告类		
9	月、季度财务报告	3	包括文字分析
10	年度财务报告	永久	包括文字分析
	四、其他类		
11	会计移交清册	15	
12	会计档案保管清册	永久	
13	会计档案销毁清册	永久	
14	银行余额调节表	5	
15	银行对账单	5	

2. 会计档案销毁

对于企业来说，保存过期会计档案弊多利少。过期档案不仅大量占据档案室空间，而且给以后的档案查找带来诸多不便。因此，对于保存期限已满且确实没有保存必要的会计档案，经单位领导审查批准后，可以进行销毁。销毁程序有以下几点。

（1）销毁档案之前。应由单位档案机构会同会计机构提出销毁意见，编制会计档案销毁清册，列明销毁会计档案的名称、卷号、册数、起止年度、档案编号、应保管期限、已保管期限、销毁时间等内容。由单位负责人在会计档案销毁清册上签署意见。

（2）销毁会计档案时。应由档案机构和会计机构共同派人监销。监销人在销毁会计档案前，应按销毁清册所列内容清点及核对所要销毁的会计档案。

（3）销毁档案之后。监销人应在会计档案销毁清册上签章，并将监销情况报告单位负责人。

这里需要注意的一点是，对于保管期满、但尚未结清的债权债务原始凭证和涉及其他未了事项的原始凭证，不得销毁，应单独抽出立卷，一直保管到未了事项完结时为止。对于单独抽出立卷的会计档案，应在会计档案销毁清册和会计档案保管清册中列明。对于正在项目建设期间的建设企业，其保管期满的会计档案不得销毁。

3. 会计档案调阅

对于会计档案的调阅，有以下几点要求。

（1）单位内各部门若需查阅会计档案，必须经单位领导批准，并经财务经理同意后方可查阅。

（2）单位外部人员因公需要查阅会计档案时，应持其单位介绍信，经财务经理批准后方可查阅。档案管理人员应详细记录查阅人的工作单位、查阅日期、会计档案名称及查阅理由等。

（3）会计档案一般不得带出室外，若有特殊情况需带出室外复制时，必须经财务经理批准，并限期归还。

（4）会计档案查阅完毕后，必须按规定顺序及时归还原处。若要查阅入库档案，必须办理有关借用手续。

第四节　出纳工作交接

内容释义

根据《会计基础工作规范》的规定，出纳人员（含临时代理出纳工作的人员）凡因故不能在原出纳岗位工作时，均应向接管人员（含原被代理人员）办理移交手续；没有办理交接手续的，不得调动或者离职。这是出纳人员对工作应尽的职责，也是分清移交人员和接管人员责任的重要措施。

1. 交接要求

出纳交接时应做到两点：一是移交人员与接管人员要办清手续；二是交接过程须由专人负责监交。交接时，要进行财产清理，做到账账核对、账款核对。交接清楚后，应填写移交表，将所有移交的票、款、物编制详细的移交清册，按册向接交人点清。交接核对无误后，由交、接、监三方签字盖章。

2. 交接内容

出纳交接工作的大致内容包括以下几项。

（1）对于库存现金（现钞、金银珠宝等）、有价证券（证券、股票、商业汇票等）、其他贵重物品，要根据会计账簿的有关记录逐一点交。

（2）移交支票（空白现金支票、作废现金支票、转账支票等）、发票（空白发票、已用或作废发票存根联或作废发票其他联等）、印章（财务专用章、银行预留印鉴、印章和印鉴卡片以及"现金收讫"、"现金付讫"、"银行收讫"、"银行付讫"等业务印鉴），同时由接交人更换预留在银行的印鉴。

（3）支票、发票的号码必须是相连的，交接时要注意清点。

（4）出纳凭证（原始凭证、记账凭证）、收款收据（空白收据、已用或作废收据存根联或作废收据其他联）、支票簿接收时要查看清楚，并妥善保管。

（5）出纳账簿（现金日记账、银行存款日记账等）移交时，接交人应核对账账、账实是否相符、完整。

（6）其他有关会计资料（银行对账单，应由出纳人员保管的合同、协议等）、有关会计文件、会计用品移交时列出清单，认真记载。

（7）企业证件。主要包括企业的营业执照正本、副本，组织机构代码证正、副本，税务登记证正本、副本，银行开户许可证，发票领购本，地税通卡等。

（8）银行存款账户要与银行对账单核对，并编制银行存款余额调节表。

（9）移交人应将保险柜密码、钥匙、办公室钥匙、办公桌钥匙、门卡等一一移交给接交人。交接后应立即更换密码及有关的锁具。

3. 交接程序

出纳工作交接程序如表4-8所示。

表 4-8　出纳交接工作程序

交接程序	交接内容
第一阶段 交接准备	将已经受理的业务处理完毕
	将出纳账登记完毕，结出余额，并在最后一笔余额后加盖出纳人员名章
	整理应该移交的各种资料，对于未了事项和遗留问题，要写出书面说明材料
	编制移交清册，将要办理移交的账簿、印鉴、现金、有价证券、支票簿、发票、文件、其他物品等列清；在实行电算化的企业，移交人员还应在移交清册上列明会计软件及密码、数据盘磁带等内容
	出纳账应与现金和银行存款总账核对相符，现金日记账余额要与库存现金一致，银行存款日记账金额要与银行对账单一致
	在现金和银行存款日记账扉页的启用表上填写移交日期，并加盖名章
第二阶段 移交过程	库存现金要根据日记账余额当面点交，不得短缺；接替人员发现不一致或"白条抵库"现象时，移交人员应在规定的期限内负责查清
	有价证券要根据备查账余额进行点收，若发现有价证券面额与发行价不一致时，要按账面金额交接
	出纳账和其他会计资料必须完整无缺，不得遗漏。如有短缺，须查明原因，并在移交清册上注明由移交人负责
	银行存款账户要与银行对账单核对一致，出纳人员在办理交接前，须向银行申请打印对账单；如存在未达账项，还需编制银行存放余额调节表，调整相符
	接交人员应按移交清册点收应由出纳人员保管的其他财产物资，如财务章、人名章、收据、空白支票、科目印章、支票专用章等
	在实行电算化的企业，交接双方应在电子计算机上对有关数据进行实际操作，确认有关数据无误后，方可交接
第三阶段 交接完毕	出纳工作交接完毕后，交接双方和监交人员要在移交清册上签名盖章，并在移交清册上注明企业名称，交接日期，交接双方和监交人的职务、姓名，移交清册页数及需要说明的问题和意见等
	接交人员应继续使用移交前的账簿，不得擅自另立账簿，以保证会计记录前后衔接，内容完整
	移交清册须一式三份，交接双方各持一份，存档一份

出纳人员工作交接书示例

原出纳人员王某，因从××企业辞职，财务部决定将出纳工作移交给杨某接管，交接内容如下。

一、交接日期

2011 年 5 月 6 日。

二、具体业务的移交

1. 库存现金：2011 年 11 月 10 日账面余额 9 600 元，实存相符，月记余额与总账相符。

2. 银行存款：银行存款余额 890 万元，经编制"银行存款余额调节表"，核对相符。

三、移交的会计凭证、账簿、文件

1. 现金日记账：本年度现金日记账一本。

2. 银行存款日记账：本年度银行存款日记账两本。

3. 现金支票：空白现金支票 40 张（×号至×号）、空白转账支票 70 张（×号至×号）。

4. 对账单：银行对账单 1～11 月份共 12 本，11 月份未达账说明一份。

5. 账簿：托收承付登记簿一本、付款委托书一本。

6. 金库暂存物品明细表一份，与实物核对相符。

四、印鉴

××企业财务印章：转讫印章一枚、现金收讫印章一枚、现金付讫印章一枚。

五、交接前后工作责任的划分

2008 年 11 月 10 日前的出纳责任事项由王某负责，2008 年 11 月 10 日起的出纳工作由杨某负责。以上移交事项均经交接双方认定无误。

六、本交接书一式三份，双方各执一分，存档一份。

移交人：王某（签名盖章）

接管人：杨某（签名盖章）

监交人：刘某（签名盖章）

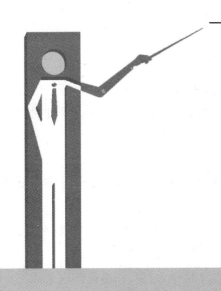

第五章

做好出纳管好钱
——现金管理

第一节　现金管理知识

内容释义

会计中的现金又称库存现金，是指存放在企业并由出纳人员保管的现钞，包括库存的人民币和各种外币。现金是企业流动性最大的一种货币资金，可以随时用以购买所需物资、支付日常零星开支、偿还债务等。

这里需要注意的一点是，依国际惯例解释，现金一词是指随时可作为流通与支付手段的票证，不论是否是法定货币或信用票据，只要具有购买或支付能力，均可视为现金。所以，现金在理论上有广义与狭义之分。

（1）狭义上：企业所拥有的硬币、纸币，即由企业出纳人员保管、作为零星业务开支之用的库存现款。我国所采用的是狭义的现金概念。

（2）广义上：包括库存现款和视同现金的各种银行存款、流通证券等。

业务要点

1. 现金管理的内容

企业只有加强现金管理才能防范舞弊行为，有计划地调节有限的货币，保证资金的利用率，促进产品的生产与销售并避免浪费，满足企业经营发展的需要。现金管理的内容包括以下几项。

（1）办理现金收付结算业务

① 严格按照国家有关现金管理的规定，根据稽核人员审核签章的收付款凭证进行复核，办理款项收付。

②对于重大开支项目，必须经过会计主管人员、总会计师或单位领导审核签章后，方可支付；收付款后，要在收付款凭证上签章，并加盖"收讫"、"付讫"戳记。

③库存现金不得超过银行核定的限额，超过部分要及时存入银行，不得以白条冲抵库存，更不得随意挪用。

（2）登记现金日记账

①根据已经办理完毕的收付款凭证，逐笔顺序登记现金日记账。对于当日的收支款项，当日必须入账，并结出余额。每日终了，现金的账面余额要同实际库存现金核对相符；如有差错，要及时查询处理。

②出纳人员不得兼管收入、费用、债权、债务账簿的登记工作和会计档案保管

工作。

（3）保管库存现金和各种有价证券

对于现金和各种有价证券，要确保其安全和完整无缺，若有短缺，出纳人员要负赔偿责任。出纳人员要保守保险柜密码，保管好钥匙，不得随意转交他人。

（4）保管有关印章、空白收据

①出纳人员应妥善保管印章，严格按照规定用途使用。

②对于空白收据，必须严格管理，专设登记簿登记，认真办理领用、注销手续。

2. 现金管理原则

按照《中华人民共和国现金管理暂行条例》（以下简称《现金管理暂行条例》）及其实施细则的规定，企事业单位和机关、团体、部队的现金管理应遵守"八不准"。这"八不准"是：

（1）不准用不符合财务制度的凭证顶替库存现金；

（2）不准单位之间相互借用现金；

（3）不准谎报用途套取现金；

（4）不准利用银行账户代其他单位和个人存入或支取现金；

（5）不准将单位收入的现金以个人名义存入储蓄；

（6）不准保留账外公款（即"小金库"）；

（7）不准发行变相货币；

（8）不准以任何票券代替人民币在市场上流通。

开户单位若违反现金管理"八不准"中的任何一种情况，开户银行可按照《现金管理暂行条例》的规定，责令其停止违法活动，并根据情节轻重给予警告或罚款。

3. 现金管理的具体办法

企业库存现金的日常管理包括现金收入和现金支出两个部分。在实际工作中，出纳人员应该根据《现金管理暂行条例》的相关规定做好现金日常管理工作。具体办法包括以下几点。

（1）现金日记账应及时逐笔登记。

（2）应根据收付款凭证办理现金收付业务，并及时登记入账。

（3）企业库存现金一律实行限额管理，其限额一般应以企业3～5天零星开支的现金需要量为准。特殊情况下，现金需要量可依据企业的实际情况适当放宽，但最多不能超过15天。

（4）所需现金在使用范围和限额内的，应从开户银行提取。提取现金时，须写明用途，不得编造用途套取现金。

（5）现金收入应于当天送存开户银行。若当天送存确有困难，应在开户银行规定的时间内尽早送存银行。

（6）不得擅自坐支现金。

（7）不允许白条抵库，不允许公款私存，不允许私设"小金库"。

（8）现金须日清月结，如有出入，应及时查明原因，做到账实相符、账账相符。

（9）须严格按照国家规定的开支范围使用现金，结算金额超过起点的，不得使用现金。

应 用 实 务

出纳人员在办理现金收付业务时，应遵循的现金管理制度如表5-1所示。

表5-1　出纳人员应遵循的现金管理制度

现金管理制度	具体内容
钱账分管制度	出纳人员应遵循"管钱不管账，管账不管钱"的原则，只负责办理现金收付业务和现金保管业务，不兼管稽核、会计档案保管和收入、支出、债权债务账簿的登记工作
现金开支审批制度	明确现金开支范围
	制定报销凭证，规范报销手续及流程
	确定现金支出审批条件
日清月结制度	清理各种现金收付款凭证，检查单证是否相符，同时检查每张单证是否已经盖齐"收讫"、"付讫"的戳记
	登记和清理日记账。将当日发生的所有现金收付业务全部登记入账，在此基础上，查看账证是否相符，即现金日记账所登记的内容和金额与收付款凭证的内容和金额是否一致。清理完毕后，结出现金日记账的当日库存现金账面余额
	现金盘点。出纳人员应按券别分别清点其数量，然后加总，即可得出当日现金的实存数；将盘存得出的实存数和账面余额进行核对，看两者是否相符
	检查库存现金是否超过规定的现金限额。如果实际库存现金超过规定库存限额，则出纳人员应将超过部分及时送存银行；如果实际库存现金低于库存限额，则应及时补提现金

（续表）

现金管理制度	具体内容
现金保管制度	除工作时间需要的小量备用金可存放于出纳人员的抽屉内外，其余现金则应放入出纳专用的保险柜内，不得随意存放
	出纳人员应对库存现金按照票面和币面金额进行分类保管
	钱币应按金额捆绑铺平存放
	超过库存限额以外的现金下班前应送存银行，限额内的现金可存放于保险柜内
	企业库存现金不准以个人名义存入银行，以防止有关人员利用公款形成账外"小金库"

第二节　现金收入管理

内容释义

现金收入是指各单位在其所开展的生产经营和非生产经营性业务中取得现金。它包括发生销售商品、提供劳务等业务时的现金收入，机关、团体、企事业单位提供非经营服务而取得的现金收入，单位内部的现金收入，出差人员差旅退回的多余款项，向单位职工收取的违反制度罚款，执法单位取得的罚没收入等。

业务要点

1. 现金收入处理程序

企业现金收入包括直接收款和从银行提取现金两种情况，二者在处理程序上略有差异。

（1）直接收款

直接收款的处理程序如图5-1所示。

复核现金、收款凭证是否齐备 → 当面清点现金，做到收付两清、一笔一清 → 开立收款凭证，并加盖"现金收讫"印章和收款人名章 → 根据收款凭证登记现金日记账

图5-1　直接收款的处理程序

（2）从银行提取现金

从银行提取现金的处理程序如图5-2所示。

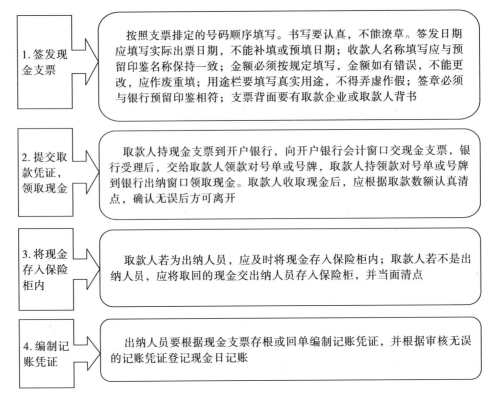

| 1. 签发现金支票 | 按照支票排定的号码顺序填写。书写要认真，不能潦草。签发日期应填写实际出票日期，不能补填或预填日期；收款人名称填写应与预留印鉴名称保持一致；金额必须按规定填写，金额如有错误，不能更改，应作废重填；用途栏要填写真实用途，不得弄虚作假；签章必须与银行预留印鉴相符；支票背面要有取款企业或取款人背书 |

| 2. 提交取款凭证，领取现金 | 取款人持现金支票到开户银行，向开户银行会计窗口交现金支票，银行受理后，交给取款人领款对号单或号牌，取款人持领款对号单或号牌到银行出纳窗口领取现金。取款人收取现金后，应根据取款数额认真清点，确认无误后方可离开 |

| 3. 将现金存入保险柜内 | 取款人若为出纳人员，应及时将现金存入保险柜内；取款人若不是出纳人员，应将取回的现金交出纳人员存入保险柜，并当面清点 |

| 4. 编制记账凭证 | 出纳人员要根据现金支票存根或回单编制记账凭证，并根据审核无误的记账凭证登记现金日记账 |

图5-2　从银行提取现金的处理程序

出纳人员在办理现金收入业务时应注意两点：第一，复核现金收入的合法性、真实性和准确性；第二，如果销售发货票上印有"代记账凭证"字样，可据以登记现金日记账。

2. 现金收入核算

（1）填制审批原始凭证

出纳人员在处理收款业务时，首先应审核外来的原始凭证，如发票和各种收据等，审核该项业务的合理性、合法性，该凭证所反映的商品数量、单价、金额是否正确，有无刮擦、涂改迹象，有无相关负责人签章，并对其票据的真实性进行审核。

（2）编制记账凭证

出纳人员应根据原始凭证登记记账凭证，必须书写清晰、数据规范、会计科目准确、编号合理、签章手续完备。

不论是企事业单位还是机关、团体及其他单位，在收到现金时，都应按规定编制现金收款凭证，其借方科目为"库存现金"，其贷方科目则应根据收入现金业务的性质和会计制度的规定来确定。

1. 现金收入的种类

各单位收入的现金按其性质可以分为以下几种，具体如表5-2所示。

表5-2　现金收入的种类

现金收入种类	说明
业务收入	企事业单位的业务收入，机关、团体等的拨款收入等
非业务收入	企业单位的投资收入、营业外收入，事业单位的其他收入等
预收现金款项	企事业单位按照合同规定预收的定金等
其他收入现金款项	其他收入所得款项

2. 业务收入现金记账凭证的编制

（1）商品流通企业收入

商品流通企业（特别是零售商店）的现金收入一般都由柜台的收款员直接送存银行，不通过财务部门。每日营业终了后，财务人员根据柜台收款员"现金交款单"的回单联和有关销售凭证填制银行存款收款凭证，不作为现金收款凭证。如果该商店不是由柜台收款员将现金收入送存银行，而是交给出纳人员送存银行，则财务部门应先根据柜台收款员送交的现金收入填制现金收款凭证，贷方科目为"主营业务收入"。

【例】4月6日，某零售商店柜台收款员送来当日销货现金收入11 232元，增值税税率为17%，会计分录为：

借：库存现金　　　　　　　　　　　　　　　　　　　　11 232

　　贷：主营业务收入　　　　　　　　　　［11 232 ÷（1 + 17%）］9 600

　　　　应交税费——应交增值锐（销项税额）　　　　　　　1 632

（2）工业企业营业收入

工业企业的营业收入一般有产品销售收入和其他业务收入等。工业企业对外销售产品，一般都通过转账结算，只有零星销售才收取现金。收到现金并编制收款凭证时，按照工业企业会计制度规定，其贷方科目为"主营业务收入"科目。此外，由于实行增值税，贷方科目还包括"应交税费——应交增值税（销项税额）"科目。

【例】11月30日，某企业向外销售产品一批，共计4 000元，增值税税率为17%，对方用现金支付。对此，出纳人员应当根据增值税专用发票存根联编制现金收款凭证，会计分录为：

借：库存现金   4 680

 贷：主营业务收入   4 000

  应交税费——应交增值税（销项税额） （4 000×17%）680

3. 非业务收入现金记账凭证的编制

非业务收入主要指对外投资活动所取得的投资收入和企业的营业外收入，即企事业单位除业务收入外的非营业业务活动所取得的收入。其中，营业外收入是指企业发生的与企业生产经营无直接关系的各项收入，包括固定资产盘盈、处理固定资产净收益、罚款收入、因债权人原因确实无法支付的应付款项等（投资收入都通过银行转账结算，当然也有可能是现金投资收益）。如果企业取得的营业外收入为现金收入，则应按规定编制现金收款凭证，贷方科目为"营业外收入"。

【例】7月9日，某企业员工交纳的罚款400元，会计分录为：

借：库存现金   400

 贷：营业外收入   400

4. 预收现金记账凭证的编制

所谓预收现金，就是指收到的购货或接受劳务单位或个人用现金预交的货款、劳务服务款或定金。预收现金款项应通过"预收账款"科目核算，不设"预收账款"科目的企业应通过"应收账款"科目核算，所以，企业在收取现金、编制现金收款凭证时，账户贷方应为"预收账款"或"应收账款"。

【例】某企业收取客户交送的预购定金60 000元，其会计分录为：

借：库存现金   60 000

 贷：预收账款   60 000

5. 其他现金收款业务记账凭证的编制

其他现金收款业务主要是指各单位向有关单位和个人收取的不属于营业收入、非营业业务收入和预收账款的其他现金款项的业务。这些现金收款业务主要有以下内容。

（1）向有关单位和人员收取的各种赔款、罚款。

（2）向有关单位和人员收取的押金。

（3）向有关单位和人员收回的借款。

（4）向有关单位和人员收回的押金。

（5）向员工收回的各种代垫款项。

按照现行会计制度的规定，上述这些款项一般都通过"其他应收款"、"其他应付款"科目进行核算。收到现金时，出纳人员应根据现金收款原始凭证编制现金收款记账凭证，其科目一般为"其他应收款"或"其他应付款"。

【例】8 月 10 日，某企业在现金清查中发现库存现金短缺 120 元，经查明，属出纳人员工作失误所造成。根据这种情况应先编制付款凭证，会计分录为：

借：其他应收款——现金短款　　　　　　　　　　　　　　　　120

贷：库存现金　　　　　　　　　　　　　　　　　　　　　120

收到出纳人员的赔款时，贷方科目为"其他应收款"，会计分录为：

借：库存现金　　　　　　　　　　　　　　　　　　　　　　120

贷：其他应收款——现金短款　　　　　　　　　　　　　120

第三节　现金支出管理

内容释义

现金支出是指在生产经营过程中，企业为获得另一项资产或者清偿债务时所发生的现金流出。企业现金支出的范围如图 5-3 所示

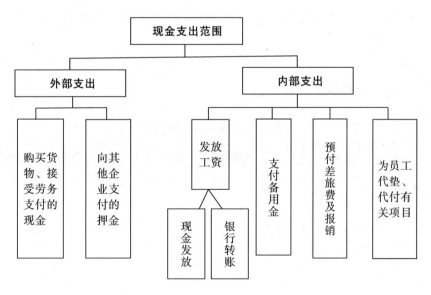

图 5-3　现金支出范围

业务要点

1. 现金支出管理

（1）出纳人员必须根据审核无误、审批手续齐全的付款凭证支付现金，并要求经办人员在付款凭证上签字。

（2）除财务部门或受财务部门委托外，任何部门或个人都不得代表企业接受现金或与其他企业办理结算业务。

（3）任何部门和个人不得以任何理由公款私借。个人因公借款时，须按《员工借款管理制度》的相关规定办理。

（4）在现金支出行为中，出纳人员必须坚持"有凭有据、手续完备、借款有借据、用款有凭证"的原则，不准以"白条"充抵库存现金。

（5）现金支出要做到日清月结，不得跨期、跨月处理账务。

（6）因采购地点不确定、交通不便、银行结算不便，且生产经营急需或有其他特殊情况而必须使用大额现金时，应由使用部门向财务部提出申请，经财务负责人及总经理同意后，方可支付现金。

（7）支付现金后，出纳人员要在付款凭证上加盖现金付讫章和出纳人员个人章，并及时处理有关账务。

2. 账务处理

现金支出账务处理如表5-3所示。

表5-3　现金支出账务处理

支出情况	处理说明	会计分录
将现金存入银行	企业将现金存入银行，按银行退回的进账单第一联作会计分录	借：银行存款 贷：库存现金
支付差旅费	企业内部员工因出差等原因需支付的现金，按支出凭证所记载的金额作会计分录	借：其他应收款 贷：库存现金
备用金	企业有单独设置"备用金"科目的，由企业财务部门单独拨给企业内部各部门周转使用的备用金	借：备用金 贷：库存现金（或银行存款）
	企业用备用金来支付一些开支时，应根据有关的支出凭单定期编制备用金报销清单。财务部门根据内部各企业提供的备用金报销清单，定期补足备用金	借：管理费用 贷：库存现金

1. 现金支出的处理程序

现金支出的处理分为三种情况：主动支出现金、被动支出现金和向银行送存现金。具体处理程序如表5-4所示。

表5-4 现金支出的处理程序

支出情况	解释	处理程序
主动支出现金	指企业主动将现金付给收款人，如发放工资、奖金、津贴以及各种福利等	第1步：根据有关资料，如工资表等编制付款单，计算出付款金额
		第2步：根据付款金额清点现金库存额，不足部分向银行提取
		第3步：支出现金时，如果直接发给收款人，必须当面点清并由收款人签字。如果由他人代收，应签上"×××代"字样
		第4步：根据付款单编制记账凭证
		第5步：根据记账凭证登记现金日记账
被动支出现金	指收款单位或个人持有关凭据到企业出纳处领取现金	第1步：受理并审核原始凭证，发现不真实、无效或不清楚的凭证，可及时退回或要求改填
		第2步：在审核无误的凭证上加盖"现金付讫"印章
		第3步：支付现金并进行复点，要求收款人当面点清
		第4步：根据原始凭证编制记账凭证
		第5步：根据记账凭证登记现金日记账
向银行送存现金	当天收入的现金或超过库存限额的现金要及时送存开户银行	第1步：整点票币。送款前，应将送存款清点整理，按币别、币种分开，合计出需要存款的金额
		第2步：填写现金进账单（缴款单）。根据整点好的存款金额填写进账单，各种币别的金额合计数应与存款金额一致
		第3步：向银行提交进账单和整点好的票币。票币要一次性交清、当面清点；如有差异，应当面复核
		第4步：开户银行受理后，在现金进账单上加盖"现金收讫"和银行印鉴后，退回交款人一联，表示款项已收妥
		第5步：根据银行退回的盖有"现金收讫"和银行印鉴的一联现金进账单，编制记账凭证
		第6步：根据记账凭证登记现金日记账

2. 现金支出业务的原始凭证

现金支出业务的原始凭证可分为外来原始凭证和自制原始凭证。外来原始凭证是指在经济业务发生或完成时从其他单位或个人处直接取得的原始凭证，如企业采购时取得的发货票，出差人员报账时提供的车船票、住宿票，货物运单，银行的收账通知单等。自制原始凭证是指由本单位内部经办业务的部门或个人（包括财会部门本身）在执行或完成某项经济业务时所填制的原始凭证。以下是几种常见的自制原始凭证，供读者参考。

（1）借款单

借款单一般适用于单位内部所属机构为购买零星办公用品或职工因公出差等原因向出纳人员借款时的凭证。基本格式如表5-5所示。

表5-5 借款单

___年___月___日

借款部门		借款人		出差地点	
				出差天数	
出差事由		借款金额（大写）			￥：
部门负责人意见		借款人签章		审核意见	
		备注			

（2）报销单

报销单是指各单位为购买零星物品、接受外单位或个人劳务或服务而办理报销业务，以及单位员工报销补助费、医疗费等所使用的单据。报销单可以由各单位根据自己的需要自行设计，也可以购买统一的报销单。基本格式如表5-6所示。

表5-6 报销单

报销单位：　　　　　　　　　___年___月___日

报销原因：	附原始凭证
金额（大写）　　　　　　　　　　　　　　　　　￥：	张

会计主管：　　　　　单位负责人：　　　　　经办人：

（3）工资表

工资表是各单位按月向员工支付工资的原始凭证。工资表的基本格式如表5-7所示。

表5-7 工资表

部门：　　　　　　　　　　　　　　　　　　　　　　　　　　　　　　　　单位：元

工资总额　　　项目　　　姓名	出勤		工资部分								津贴部分		应付工资	保险医疗	失业保险金	养老保险金	实发工资	领款人盖章（签字）
			月核定工资		计件工资		特殊工资		加班加点工资		夜班津贴	高温津贴						
		日工资	金额	工数	金额	工数	金额	工数	金额									

（4）领款单

领款单是本单位员工向单位领取各种非工资性奖金、津贴、补贴、劳务费和其他各种现金款项，以及其他单位或个人向本单位领取各种劳务费、服务费时填制的，作为本单位付款凭据的原始凭证。各单位可以自行设计或者购买统一的领款单，也可以根据需要设计印制。其基本格式如表5-8所示。

表5-8 领款单

　　　年　　　月　　　日

付款单位		付款方式	
款项用途			
金额			

（5）差旅费报销单

差旅费报销单是各单位出差人员根据交通票、住宿发票等外来原始凭证填制的、用来报销差旅费和出差补贴费的原始凭证。各单位可以自行设计或购买统一的差旅费报销单。其基本格式如表5-9所示。

表5-9　差旅费报销单

单位：　　　　　　　　　　　　　　　　___年___月___日

出发地				到达地				公出补助			车、船、飞机票	卧铺	住宿费	市内车费	邮电费	其他	合计金额
月	日	时	地点	月	日	时	地点	天数	标准	金额							
合计（人民币大写）：																	
备注																	

单位领导：　　　　财会主管：　　　　公出人：　　　　审核人：

3. 现金支出记账凭证

现金支出记账凭证的贷方科目为"库存现金"，借方科目取决于业务的性质和会计制度的规定。

【例】2011年5月3日，某单位行政部门用现金购买办公用纸，共计600元。这时，记账凭证的贷方科目为"库存现金"，借方科目则为"管理费用——公司经费"，具体如表5-10所示。

表5-10　现金支出记账凭证

贷方：库存现金　　　　　　2011年5月3日　　　　　　编号：1

摘要	借方	明细科目	金额	记账
行政部门购买办公用纸	管理费用	公司经费	600	
附单据　张	合计		600	

记账：　　　　　　复核：　　　　　　制证：

第四节　现金复核及收付款要求

内容释义

出纳在复核现金收入款项时应做到以下几点。

（1）审查现金收入凭证要素及现金收入票面记录是否正确、完整；

（2）现金收入日记账账簿是否填写正确、是否加盖名章；

（3）协同出纳人员轧库，登记轧库登记簿及库存登记簿；

（4）按照规定复点、复核现金，进行有价单证收付以及票币的兑换；

（5）叫号、收回铜牌，核对户名、取款金额，当面付款并交代清楚；

（6）对柜面收款进行监督，做好防假币工作；

（7）填写出纳人员错款登记簿。

业务要点

1. 复核现金收款凭证

现金收款凭证是出纳人员办理现金收入业务的依据。为了确保收款凭证的合法、真实和准确，出纳人员在办理每笔现金收入前，应先复核现金收款凭证，查看其内容是否填写齐全、手续是否完备。复核内容主要包括以下几项。

（1）日期。现金收款凭证的填写日期是否相符，是否有提前或推后的现象。

（2）编号。有无重号、漏号或不按日期顺序编号等情况。

（3）内容。摘要栏的内容与原始凭证反映的经济业务内容是否相符，内容记载是否真实、合法、准确。

（4）证证是否相符。收款凭证的金额与原始凭证的金额是否一致、大小写金额是否相符。

（5）附件。收款凭证"附单据"栏的张数与所附原始凭证的张数是否相符。

（6）手续。手续是否齐全，收款凭证的制单、复核、财务主管栏目是否已签名或盖章。

2. 现金付款凭证复核

现金付款凭证是出纳人员办理现金支付业务的依据。复核方法及基本要求与现金收款凭证相同，但在实际办理付款业务时还应注意以下三点。

（1）当发生销货退回需用现金退款时，应取得对方的收款收据，以此作为原始凭证，不得以退货发货票代替收据编制付款凭证。

（2）现金和银行存款收付业务只有付款凭证，没有收款凭证。例如，将当日营业款送存银行，制单人员根据现金解款单（回单）编制现金付款凭证，借方账户为银行存款，贷方账户为库存现金，不再编制银行存款收款凭证。

（3）从外单位取得原始凭证后，如不慎遗失，应取得原签发单位盖有关印章的证明，并注明原始凭证的名称、金额、经济内容等，且经企业负责人批准后，方可作为原始凭证。

应用实务

为了确保现金的安全完整，保证账实相符，出纳人员应做好现金的日清月结工作。每日下班前，出纳人员应及时盘点库存现金，将库存现金的实有数与"现金日记账"的余额进行核对。当实际盘点的现金与账上结存的余额有出入时，应及时查明原因。查找方法主要有以下几点。

（1）对日记账中的收入、支出、结余数再重新计算一遍，看是否存在计算错误。

（2）再次清点库存现金，检查是否是由点钞错误造成的。

（3）回忆当日的收付业务情景，检查是哪个环节出了问题。

（4）清点后仍查不出原因时，如果是现金多出，应及时上报企业领导；如果是现金短少，应当由当事人承担赔偿责任。

第五节　现金序时及总分类核算

内容释义

为了全面、连续、序时、逐笔地反映和监督现金的收入、支出和结存情况，防止现金收支差错及舞弊行为的发生，企业应设置"现金日记账"，进行序时核算。对于有库存外币现金的企业，应区分各种外币分别设置"现金日记账"。

"现金日记账"由会计部门的出纳人员根据审核无误的现金收、付款凭证和从银行提取现金时填制的银行存付款凭证，按照业务发生的先后顺序，逐日逐笔地登记。每日终了，应计算出当日现金收入合计数、现金支出合计数和结余数，并与库存现金的实际数进行核对，做到账实相符。月份终了，还应将"现金日记账"的余额与"库存现金"总账的余额进行核对；如果不符，应及时查明原因，以明确责任。企业应严禁以"白条"抵充现金。

业务要点

1. 现金日记账的基本格式

（1）三栏式现金日记账的格式如表5-11所示。

表5-11　三栏式现金日记账

年		凭证		摘要	对方科目	收入	支出	结余
月	日	字	号					
				合计				

（2）多栏式现金日记账的格式如表5-12所示。

表5-12　多栏式现金日记账

年		凭证		摘要	应付科目			收入	支出	结余
月	日	字	号		银行存款	销售收入	其他应收款			
				合计						

2. 现金总分类核算

为了总括地核算和监督库存现金的收入、支出和结存情况，企业应设置"库存现金"科目。该科目属于资产类，其借方反映库存现金的增加，其贷方反映库存现金的减少，期末余额在借方，反映企业实际持有的库存现金。企业如果有外币现金的收付，则应在现金科目中分别按不同的币种开设现金明细科目，进行明细核算。

应用实务

月末，当企业收到现金时，借记"库存现金"科目，贷记相关科目。当企业支付现金时，借记相关科目，贷记"库存现金"科目。有外币业务的企业，应分别按"人民币"和"外币"设置"现金日记账"，进行明细核算。

【例】7月9日，星名公司给材料采购员王宁开出一张支票，支取现金9 000元，用于到外地采购原材料。会计分录为：

借：库存现金　　　　　　　　　　　　　　　　　　　　　　9 000

　　贷：银行存款　　　　　　　　　　　　　　　　　　　　　9 000

当天，王宁预支差旅费200元。会计分录为：

借：其他应收款　　　　　　　　　　　　　　　　　　　　　　200

　　贷：库存现金　　　　　　　　　　　　　　　　　　　　　　200

7月12日，王宁凭发票单报销差旅费240元，不足部分用现金支付。会计分录为：

借：管理费用   240

  贷：其他应收款   200

    库存现金   40

7月14日，该公司以现金200元购买办公用品。会计分录为：

借：管理费用   200

  贷：库存现金   200

7月17日，该企业将现金2 000元存入银行。会计分录为：

借：银行存款   2 000

  贷：库存现金   2 000

第六节 财产清查

内容释义

  财产清查是通过实地盘点、核对、查询，确定各项财产物资、货币资金、往来款项的实际结存数，并与账存数核对，以保证账实相符的一种会计核算的专门方法。

  财产清查是内部牵制制度的一个组成部分，其目的在于定期确定内部牵制制度的执行是否有效。在企业日常工作中，在考虑成本、效益的前提下，可进行范围大小适宜、时机恰当的财产清查活动。也就是说，可按照财产清查实施的范围、时间间隔等把财产清查适当地进行分类。

业务要点

1. 财产清查的种类

按照不同的标准，可以对财产清查作出不同的分类，常见的有以下几种。

（1）按照清查对象和范围分类，具体如表5-13所示。

表5-13　按照清查对象和范围分类

分类	解释	具体内容
全面清查	对属于本单位或存放在本单位的所有财产物资、货币资金和债权债务进行全面盘点和核对	现金、银行存款、各种有价证券、其他货币资金以及银行借款等货币资金
		所有的固定资产、未完工程、原材料、在产品、产成品及其他物资
		各项在途材料、在途商品和在途物资
		各项债权、债务等结算资金
		租入使用、受托加工保管或代销的财产物资
		出租使用、委托其他单位加工保管或代销的财产物资等
局部清查	根据管理需要或依据有关规定，对部分财产物资、货币资金和债权债务进行盘点和核对	对现金的清查
		对于银行存款和银行借款，应由出纳人员每月与银行进行核对
		对于材料、在产品和产成品，除年度清查外，应有计划地每月重点抽查；对于贵重的财产物资，应每月清查盘点一次
		对于债权债务，应在年度内至少核对一次，有问题应及时核对、及时解决

（2）按照清查的时间分类，具体如表5-14所示。

表5-14　按照清查的时间分类

分类	解释	具体内容
定期清查	按预先计划安排或根据管理规定的时间进行	指按照预先计划安排或根据管理规定的时间，对财产物资、货币资金和债权债务进行的盘点和核对
不定期清查	事先不规定清查时间，而是根据实际情况的需要对财产物资、货币资金和债权债务进行的临时性的盘点和核对	更换出纳人员时对现金、银行存款进行的清查
		更换保管员时对其所保管的财产物资进行的清查
		上级机关、审计部门和金融部门根据工作需要对企业会计或业务进行审查时，根据审查的要求和范围对财产物资进行的清查
		兼并、重组、清算、迁移以及改变隶属关系等时进行的清查

（3）按照清查的执行系统分类，具体如表5-15所示。

表5-15　按照清查的执行系统分类

分类	具体内容
内容清查	由本单位内部自行组织清查工作小组所进行的财产清查工作
外部清查	由上级主管部门、审计部门、司法部门、注册会计师根据国家有关规定或实际情况需要而对本单位进行的财产清查

2. 财产清查的方法

财产清查的方法如表5-16所示。

表5-16　财产清查的方法

清查方法	具体说明	适用范围
实地盘点法	对各项实物通过逐一清点或用计量器具确定其实存数量	适用范围较广，大部分财产物资都可采用这种方法，如现金等
查询法	通过调查征询的方式，取得必要资料，以查明其实际情况。查询法分为面询法和函询法	
核对法	将两种或两种以上的书面资料相互对照，以验证其内容是否一致	银行存款的清查
账单核对法	把本单位的账簿记录或单证与对方的账、证进行核对，并据以确定资产实有数	主要适用于银行存款和应收项目的清查
技术推算法	对被清查的实物，通过计量其体积，然后用一定技术加以推算，以确定其实际数量	适用于数量多、体积大或难以逐一清点的实物

应用实务

1. 货币资金的清查

货币资金一般包括库存现金、银行存款和其他货币资金。以下主要介绍库存现金的清查和银行存款的清查。

（1）库存现金的清查

在坚持日清月结制度的前提下，在出纳人员对库存现金进行自我检查、清查的基础上，为了加强对出纳工作的监督，及时发现可能发生的现金差错或丢失，防止贪污、盗窃、挪用公款等不法行为的发生，确保库存现金安全完整，各单位应建立库存现金清查制度，由有关领导和专业人员组成清查小组，定期或不定期地对库存现金情况进行清查盘点。清查重点应放在账款是否相符、有无白条抵库、有无私借公款、有无挪用公款、有无账外资金等违纪违法行为上。

库存现金的清查应由清查人员会同现金出纳人员共同负责，通过实地盘点的方法，确定库存现金的实有数，再与现金日记账的账面余额进行核对，以查明余缺情况。库存现金的盘点应注意以下三个问题，具体如表5-17所示。

表5-17　库存现金清查的注意事项

清查阶段	具体说明
盘点前	应先将现金收付凭证全部登记入账，并结出余额
盘点时	出纳人员必须在场，现金应逐张清点，并与现金日记账进行核对；一旦发现盘盈或盘亏，必须核实清楚
盘点后	根据盘点结果及时填制"库存现金盘点报告表"，并由盘点人和出纳人员共同签章

"库存现金清查盘点报告表"的格式如表5-18所示，供读者参考。

表5-18　库存现金清查盘点报告表

单位名称：　　　　　　　　　　　　____年____月____日

账面余额	实存金额	清查结果	说明
		盘盈	
		盘亏	
财务负责人：	出纳：	监盘人：	盘点人：

（2）银行存款的清查

银行存款的清查采用核对法，即将开户银行定期送来的对账单与本单位的银行存款日记账逐笔进行核对，以查明银行存款收入、支出及结存是否正确相符。在与银行对账之前，应先检查本单位的银行存款日记账的正确性与完整性。银行存款账目不相符的原因如表5-19所示。

表 5-19 银行存款账目不相符的原因

不符事项	具体说明
记账错误	双方记账可能有差错，如错账、漏账等
未达账项	企业已经收款入账，而银行尚未入账
	企业已经付款入账，而银行尚未入账
	银行已经收款入账，而企业尚未入账
	银行已经付款入账，而银行尚未入账

发生上述任何一种情况，都会使企业与银行的银行存款账面余额不相等。所以，企业在接到银行转来的对账单时，应尽快与银行存款日记账核对，找出未达账项，并据以编制"银行存款余额调节表"，清除未达账项的影响，以便检查双方记账有无差错，并确定企业银行存款实有数。

"银行存款余额调节表"的编制是在银行对账单的余额和企业银行存款日记账余额的基础上，各自分别加上对方已收款入账而己方尚未入账的数额，减去对方已付款入账而己方尚未入账的数额，而后核对双方余额是否一致。

【例】名扬公司 2011 年 7 月 31 日银行存款日记账的账面余额为 104 364 元，开户银行送来的对账单所列余额为 113 352 元，经过逐笔核对，发现有以下未达账项。

(1) 7 月 29 日，企业开出现金支票一张，支付职工借支差旅费，计 1 620 元，持票人尚未到银行取款。

(2) 7 月 30 日，企业收到转账支票一张，计 9 060 元，银行尚未入账。

(3) 7 月 31 日，企业收到购货单位转账支票一张，计 22 080 元，已开具送款单送银行，企业已经入账，但银行尚未入账。

(4) 7 月 31 日，企业经济纠纷案败诉，银行代扣违约罚金 144 000 元，企业尚未接到凭证而未入账。

(5) 7 月 31 日，银行计算企业存款利息 5 280 元，已记入企业存款户，企业尚未接到凭证而未入账。

(6) 7 月 31 日，银行收到企业委托代收销货款 29 508 元，已收妥记入企业存款户，企业尚未接到凭证而未入账。

该公司根据以上未达账项编制了银行存款余额调节表如表 5-20 所示。

表5-20 银行存款余额调节表

2011年7月31日   单位：元

项目	金额	项目	金额
企业银行存款日记账余额	104 364	银行对应存款账户余额	113 352
加：企业未入账的收入款项		加：银行未入账的收入款项	
1. 存款利息	5 280	1. 存入转账支票	22 080
2. 银行代收货款	29 508	减：银行未入账的付出款项	
减：企业未入账的付出款项		1. 开出转账支票	9 060
银行代扣罚金	14 400	2. 开出现金支票	1 620
调节后重新求得的余额	124 752	调节后银行存款余额	124 752

2. 往来款项的清查

往来款项的清查包括对应收账款、预收账款、应付账款、预付账款的清查。清查时应采用查询核对法，在保证发出单位应收、应付等往来款项账面记录正确无误的基础上，将所有往来账项编制成一式两联的对账单，送交、函递对方单位进行核对。如果对方单位核对无误，应盖章后退回其中一联；如果核对不符，应在回单上注明不符原因，盖章退回发出单位，以便继续查实。发出单位收到对方的回单后，对错误的账目应及时查明原因，并按规定的手续和方法加以更正。同时，发出单位应根据对方单位的反馈情况编制"往来款项清查表"，如表5-21所示。

表5-21 往来款项清查表

总账科目：   ＿＿＿年＿＿＿月＿＿＿日

明细科目	账面结存余额	对方核实数额	不符数额	未达账项	拖付款项	争执款项	坏账	其他	备注

记账员：（签章）   清查人员：（签章）

第六章

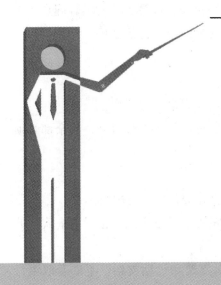

数来数往精计算
——银行结算

第一节 银行结算基础知识

银行结算是一种不使用现金，通过银行将款项从付款单位（或个人）的银行账户直接划转到收款单位（或个人）的银行账户的货币资金结算方式。除了规定的可以使用现金结算的业务以外，所有企事业单位和机关、团体等相互之间发生的商品交易、劳务供应、资金调拨、信用往来等，均应按照银行结算办法的规定，通过银行转账进行结算。

1. 银行结算起点

银行结算起点是指办理每一笔银行转账结算业务的最低金额。凡是不足结算起点金额的款项收付，通常需用现金进行结算，银行不办理转账结算。按照《现金管理暂行条例》的规定，现行银行结算起点为 1 000 元。当然，各种具体的银行结算方式的结算起点是不同的，如银行汇票汇款金额起点为 500 元，银行本票不定额的金额起点为 100 元等。

2. 办理银行结算的要求

办理银行结算的要求包括以下几项。

（1）必须遵守国家法律、法规和银行结算办法的各项规定。

（2）各项经济往来，除了按照国家现金管理的规定可以使用现金以外，其余都必须办理转账结算。

（3）账户内须有足够的资金保证支付。

（4）必须使用银行统一规定的票据和结算凭证，并按照规定正确填写。

（5）要遵守"恪守信用，履约付款，谁的钱进谁的账、由谁支配，银行不垫款"的结算原则。

（6）必须严格遵守银行结算纪律，不准签发空头支票和远期支票，不准套取银行信用。

（7）各单位办理结算，由于填写结算凭证有误而影响资金使用、由于票据和印章丢失而造成资金损失的，由其自行负责。

3. 银行结算的意义

银行结算的意义在于以下几点。

（1）手续简单，省去了使用现金结算时的款项运送、清点、保管等手续，方便快

捷，缩短了清算时间，加快了物资和资金的周转。

（2）能够缩小现金流通的范围和数量，为国家有计划地组织和调节货币流通量、防止和抑制通货膨胀创造了条件。

（3）能够减少由于对方单位不守信用而带来的损失。

（4）有利于聚集闲散资金，扩大银行信贷资金来源。

（5）可以避免由于实行现金结算而发生在现金运输、保管过程中的丢失、被抢、被窃等意外损失。

（6）银行转账结算不论款项大小、时间长短，都有据可查，一旦发生意外情况也便于追索，确保结算资金的安全。

（7）能全面地了解各单位的经济活动，监督各单位认真执行财经纪律。

应用实务

企业应从比较各种结算方式的特点及局限性出发，重视对企业银行结算活动与生产经营活动内在联系的研究，注意财会政策的协调、配合。

1. 掌握银行结算规定

各单位应在掌握银行结算规定的基础上合理选择结算方式。这些结算方式既有共性，也有特性；既相通，又互补，具体情况如表6-1所示。

表6-1 银行结算选择方式

选择方式	具体解释
比较付款期限	如需即期收款，可以选取信用卡、支票、银行本票、银行汇票等结算方式；如需约期收款，可以选取银行承兑汇票、商业承兑汇票、国内信用等证结算方式
根据付款保证性角度选择	如果销售企业不能掌握购货单位的信用情况，对及时、足额收回货款缺乏信心，可以选取银行本票、银行汇票、银行承兑汇票和国内信用证等结算方式；如果对购货单位的信用情况有所了解，在以往的交易中无不良付款记录，除了选取上述结算方式外，还可以考虑采取支票结算方式；如果购货单位信用程度比较高，在选取上述结算方式的同时，还可以考虑采用商业承兑汇票、托收承付、委托收款等结算方式
根据可否转让票据选择	如果收款人要再次背书转让票据，可以考虑选取汇票、本票、支票等结算方式；否则，应选取国内信用证、信用卡、汇兑、委托收款、托收承付等结算方式

（续表）

选择方式	具体解释
从防伪的角度出发选择	如果担心银行承兑汇票被复制，可以适当增加国内信用证的使用；如果担心出现伪造、变造的大额银行本票，可以采取持支票到出票人开户银行入账的结算方式
按照可否从银行融通资金的要求选择	如果持票人要凭票从商业银行取得贷款，可以选取银行承兑汇票、商业承兑汇票、国内信用证等结算方式；否则选取其他结算方式

2. 了解本单位购销活动情况

除表6-1所述情况外，各单位还应该了解本单位的赊销动情况，以便选择合理的银行结算方式。具体如表6-2所示。

表6-2　根据赊销活动情况选择银行结算方式

选择方式	具体解释
企业的产品在市场上属紧俏商品，供不应求	可以采取汇兑、支票款到账后发货、信用卡、银行本票、银行汇票等结算方式
本企业的产品属供求大致平衡的商品	在购货单位同意的情况下，除采取上述办法外，还可以考虑采用银行承兑汇票、国内信用证、支票等结算方式
本企业的产品在市场上属于供大于求的产品	在选取上述结算办法、方式的同时，还可以考虑选取商业承兑汇票、托收承付、委托收款等结算方式。在采购活动中，还应区分不同的情况，选择相应的结算方式

3. 银行结算凭证的主要内容

银行结算凭证是收付款双方及银行办理银行转账结算的书面凭证，是银行结算的重要组成部分，也是银行办理款项划拨、收付款单位和银行进行会计核算的依据。不同的结算方式，由于其适用范围、结算内容和结算程序不同，其结算凭证的格式、内容和联次等也各不相同。例如，银行汇票结算方式的结算凭证包括银行汇票委托书、银行汇票、银行汇票挂失电报等；商业汇票结算方式的结算凭证包括商业承兑汇票、银行承兑汇票、银行承兑汇票协议、贴现凭证等。

尽管各种结算凭证的格式、联次和办理程序不同，其具体内容也有较大差别，但是，各种结算凭证的基本内容大致相同。这些基本内容概括起来主要有以下几点：

（1）凭证名称；

（2）凭证签发日期；

（3）收付款单位开户银行名称；

（4）收付款单位的名称和账号；

（5）凭证联次及其用途；

（6）结算内容；

（7）结算金额；

（8）单位及其负责人的签章。

4. 银行结算凭证的填写要求

由于各种结算凭证是办理转账结算和现金收付的重要依据，直接关系到资金结算的准确性、及时性和安全性，同时，各种结算凭证还是银行、单位和个人记录经济业务、明确经济责任的书面证明，因此，各单位和有关个人必须按照规定认真填写银行结算凭证。

各单位在填写银行结算凭证时，应做到以下两点，如表6-3所示。

表6-3　银行结算凭证的填写要求

填写要求	具体解释
认真、完整地填写凭证内容	对于结算凭证上所列的收付款人和开户单位名称、日期、账号、大小写金额、收付款地点、用途等，要逐项认真填写，不得省略、简写或遗漏
规范填写凭证金额数字	银行结算凭证的填写必须做到要素齐全、内容真实、数字正确、字迹清楚，不得潦草、错漏，严禁涂改。单位和银行的名称必须用全称，异地结算应冠以省（自治区、直辖市）、县（市）字样

这里应注意的一点是，在填写票据和结算凭证时，银行对结算凭证金额的大小写要求极为严格，如不按规范填写，银行将不予受理。

此外，军队一类保密单位使用的银行结算凭证可免填写用途。

第二节　银行账户的开立及管理

内容释义

银行存款通常是指企业存放在银行和其他金融机构的货币资金。按照国家现金管理和结算制度的规定，每个企业都要在银行开立账户（即结算户）存款，用来办理存款、取款和转账结算。

银行存款账户分为基本存款账户、一般存款账户、临时存款账户和专用存款账户，具体如表6-4所示。

表6-4　银行账户分类

分类	解释
基本存款账户	存款人办理日常转账结算和现金收付的账户。存款人的工资、奖金等现金的支取需通过本账户办理
一般存款账户	办理基本存款账户之外的银行借款转存。与企业的基本存款账户不在同一地点的附属非独立核算企业，可申请开设一般存款账户。企业可以通过此账户办理转账结算和现金交存，但不能办理现金支取
临时存款账户	存款人因特定用途需要，依据当地工商行政机关核发的临时执照或当地有关部门同意设立外来临时机构的批件开立的账户
专用存款账户	企业因特定用途需要开立的账户。特定用途如基本建设、更新改造等

业务要点

1. 银行存款账户的使用

银行账户是各单位与其他单位通过银行办理结算和现金收付的重要工具。为了维护金融秩序，保证各项经济业务的正常开展，各单位应加强对银行账户的使用。银行存款账户的使用规定有以下几点。

（1）认真贯彻执行国家的政策、法令，遵守银行信贷结算和现金管理规定。银行检查时，单位应提供账户使用情况的有关资料。

（2）单位在银行开立的账户，只供本单位业务经营范围内的资金收付，不许出租、出借或转让给其他单位或个人使用。

（3）各种收付款凭证，必须如实填明款项来源或用途，不得巧立名目、弄虚作假；不得套取现金、套购物资。严禁利用账户搞非法活动。

（4）各单位在银行的账户必须有足够的资金保证支付，不准签发空头的付款凭证和远期的支付凭证。

（5）各单位应及时、正确地记载银行往来账务，并及时与银行寄送的对账单进行核对；若发现不符，应尽快查对清楚。

2. 银行存款账户的管理原则

根据《银行账户管理办法》的规定，银行账户管理应遵守以下几项基本原则，如表

6-5 所示。

表 6-5 银行账户管理原则

基本原则	解释	具体说明
一个基本账户原则	存款人只能在银行开立一个基本存款账户，不能开立多头基本存款账户	存款人在银行开立基本存款账户，由中国人民银行当地分支机构核发开户许可制度
自愿选择原则	存款人可以自主选择银行开立账户，银行也可以自愿选择存款人开立账户	任何单位和个人不得强制干预存款人和银行开立或使用账户
存款保密原则	银行必须依法为存款人保密，维护存款人资金的自主支配权	除国家法律规定和国务院授权中国人民银行总行监督的项目外，银行不得代任何单位和个人查询、冻结、扣划存款人账户内的存款

应用实务

1. 银行账户的开立

（1）开立银行的选择

根据现行《银行账户管理办法》的规定："存款人可以自主地选择银行，银行也可以自愿选择存款人开立账户。"企业应根据以下因素选择开立银行：

①企业与银行的距离如何，交通是否便利；

②银行服务设施及项目是否先进、齐全；

③银行能否直接办理异地快速结算；

④银行信贷资金是否雄厚，能否在企业困难时期提供一定的贷款支持。

（2）开立基本存款账户

在开立基本存款账户前，企业应先具备开户的基本条件，具体包括以下几点：

①企业和个体工商户要有当地工商行政管理部门核发的"企业法人执照"或"营业执照"正本；

②机关、事业单位要有中央或地方编制委员会、人事、民政等部门的批文；

③以上述证件为凭证，经公安部门批准，刻制与营业执照或文件中名称完全相同的公章与财务章；

④企业法人名章、财务主管人名章以及负责办理银行业务的财务人员名章。

银行基本存款账户的开立程序如图6-1所示。

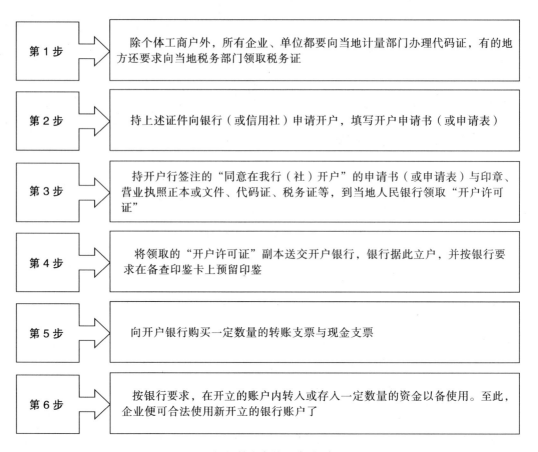

第1步	除个体工商户外，所有企业、单位都要向当地计量部门办理代码证，有的地方还要求向当地税务部门领取税务证
第2步	持上述证件向银行（或信用社）申请开户，填写开户申请书（或申请表）
第3步	持开户行签注的"同意在我行（社）开户"的申请书（或申请表）与印章、营业执照正本或文件、代码证、税务证等，到当地人民银行领取"开户许可证"
第4步	将领取的"开户许可证"副本送交开户银行，银行据此立户，并按银行要求在备查印鉴卡上预留印鉴
第5步	向开户银行购买一定数量的转账支票与现金支票
第6步	按银行要求，在开立的账户内转入或存入一定数量的资金以备使用。至此，企业便可合法使用新开立的银行账户了

图6-1　银行基本存款账户的开立程序

（3）开立一般存款账户

存款人可以通过本账户办理转账结算和现金缴存，但不能办理现金支取。

一般存款账户的开立要求及程序如表6-6所示。

表6-6　一般存款账户的开立要求与程序

一般存款账户设置条件和所需证明文件	在基本存款账户以外的银行取得借款的单位和个人可以申请开立该账户，并须向开户银行出具借款合同或借款借据
	与基本存款账户的存款人不在同一地点的附属非独立核算单位可以申请开立该账户，并须向开户银行出具基本存款账户的存款人同意其附属非独立核算单位开户的证明

（续表）

一般存款账户设置程序	存款人申请开立一般存款账户的，应填制开户申请书，提供相应的证明文件，送交盖有存款人印章的印鉴卡片，经银行审核同意后，即可开立该账户

（4）开立临时存款账户

临时存款账户是指存款人因临时经营活动的需要而开立的账户。存款人可以通过该账户办理转账结算，以及按照国家现金管理规定办理现金收付。临时存款账户的开立要求与程序如表6-7所示。

表6-7 临时存款账户的开立要求与程序

临时存款账户设置条件和所需证明文件	外地临时机构可以申请开立该账户，并须出具当地工商行政管理机关核发的临时执照
	有临时经营活动需要的单位和个人可以申请开立该账户，并须出具当地有权部门同意设立外来临时机构的批件
临时存款账户开立程序	存款人申请开立临时存款账户，应填制开户申请书，提供相应的证明文件，送交盖有存款人印章的印鉴卡片，经银行审核同意后，即可开设此账户

（5）开立专用存款账户

专用存款账户是指存款人因特定用途需要开立的账户。专用存款账户的开立条件与程序如表6-8所示。

表6-8 专用存款账户的开立条件与程序

专用存款账户设置条件	根据《银行账户管理办法》的规定，存款人对特定用途的资金，由存款人向开户银行出具相应证明即可开立该账户。特定用途的资金范围包括基本建设资金、更新改造资金和其他特定用途、需要专户管理的资金
所需提供的证明文件	经有关部门批准立项的文件、国家有关文件的规定
专用存款账户开立程序	存款人申请开立专用存款账户，应填制开户申请书，提供相应的证明文件，送交盖有存款人印章的印鉴卡片，经银行审核同意后开立账户

2. 更户

更户是指更换银行账户的名称，分为以下两种情况。

（1）在单位或个体经营户的资金来源或所有制性质未发生变化的前提下变更账户名称，不必变更账号。但是，营业执照的名称必须变，印章名称也要变更。出纳应持新变更的营业执照与印章去开户银行要回"开户许可证"副本，连同保存的正本一起带到当地银行，银行即可更改"开户许可证"名称。然后，再将更改后的副本送交开户银行，并据此预留新印鉴。

（2）单位资金来源或性质发生变化、所有制也随之变更时（如某些事业单位变成了企业，某些个体经营户经过联合变成了合伙经营户），不仅要变更账户名称，还需变更账号，银行需撤销原账户，重新开立新账户，为其编列账号。开户和销户的程序应按有关规定进行。

3. 并户

并户是指开户单位向银行申请合并其相同资金来源和相同资金性质的账户，或是两个单位合并后随之合并银行存款账户。合并账户大体要做以下四个方面的工作。

（1）依据并户理由向开户银行出示有关证件。

（2）主动与银行核对账目，包括存款账户余额与贷款余额。

（3）通过银行撤销被并账户，并将被并账户余额划转到保留账户。

（4）整理被并账户所剩转账支票、现金支票等重要空白凭证，将应交回开户银行的交回开户银行，对于经开户银行同意可以继续使用的，应更改凭证账号后继续使用。

4. 迁户

迁户是指开户单位因地址迁移等原因，向原开户银行提出申请，要求将账号迁往异地或他行。迁户分为以下两种情况。

（1）同城内迁户。要经原银行同意，撤销原开户银行账户，交回原"开户许可证"正、副本，再领取新的"开户许可证"，在新选择的银行开立账户。

（2）异地迁户。应由单位按规定程序向迁入地银行重新办理开户手续，待新账户开立且单位已在当地开始生产经营后，原账户在一个月内结清并注销。

5. 销户

销户是指开户单位因关、停、并、转等原因，向银行提出撤销账户申请。销户申请经银行审查，并核对其存、贷款账户后，予以办理销户手续。开户银行应在企业提出撤销账户申请之日起 7 日内向当地人民银行申报，并收回销户者的"开户许可证"正、副本。现行《银行账户管理办法》还规定："开户银行对一年（按对月对日计算）未发生收付活动的账户，应通知存款人自发出通知之日起 30 日内来行办理销户手续，逾期视同自愿销户。"

（1）企业撤销银行结算账户时，必须与开户银行核对银行结算账户存款余额，交回各种重要空白票据、结算凭证和开户登记证，经银行核对无误后，方可办理销户手续。

（2）存款人未按规定交回各种重要空白票据及结算凭证的，应出示有关证明，造成损失的，由其自行承担。

（3）企业被合并的，其账户应按规定撤销，将其资金余额转入合并企业的同类账户。合并企业应监督被合并企业撤销其账户，并负责按照《银行账户管理办法》的规定办理备案手续。

（4）由不同企业合并组建的新企业，其原有账户应按规定全部撤销，重新开立银行账户，并办理备案手续。

第三节　银行票据结算总括

内容释义

银行票据是指由银行签发或由银行承担付款义务的票据，是一种银行信用的表现形式。它是针对商业票据信用度和流通性上的缺陷产生和发展起来的。由于银行聚集了大量的社会闲散资本，其资金规模和商业信誉远远高于普通企业，因此，其发行的票据具有可靠的担保，适用范围更加广泛，可以被各个商品生产组织所接受。

业务要点

在我国，企业日常大量的与其他企业或个人的经济业务往来都是通过银行结算，银行是社会经济活动中各项资金流转清算的中心。为了保证银行结算业务的正常开展，使社会经济活动中的各项资金通畅流转，根据《中华人民共和国票据法》和《票据管理实施办法》，中国人民银行总行对银行结算办法进行了全面的修改和完善，形成了《支付结算办法》（以下简称"办法"），并于1997年9月19日颁布，自同年12月1日起施行。

《办法》规定，企业目前可以选择使用的票据结算工具主要包括银行汇票、商业汇票、银行本票和支票等，可以选择使用的结算方式主要包括汇兑、托收承付和委托收款三种，此外还包括信用卡，另外，还有一种国际贸易间采用的结算方式——信用证结算方式。企业因采用的支付结算方式不同，其处理手续及有关会计核算也有所不同。

应用实务

银行票据主要包括银行签发的支票、银行汇票、银行本票、商业汇票、汇兑结算等。具体如表6-9所示。

表6-9 票据种类

种类	解释	具体说明
支票	支票是指由出票人签发的，委托开户银行见票无条件将款项支付给收款人的票据。出票人为企业。支票分为现金支票和转账支票两种	现金支票：可以从银行支取现金，也可以转账
		转账支票：只能通过银行划拨转账，不能支取现金
银行汇票	银行汇票是汇款人将款项交存开户银行，由银行签发给汇款人在同城或异地办理转账结算或支取现金的票据。银行汇票由出票银行签发，见票时，银行应按照实际结算金额无条件地支付给收款人或者持票人	银行汇票结算方式具有使用范围广、方便灵活、结算迅速、"钱随人到"、剩余款项由银行负责退回等优点。对银行汇票要注意保管，以防遗失
		由于在企业办理银行汇票时，银行已将其款项从其存款户中划出，所以，在未用于支付之前，应将其作为"其他货币资金"进行核算
银行本票	银行本票是银行签发的、承诺在见票时无条件支付确定金额给付款人或者持票人的票据	银行本票分为定额本票和不定额本票两种。定额银行本票面额有1 000元、5 000元、10 000元和50 000元。在票面划去转账字样的为现金本票，现金本票只能用于支取现金
商业汇票	商业汇票是由出票人签发的，委托付款人在指定日期无条件支付确定的金额给收款人或者持票人的票据	按照不同的承兑人，可以分为商业承兑汇票和银行承兑汇票两种
汇兑结算	汇兑是汇款单位委托银行将款项汇往异地收款单位的一种结算方式。根据划转款项的不同、方法以及传递方式的不同，汇兑可以分为信汇和电汇两种，由汇款人自行选择	信汇：由汇款人向银行提出申请，同时交存一定金额及手续费，汇出行将信汇委托书以邮寄方式寄给汇入行，授权汇入行向收款人解付一定金额
		电汇：由汇款人将一定款项交存汇款银行，汇款银行通过电报或电传将款项划给目的地的分行或代理行（汇入行），指示汇入行向收款人支付一定金额

第四节 支票结算

内容释义

支票是单位或个人签发的，委托办理支票存款业务的银行在见票时无条件支付确定的金额给收款人或持票人的票据。从本质上来说，支票是以银行为付款人的即期汇票，通俗地讲，支票是存款人开出的付款通知。

业务要点

1. 支票的结算要求

支票结算的要求有以下几点。

（1）支票金额起点为 100 元。

（2）支票一律记名，即填明收款人。转账支票在中国人民银行总行批准的地区可以背书转让，应由收款人在支票背面签章，将支票款项转让给另一收款人，即被背书人。票据的背书转让可以使一张票据在多个企业中发挥多次支付作用。

（3）支票结算的付款有效期为 5 天（背书转让地区的转账支票有效期为 10 天），从签发的次日算起，遇节假日顺延。过期支票作废，银行不予受理。

（4）签发现金支票须符合现金管理规定。收款单位凭现金支票收取现金，须在支票背面加盖企业公章，即背书，同时，由收款单位到签发企业开户银行支取现金。支取现金时，应按银行规定交验有关证件。

（5）对于签发空头支票或印章与预留印鉴不符的支票，银行除退票外，还将按票面金额处以 5%、但不低于 1 000 元的罚款；持票人有权要求出票人赔偿支票金额的 2% 作为赔偿金。

（6）不准签发远期支票。远期支票是指签发当日以后的支票。因为签发远期支票容易造成空头支票，所以银行禁止签发远期支票。

（7）不准出租、出借支票。

（8）如已签发的现金支票遗失，可以向银行申请挂失；挂失前已经支付的，银行不予受理。已签发的转账支票遗失，银行不受理挂失，但可以请收款单位协助防范。

2. 支票结算的程序

（1）现金支票结算程序

用现金支票提取现金时，应由出纳人员签发现金支票，并加盖银行预留印鉴后，到开户银行提取现金。用现金支票向外企业或个人支付现金时，应由付款单位出纳人员签发现金支票，并加盖银行预留印鉴和注明收款人后交收款人，由收款人持现金支票到付款单位开户银行提取现金，并按照银行的要求交验有关证件。

（2）转账支票结算程序

出票人按应支付的款项签发转账支票时，应在支票收款人栏里填好收款人的全称，然后到出票人的开户行填写三联进账单。进账单上需填好收款人和付款人的全称、账号、开户行行号或名称、金额、款项用途等。

①由签发人交收款人办理结算的程序如图6-2所示。

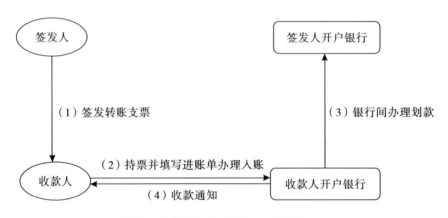

图6-2　由签发人交收款人办理结算的程序

②由签发人交其开户银行办理结算的程序如图6-3所示。

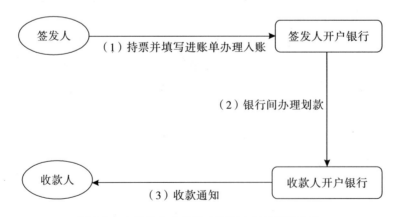

图6-3　由签发人交其开户银行办理结算的程序

1. 支票结算账务处理

支票结算账务处理如表6-10所示。

表6-10 支票结算账务处理

具体业务	账务处理
用现金支票提取现金	借：库存现金 　　贷：银行存款
用转账支票结算发生的业务	借：库存商品/原材料/在建工程/管理费用等科目 　　贷：银行存款
收到转账支票并存入银行	借：银行存款 　　贷：应收账款/主营业务收入/其他应付款等科目

2. 支票结算注意事项

支票结算注意事项如表6-11所示。

表6-11 支票结算注意事项

注意事项	具体说明
企业购买支票只准一次一本，对业务量大的企业可以适当放宽	每张支票上要加盖出票行行名和存款人账号
存款人向开户银行领取支票时，必须填写"支票领用单"并加盖预留银行的印鉴	经银行核对印鉴相符后，按规定收取工本费和手续费，发给空白支票，并在支票登记簿上注明领用日期、存款人名称、支票起止号码，以备查对
严格控制携带空白支票外出采购	对事先不能确定采购物资单价、金额的，经企业领导批准，可将填明收款人名称和签发日期、明确了款项用途和款项限额的支票交采购人员，使用支票人员回企业后，必须及时向财务部门结算。款项限额的办法是在支票正面用文字注明所限金额，并在小写金额栏内用"￥"填写数位

（续表）

注意事项	具体说明
收款人在接受付款人交来的支票时应审核的内容	支票收款人或被背书人是否确为本收款人
	支票签发人及其开户银行的属地是否在本结算区
	支票签发日期是否在付款期内
	大小写金额是否一致
	背书转让的支票，其背书是否连续，是否有"不准转让"字样
	支票是否按规定填写
	大小写金额、签发日期和收款人名称有无更改
	其他内容更改后是否加盖印鉴证明
	签发人盖章是否齐全等
对持支票前来购货的购货人必须核对身份，查验有关证件	为了防止发生诈骗、冒领或收受空头支票等情况，收款人或被背书人接受支票时，可检查持票人的身份证，留存其身份证号码及联系电话等。按常规，企业应将受理的支票及时送存银行，待银行将款项收妥并存入本企业账户后再行发货
企业撤销、合并结清账户时的注意事项	企业撤销、合并结清账户时，应将剩余的空白支票填列一式两联清单，全部交回银行注销。清单一联由银行盖章后退交收款人，另一联作为清户传票附件

第五节 银行汇票结算

内容释义

银行汇票可以用于转账，填明"现金"字样的银行汇票也可用于支取现金。单位和个人在异地、同城或统一票据交换区域进行各种款项结算，包括商品交易、劳务供应和其他经济活动及债权、债务等各种款项的结算，均可使用银行汇票。

业务要点

1. 银行汇票结算要求

银行汇票的结算要求如表6-12所示。

表6-12　银行汇票的结算要求

基本要求	说明
签发和解付	银行汇票的签发和解付，只能由中国人民银行和商业银行等参加"全国联行往来"的银行机构办理。跨系统银行签发的转账银行汇票的解付，应通过同城票据交换，将银行汇票和解讫通知提交同城的有关银行审核支付后抵用。省、自治区、直辖市内和跨省、市的经济区域内，按照有关规定办理。在不能签发银行汇票的银行开户的汇款人需要使用银行汇票时，应将款项转交附近能签发银行汇票的银行办理
银行汇票一律记名	记名是指在汇票中指定某一特定人为收款人，其他任何人都无权领款。如果指定收款人以背书方式将领款权转让给其指定的收款人，其指定的收款人有领款权。记名所填的内容包括兑付地点、收款人名称、账号、用途等内容
金额起点	银行汇票的汇票金额起点为500元，对于500元以下的款项，银行不办理银行汇票结算
付款期限	银行汇票的付款期为一个月。这里所说的付款期，是指从签发之日起到办理兑付之日止。这里所说的一个月，是指从签发日开始，不论月大月小，统一到下月对应日期止的一个月。例如，签发日为4月5日，则付款期到5月5日止。如果到期日遇节假日可以顺延。对于逾期的汇票，兑付银行将不予办理
办理手续	汇款人申请办理银行汇票时，应根据需要确定是否支付现金和允许转汇。如需支取现金，可在填写"银行汇票委托书"时，在大写金额前注明"现金"字样，银行受理后，签发带有"现金"字样的银行汇票；如明确不得转汇，可在"银行汇票委托书"的备注栏内注明"不得转汇"字样，银行将根据要求在签发的银行汇票用途栏内注明"不得转汇"字样，汇票便不能办理转汇了
	汇款人持银行汇票可以向填明的收款单位或个体经营户直接办理结算；收款人为个人的，也可以持转账的银行汇票（经背书）向兑付地的单位或个体经营户办理结算
	在银行开立账户的收款人或被背书人受理银行汇票后，在汇票背面加盖预留银行印鉴，连同解讫通知、进账单送交开户银行办理转账

（续表）

基本要求	说明
审核内容	收款人受理银行汇票时，要审核收款人或被背书人是否确为本收款人，银行汇票是否在付款期内，日期、金额是否填写正确，印章是否清晰，是否有用压数机压印的金额，银行汇票与解讫通知是否齐全、是否相符，汇款人与背书人的证明或证件是否真实、是否与背书相符
未在银行开立账户	未在银行开立账户的收款人持银行汇票向银行支取款项时，必须交验本人身份证或兑付地有关单位足以证实收款人身份的证明，并在银行汇票背面盖章或签字，注明证件名称、号码、发证机关后，才能办理支取手续
现金支取的规定	收款人需要在兑付地支取现金的，汇款人在填写"银行汇票委托书"时，须在"汇款金额"大写金额栏填写"现金"字样，然后填写汇款金额
分次支取的规定	收款人持银行汇票向银行支取款项时，如需分次支取，应以收款人的姓名开立临时存款账户来办理支付；该账户只付不收，付完后清户，期间不计任何利息
转汇的规定	银行汇票可以转汇，可委托兑付银行重新签发银行汇票，但转汇的收款人和用途不能变，必须是原收款人和用途，兑付银行必须在银行汇票上加盖"转汇"字样的戳记。已经转汇的银行汇票，必须全额兑付
退汇规定	汇款人因在银行汇票超过付款期或因其他原因要求退款时，可持银行汇票或解讫通知到签发银行办理退汇
挂失规定	持票人如果遗失了填明"现金"字样的银行汇票，持票人应立即向兑付银行或签发银行请求挂失。在银行受理挂失以前（包括对方行收到挂失通知前），钱款被冒领，银行概不负责。如果遗失了已经填明收款单位或个体经济户名称的汇票，银行不予挂失，遗失单位可通知收款单位或个体经济户、兑付银行、签发银行协助防范。遗失的银行汇票在付款期满后一个月内确未冒领的，可以办理退汇手续

2. 银行汇票的结算程序

银行汇票结算要经过承汇、结算、兑付和结清余额四个步骤，具体如图6-4所示。

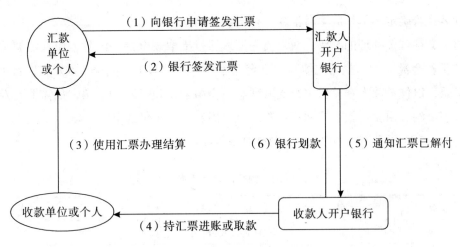

图6-4 银行汇票的结算程序

3. 银行汇票的申请

企业在使用银行汇票时应填写银行汇票请领单，注明领用银行汇票的部门、经办人、汇款用途、收款单位名称、开户银行、账号等，由请领人签章，并经单位领导审批同意后，由财务部门具体办理银行汇票手续。

（1）银行汇票请领单的基本格式

银行汇票请领单的基本格式如表6-13所示。

表6-13 银行汇票请领单

_____年_____月_____日

收款人		开户银行		账号	
汇款用途					
汇款金额	人民币（大写）				￥
部门负责人意见		单位领导审批意见		请领人签章	

（2）银行汇票的使用

使用银行汇票办理结算业务的企业，财务部门应按规定向签发银行提交"银行汇票委托书"，逐项写明汇款人名称和账号、收款人名称和账号、兑付地点、汇款金额、汇款用途（军工产品可免填）等内容，并在"汇款委托书"上加盖汇款人预留银行的印鉴，由银行审查后签发银行汇票。如果汇款人未在银行开立存款账户，则可以交存现金办理汇票。

汇款人办理银行汇票时，若能确定收款人的，须详细填明单位、个体经济户名称或个人姓名；若确定不了，应填写汇款人指定人员的姓名。

对于交存现金办理的汇票，或需要在汇入银行支取现金的，汇款人应在汇票委托书上的"汇款金额"大写栏内先填写"现金"字样，后填写汇款金额。这样，银行可签发现金汇票，以便汇款人在兑付银行支取现金。企事业单位办理的汇票，如需要在兑付银行支取现金的，由兑付银行按照现金管理有关规定审查支付现金。

"银行汇票委托书"一式三联，具体如表6-14所示。

表6-14　银行汇票委托书联次

联次	名称	说明
第一联	存根	由汇款人留存作为记账传票
第二联	支款凭证	是签发行办理汇票的传出传票，如果申请人用现金办理银行汇票，可以注销此联
第三联	收入凭证	由签发行作汇出汇款收入传票

（3）银行汇票委托书样式

银行汇票委托书的样式如表6-15所示。

表6-15　中国××银行汇票委托书

收款人				汇款人									
账号或住址				账号或住址									
兑付地点	省	市县	汇款用途										
汇款金额	人民币（大写）				百	十	万	千	百	十	元	角	分
备注				科　　目_____ 对方科目_____ 财务主管：　　　复核：　　　经办：									

4. 银行汇票的签发

签发银行受理"银行汇票委托书"，经过验对"银行汇票委托书"的内容和印鉴，并在办妥转账或收妥现金之后，即可向汇款人签发转账或支取现金的银行汇票。如个体经济户和个人需要支取现金的，应在汇票"汇款金额"栏先填写"现金"字样，后填写汇款金额，再加盖印章，并用压数机压印汇款金额，将汇票和解讫通知交汇款人。

（1）银行汇票的主要内容

①汇款人姓名或单位。

②收款人姓名或单位。

③签发日期（发票日）。

④汇款金额、实际结算金额、多余金额。

⑤汇款用途。

⑥兑付地、对付行、行号。

⑦付款日期。

（2）银行汇票一式四联

①第一联为卡片，由签发行结清汇票时作为汇出汇款付出传票。

②第二联为银行汇票，与第三联解讫通知一并由汇款人自带，在兑付行兑付汇票后，此联作为联行往来账付出传票。

③第三联是解讫通知，在兑付行兑付后随报单寄往签发行，由签发行作为余款收入传票。

④第四联是多余款通知，在签发行结清后交汇款人。

（3）银行汇票的基本格式

银行汇票的基本格式如表6-16所示。

表6-16 ××银行银行汇票

付款期：壹个月　　　　　　　　　　　　　　　　　　　　汇票号码：第 号

签发日期（大写）	___年___月___日	兑付地点： 兑付行： 行号：									
收款人：	账号或住址：										
汇款金额：	人民币（大写）										
实际结算金额人民币（大写）		千	百	十	万	千	百	十	元	角	分
汇款人： 发行人： 行号： 汇款用途： 签发行盖章	账号或住址：										
	多余金额									科目（付）_____ 对方科目（收）_____	
	百	十	万	千	百	十	元	角	分	兑付日期___年___月___日	
										复核： 记账：	

（4）银行汇票登记簿

出纳人员收到银行签发的银行汇票并将其交给请领人时，应按规定登记"银行汇票登记簿"，将银行汇票的有关内容，如签发日期、收款单位名称、开户银行、账号，持票人部门、姓名，汇款用途等一一进行登记，以备日后查对。银行汇票登记簿的基本格式如表6-17所示。

表6-17　银行汇票登记簿

签发日期	收款人			持票人		汇款用途	汇款金额	使用日期	实际结算金额	退回多余金额
	名称	开户银行	账号	部门	姓名					

应用实务

1. 汇款企业的账务处理

汇款企业财务部门收到签发银行签发的"银行汇票联"和"解讫通知联"后，根据银行盖章退回的"银行汇票委托书"第一联，即存根联，编制银行存款付款凭证。账务处理如下：

借：其他货币资金——银行汇票
　　贷：银行存款

如果汇款企业用现金办理银行汇票，则财务部门在收到银行签发的银行汇票后，根据"银行汇票委托书"第一联，即存根联，编制现金付款凭证。账务处理如下：

借：其他货币现金——银行汇票
　　贷：库存现金

银行按规定收取手续费和邮电费，汇款企业应根据银行出具的收费收据作相应处理。对于用现金支付的，编制现金付款凭证；对于从其账户中扣收的，编制银行存款付款凭证。账务处理如下：

借：财务费用
　　贷：库存现金/银行存款

汇款企业在用银行汇票购买货物并办理结算后，应等到签发银行转来的银行汇票第四联，即"多余款收账通知联"后，根据其"实际结算金额"栏的实际结算金额与供应部门转来的发票账单等原始凭证上的实际结算金额进行核对，核对相符后编制记账凭证。账务处理如下：

借：材料采购——××材料等
　　贷：其他货币资金——银行汇票

银行汇票实际结算金额小于银行汇票汇款金额的差额时，即产生多余款，汇款企业财务部门应根据签发银行转来的银行汇票第四联，即"多余款收账通知联"中列明的"多余金额"数编制银行存款收款凭证。账务处理如下：

借：银行存款
　　贷：其他货币资金——银行汇票

2. 收款单位账务处理

收款单位将"银行汇票联"、"解讫通知联"和进账单送开户银行办理收款手续，财务部门根据银行退回的进账单第一联（收账通知）中所列的实际结算金额和发票存根联等原始凭证，编制银行存款收款凭证。账务处理如下：

借：银行存款
　　贷：产品销售收入等

【例】依林公司需要到某市采购商品。5月2日，向开户银行申请用银行存款办理往某市的转账汇票600 000元。根据银行退回的"银行汇票委托书"存根联编制银行存款付款凭证，其会计分录为：

借：其他货币资金——银行汇票 　　　　　　　　　　　　　　600 000
　　贷：银行存款 　　　　　　　　　　　　　　　　　　　　　600 000

如果汇款单位用现金办理银行汇票，则财务部门在收到银行签发的银行汇票后，根据"银行汇票委托书"第一联存根联编制现金付款凭证，其会计分录为：

借：其他货币资金——银行汇票 　　　　　　　　　　　　　　600 000
　　贷：库存现金 　　　　　　　　　　　　　　　　　　　　　600 000

对于银行按规定收取的手续费和邮电费，汇款单位应根据银行出具的收费收据，用现金支付的编制现金付款凭证，从其账户中扣收的编制银行存款付款凭证。其会计分录为：

借：财务费用

　　贷：库存现金/银行存款

第六节　银行本票结算

内容释义

银行本票适用于同城范围内的所有商品交易、劳务供应以及其他款项的结算。收款单位和个人持银行本票可以办理转账结算、支取现金以及背书转让。银行本票见票即付，结算迅速。

银行本票的内容包括表明"银行本票"的字样、无条件支付的承诺、确定的金额、收款人名称、出票日期和出票人签章。

业务要点

1. 银行本票的分类

我国《票据法》规定，本票仅限于银行本票，且分为记名式本票和即期本票。

根据《支付结算办法》的规定，我国银行本票一般分为定额银行本票和不定额银行本票。定额银行本票一式一联，由中国人民银行总行统一规定票面规格、颜色和格式并统一印制，一式两联；第一联在签发银行结算本票时作为付出传票，第二联由签发银行留存，在结算本票时作为传票附件。定额本票的面额一般为1 000元、5 000元、10 000元和50 000元。不定额本票只有一联，其具体规格、颜色和格式由中国人民银行各分行在其所辖范围内作统一规定，并由各银行印制，由签发银行盖章后，申请人用以办理转账结算或取现。不定额本票的金额起点为100元。

2. 银行本票结算的基本规定

（1）银行本票允许背书转让。

（2）银行本票一律记名。

（3）银行本票的付款期为一个月（不分大月、小月，统按次月对日计算，到期日遇假日顺延）。逾期的银行本票，兑付银行不予受理。

（4）银行本票见票即付，不予挂失。遗失的不定额银行本票在付款期满后一个月确未冒领，可以办理退付手续。

（5）不定额本票的金额起点为100元，定额本票的面额分为1 000元、5 000元、10 000元和50 000元。

（6）银行本票需支取现金的，付款人应在"银行本票申请书"上填明"现金"字样。银行受理签发本票时，在本票上划去"转账"字样并盖章，收款人凭此本票即可支取现金。

3. 银行本票的结算程序

银行本票的结算程序如图6-5所示

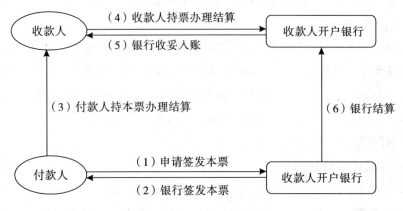

图6-5　银行本票结算程序

说明：

（1）申请签发本票。付款人使用银行本票，应填写"银行本票申请书"，详细填明收款人名称、金额、日期等内容，并加盖银行印鉴。如果个体经济户和个人需要支取现金，还应填明"现金"字样，然后送本单位开户银行。

（2）银行签发本票。出票银行受理"银行本票申请书"后，应认真审查申请书填写的内容是否正确。审查无误后，收妥款项，签发银行本票。需支付现金的，签发银行应在银行本票上划去"转账"字样，加盖印章；不定额银行本票用压数机压印金额，将银行本票交给申请人。

（3）付款人持本票办理结算。付款人持银行本票可以向填明的收款单位或个体经济户办理结算。

（4）收款人持票办理结算。收款人收到付款人交来的银行本票，经审查后，填写一式两联的进账单，连同收到的银行本票交本单位开户银行办理收款入账手续。收款人为个人的，也可以持转账的银行本票经背书向被背书人的单位或个体经济户办理结算，持有"现金"字样的银行本票，可以向银行支取现金。

4. 银行本票的受理与退款

（1）银行本票的受理

受理银行本票指的是接受本票付款。受理时，应审查以下事项。

①收款人或被背书人是否的确为本收款人。

②背书是否连续。

③银行本票付款期是否在规定的付款期内。

④签发的内容是否符合规定、有无涂改，印章是否清晰、有效。

⑤不定额本票是否有压数机压印的金额。

⑥持票人身份查验，摘录身份查验，摘录身份证号码。

（2）银行本票退款

申请人因银行本票超过付款期或其他原因未使用，可要求退款。要求退款时，可持银行本票到签发银行办理退款手续。在银行开立存款账户的持票人，还应填写一式两联的进账单，一并交给银行。待银行办妥退款手续后，凭银行退回的进账单进行账务处理；未在银行开立账户的持票人，应在未用的银行本票背面签章，并提交有关证件，经银行审核没有问题后方予退款。

5. 银行本票背书转让的规定

银行本票一律记名，允许背书转让，具体要求有以下几点。

（1）银行本票的持有人转让本票，应在本票背面"背书"栏内背书，加盖本单位预留银行印鉴，注明背书日期，在"被背书人"栏内填写受票单位名称，之后将银行本票直接交给被背书单位，同时向被背书单位交验有关证件，以便被背书单位查验。

（2）被背书单位对收受的银行本票应认真进行审查，其审查内容与收款单位审查内容相同。

（3）银行本票的背书必须连续，也就是说银行本票上的任意一个被背书人与紧随其后的背书人要连续不断。

（4）如果本票的签发人在本票的正面注有"不准转让"字样，则该本票不得背书转让。

（5）背书人也可以在背书时注明"不准转让"，以禁止本票背书转让后再被转让。

应用实务

1. 银行本票的账务处理

付款单位收到银行本票和银行退回的"银行本票申请书"存根联后，财务部门根据"银行本票申请书"存根联编制银行存款付款凭证。其会计分录为：

> 借：其他货币资金——银行本票存款
> 　　贷：银行存款

对于银行按规定收取的办理银行本票手续费，付款单位应根据银行的相应收费单据，编制银行存款或现金付款凭证，其会计分录为：

> 借：财务费用——银行手续费
>   贷：银行存款或现金

收款方收到付款方交来的票据时，其会计分录为：

> 借：银行存款
>   贷：主营业务收入
>   应交税费——应交增值税

说明：注意收款方和付款方拿到票据时的不同，收款方增加"银行存款"，而付款方计入"其他货币资金"。

2. 银行本票背书转让的会计处理

（1）如果收款单位收受银行本票之后不准备立即到银行办理进账手续，而是准备背书转让，用来支付款项或偿还债务，则应在取得银行本票时编制转账凭证，其会计分录为：

> 借：其他货币资金——银行本票
>   贷：主营业务收入
>   应交税费——应交增值税（销项税额）

（2）收款单位将收受的银行本票背书转让给其他单位时，应根据有关原始凭证编制转账凭证。如果用收受的银行本票购买物资，则按发票账单等原始凭证编制转账凭证，其会计分录为：

> 借：材料采购（或商品采购等）
>   应交税费——应交增值税（进项税额）
>   贷：其他货币资金——银行本票

3. 用收受的银行本票偿还债务的账务处理

用收受的银行本票偿还债务的账务处理，其会计分录为：

> 借：应付账款
>   贷：其他货币资金——银行本票

第七节 商业汇票结算

内容释义

按照承兑人的不同，商业汇票可以分为商业承兑汇票和银行承兑汇票两种。

商业承兑汇票是指由银行以外的企事业单位承兑的汇票。商业承兑汇票适用于在银行开立账户的法人之间根据购销合同进行的商品交易，在同城和异地均可使用。

银行承兑汇票是指由银行承兑的汇票。银行承兑汇票适用于国有企业、股份制企业、集体所有制工业企业以及"三资"企业之间根据购销合同进行的商品交易。其他法人和个人之间不得使用银行承兑汇票。

业务要点

1. 商业承兑汇票的结算

（1）商业承兑汇票的特点

无金额起点的限制，付款人为承兑人，出票人可以是收款人也可以是付款人，可以贴现，也可以背书转让。

（2）商业承兑汇票的承兑

商业承兑汇票按购销双方的约定签发。由收款人签发的商业承兑汇票，应交付款人承兑；由付款人签发的商业承兑汇票，应经本人承兑。承兑时，付款人须在商业承兑汇票下面签署"承兑"字样，并加盖预留银行的印章，再将商业承兑汇票交给收款人。

办理商业承兑汇票收款时，均需填制委托收款凭证，并在"委托收款货物名称栏"内注明"商业承兑汇票"及汇票号码，将汇票同托收凭证一并送交开户银行。

商业承兑汇票的承兑期限由交易双方确定，最长不超过六个月。如属分期付款，则应一次签发若干不同期限的汇票，也可按供货进度分次签发汇票。

（3）商业承兑汇票的结算程序

商业承兑汇票的结算程序如图6-6所示。

（4）商业承兑汇票到期无款支付的处理

商业承兑汇票到期，付款人账户存款不足以支付票款时，如果属于异地办理委托收款的，由付款人开户银行在委托收款凭证备注栏内注明付款人"无款支付"字样，按照委托收款无款支付的手续处理，并将委托收款凭证和商业承兑汇票退回收款人开户银行；如果属于同城用进账单划款的，则比照空头支票退票处理。同时，银行应按照商业

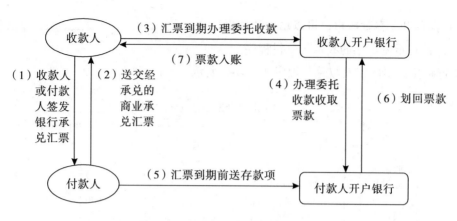

图6-6 商业承兑汇票的结算程序

承兑汇票的票面金额处以 5% 但不低于 1 000 元的罚款，同时处以 2% 的赔偿金给收款人。

（5）审查商业承兑汇票应注意的问题

收款人在审查商业承兑汇票时应注意的问题如表6-18 所示。

表6-18 审查商业承兑汇票应注意的问题

应注意的问题	解释
是否为中国人民银行统一印制的商业承兑汇票	汇票的签发和到期日期、收款单位的名称是否是全称。账户及开户银行、大小写金额等栏目是否填写齐全正确。汇票上的签章（签发银行加盖签发单位的法人印章，承兑人盖章处盖付款人预留银行印章并填写承兑的日期）是否齐全。汇票是否超过有效承兑期限（最长为六个月，但应注意有效期是从承兑日开始计算，而不是从汇票的签发日开始计算）
汇票上是否批注"不得转让"字样	经转让的汇票，其背书是否连续（每一手的背书人是否为前一手的被背书人或收款人）；背书的签章是否正确（是否为单位公章、财务专用章）

（6）同城或异地的收款人或背书人承兑日期的区别

商业承兑汇票的收款人或被背书人，对于在同一城市的付款人承兑的汇票，应于汇票到期日将汇票交银行办理收款；在异地的付款人承兑的汇票，应于汇票到期日次日起 10 日内，将汇票送交开户银行办理收款，超过期限的，银行不予受理。

2. 银行承兑汇票结算

（1）银行承兑汇票的特点

银行承兑汇票的特点包括无金额起点限制，第一付款人是银行，出票人必须在承兑

（付款）银行开立存款账户，可以贴现和背书转让。

（2）银行承兑汇票的签发与兑付程序

银行承兑汇票的签发与兑付程序如图6-7所示。

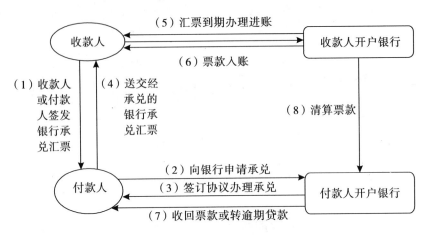

图6-7　银行承兑汇票的签发与兑付程序

（3）汇票无款支付的处理

银行承兑汇票到期，付款人账户无款支付或不足支付时，银行除凭票向收款人无条件支付款项外，将根据承兑协议对付款人执行扣款。将尚未收回的款项划入付款人的逾期贷款账户，并按每日0.5%计收罚息。

3. 商业汇票的贴现

商业汇票的收款人或被背书人需要资金时，可持到期的承兑汇票填写贴现凭证，向其开户行申请贴现。贴现凭证一式五联，具体内容有：

（1）第一联为代申请书，由银行作贴现付出传票；

（2）第二联为收入凭证，由银行作贴现申请人收入传票；

（3）第三联为收入凭证，由银行作贴现利息收入传票；

（4）第四联为收款通知，即银行给贴现申请人的收款通知；

（5）第五联到期后由会计部门按到期日排列保管，于到期日作贴现收入传票。

贴现的期限一律从其贴现日起至汇票到期日止。实付贴现金额按票面金额扣除贴现日至汇票到期前一日的利息计算。贴现利率按有关规定执行，一般按现有同档次信用贷款利率上浮3%执行。贴现利息和实付贴现金额的计算公式如下：

贴现利息 ＝ 票面到期值 × 贴现天数 × 贴现率

实付贴现金额 ＝ 票面到期值 － 贴现利息

贴现到期，贴现银行向承兑人收取票款。如商业承兑汇票承兑人的银行账户不足以支付时，其开户银行除按规定收取罚款外，还应立即将该商业承兑汇票退给贴现银行，由贴现银行从贴现申请人账户内收取。

4. 商业汇票结算的特点

商业汇票结算具有以下几个特点。

（1）与银行汇票等结算方式相比，商业汇票的适用范围相对较窄，各企事业单位之间只有根据购销合同进行合法的商品交易时，才能签发商业汇票。除商品交易以外，其他方面的结算，如劳务报酬、债务清偿、资金借贷等，不可采用商业汇票结算方式。

（2）与银行汇票等结算方式相比，商业汇票的使用对象相对较少。商业汇票的使用对象是在银行开立账户的法人。

（3）使用商业汇票的收款人、付款人以及背书人、被背书人等必须同时具备两个条件：第一，在银行开立账户；第二，具有法人资格。个体经济户、农村承包户、个人、法人的附属单位等不具有法人资格的单位或个人，以及虽具有法人资格但没有在银行开立账户的单位，都不能使用商业汇票。

（4）商业汇票可以由付款人签发，也可以由收款人签发，但都必须经过承兑。只有经过承兑的商业汇票才具有法律效力，承兑人负有到期无条件付款的责任。

（5）商业汇票到期，承兑人无款支付，或因其他合法原因，债务人不能获得付款时，可以按照汇票背书转让的顺序，向前手行使追索权，依法追索票面金额；该汇票上的所有关系人都应负连带责任。

（6）商业汇票的承兑期限由交易双方商定，一般为 3～6 个月。属于分期付款的，应一次性签发若干张不同期限的商业汇票。

（7）未到期的商业汇票可以到银行办理贴现，从而使结算和银行资金融通相结合，有利于企业及时补充流动资金，确保生产经营的正常进行。

（8）商业汇票在同城、异地都可以使用，而且没有结算起点的限制。

（9）商业汇票一律记名并允许背书转让。商业汇票到期后，一律通过银行办理转账结算，银行不支付现金。商业汇票的提示付款期限是自汇票到期日起 10 日内。

应用实务

1. 商业承兑汇票的账务处理

商业承兑汇票的账务处理分为两种情况：购货方的账务处理和销货方的账务处理。

（1）购货方的账务处理如表 6-19 所示。

表6-19　购货方的账务处理

具体账务	借	贷
购货单位将承兑后的汇票寄交销货单位以后	材料采购	应付票据
购货单位于到期日支付票款，收到开户银行的付款通知	应付票据	银行存款
购货单位于到期日无力支付票款	应付票据	应付账款——××单位

（2）销货方的账务处理如表6-20所示。

表6-20　销货方的账务处理

具体账务	借	贷
销货单位收到付款人承兑的汇票，发运商品后	应收票据	主营业务收入
汇票到期日，销货单位收到银行转来的委托收款凭证的收账通知	银行存款	应收票据
销货单位如果因采购材料将商业承兑汇票背书转让给其他单位	材料采购	应收票据
购货方无力支付到期的商业承兑汇票，销货单位收到银行退回的商业承兑汇票	应收账款	应收票据

2. 银行承兑汇票的账务处理

银行承兑汇票的账务处理分为两种情况：购货方的账务处理和销货方的账务处理。

（1）购货方的账务处理如表6-21所示。

表6-21　购货方的账务处理

具体账务	借	贷
企业向银行申请承兑，按规定向银行缴纳承兑手续费	财务费用	银行存款
企业购买材料物资等，将银行承兑汇票及解讫通知交给收款人	材料采购	应付票据
收到银行支付到期票款的付款通知	应付票据	银行存款

（2）销货方的账务处理如表6-22所示。

表6-22　销货方的账务处理

具体账务	借	贷
销货单位收到购货单位寄交的银行承兑汇票，办理了商品发运手续	应收票据	主营业务收入
汇票到期日，销货单位填写进账单，连同汇票一并交送开户银行办理收款，根据银行退回的进账单回单进行账务处理	银行存款	应收票据
销货单位将银行承兑汇票背书转让给其他单位	材料采购	应收票据

第八节　汇兑结算

内容释义

汇兑是汇款单位委托银行将款项汇往异地收款单位的一种结算方式，适用于异地单位、个体经济户和个人各种款项的结算。按照划转款项的方法以及传递方式的不同，汇兑可以分为信汇和电汇两种，由汇款人自行选择。

1. 信汇

信汇是由汇款人向银行提出申请，同时交存一定金额及手续费，汇出行将信汇委托书以邮寄方式寄给汇入行，授权汇入行向收款人解付一定金额的一种汇兑结算方式。

2. 电汇

电汇是由汇款人将一定款项交存汇款银行，汇款银行通过电报或电传将款项划给目的地的分行或代理行（汇入行），指示汇入行向收款人支付一定金额的一种汇款方式。

在上述两种汇兑结算方式中，信汇费用较低，但速度相对较慢；电汇具有速度快的优点，但汇款人要负担较高的电报电传费用，通常只在紧急情况下或者金额较大时使用。另外，为了确保电报的真实性，汇出行应在电报上加注双方约定的密码；而信汇则不须加密码，签字即可。

1. 汇兑的特点

汇兑的特点如表6-23所示。

表6-23　汇兑的特点

特点	具体解释
没有金额起点	汇兑结算，无论是信汇还是电汇，都没有金额起点的限制
汇款人向异地主动付款	汇兑结算属于汇款人向异地主动付款的一种结算方式。它对于异地上下级单位之间的资金调剂、清理旧账以及往来款项的结算等都十分方便
	汇兑结算还广泛地用于先汇款后发货的交易结算。如果销货单位对购货单位的资信情况缺乏了解或者在商品较为紧俏的情况下，可以让购货单位先汇款，等收到货款后再发货，以免收不回货款
	当购货单位采用先汇款后发货的交易方式时，应全面了解销货单位的资信情况和供货能力，以免盲目地将款项汇出却收不到货物。如果对销货单位的资金情况和供货能力缺乏了解，可在采购地开立临时存款户，派人监督支付
可用于单位对异地的个人支付有关款项	汇兑结算方式除了适用于单位之间的款项划拨外，也可用于单位对异地的个人支付有关款项，如医药费、退休工资、各种劳务费、稿酬等，还可用于个人对异地单位所支付的有关款项，如书刊费等
手续简单易行	汇兑结算手续简便易行、容易办理

2. 签发汇兑凭证应记载的事项

签发的汇兑凭证必须记载以下事项，如欠缺以下记载事项之一，银行都不予受理。

（1）表明"信汇"或"电汇"的字样。

（2）无条件支付的委托。

（3）确定的金额。

（4）收款人名称。

（5）汇款人名称。

（6）汇入地点、汇入行名称。

（7）汇出地点、汇出行名称。

（8）委托日期。

（9）汇款人签章。

3. 收款人支取款项

（1）对于开立存款账户的收款人，汇入银行应将汇给其的款项直接转入收款人账户，并向其发出收账通知。收账通知是银行确已将款项转入收款人账户的凭据。

（2）未在银行开立存款账户的收款人凭信汇、电汇的取款通知或"留行待取"向汇入银行支取款项时，必须交验本人的身份证件，在信汇、电汇凭证上注明证件名称、号码及发证机关，并在"收款人签盖章"处签章；信汇凭签章支取的，收款人的签章必须与预留的信汇凭证上的签章相符。经银行审查无误后，以收款人的姓名开立应解汇款及临时存款账户，该账户只付不收，付完清户，不计利息。支取现金的，信汇、电汇凭证上必须有按规定填明的"现金"字样，才能办理。未填明"现金"字样需要支取现金的，由汇入银行按照国家现金管理规定审查支付。收款人需要委托他人向汇入银行支取款项的，应在取款通知上签章，注明本人身份证件名称、号码、发证机关和"代理"字样以及代理人姓名。代理人代理取款时，也应在取款通知上签章，注明其身份证件名称、号码及发证机关，并同时交验代理人和被代理人的身份证件。转账支付的，应由原收款人向银行填制支款凭证，并由本人交验其身份证件办理支付款项。该账户的款项只能转入单位或个体工商户的存款账户，严禁转入储蓄和信用卡账户。转汇的，应由原收款人向银行填制信汇、电汇凭证，并由本人交验其身份证件。转汇的收款人必须是原收款人。原汇入银行必须在信汇、电汇凭证上加盖转汇戳记。

4. 撤销汇款、退汇和转汇

撤销汇款、退汇和转汇的办理如表6-24所示。

表6-24　撤销汇款、退汇和转汇的办理

分类	具体解释
撤销汇款	汇款人对汇出银行尚未汇出的款项可以申请撤销。申请撤销时，应出具正式函件或本人身份证件及原信汇、电汇回单。汇出银行查明确未汇出款项的，收回原信汇、电汇回单，方可办理撤销
退汇	汇款人对汇出银行已经汇出的款项可以申请退汇。对于在汇入银行开立存款账户的收款人，由汇款人与收款人自行联系退汇；对于未在汇入银行开立存款账户的收款人，汇款人应出具正式函件或本人身份证件以及原信汇、电汇回单，由汇出银行通知汇入银行，经汇入银行核实汇款确未支付并将款项汇回汇出银行后，方可办理退汇

分类	具体解释
退汇	转汇银行不得受理汇款人或汇出银行对汇款的撤销或退汇
	汇入银行对于收款人拒绝接受的汇款，应办理退汇。对于向收款人发出取款通知，经过两个月无法交付的汇款，汇入银行应主动办理退汇
转汇	汇款人因汇入地没有所需商品等原因需要转汇时，可以携带取款通知和有关证件，请求汇入银行重新办理信汇、电汇手续，将款项汇往其他地方。按照规定，转汇的收款人和汇款用途必须是原汇款的收款人和汇款用途。汇入银行办理转汇手续，在汇款凭证上加盖"转汇"戳记。第三联信汇凭证备注栏内注明"不得转汇"的，汇入银行不予办理转汇

应用实务

1. 汇兑结算方式下的汇款办理

（1）填写内容

汇款人委托银行办理汇兑，应向汇出银行填写信汇、电汇凭证，详细填明汇入地点、汇入银行名称、收款人名称、汇款金额、汇款用途（军工产品可以免填）等各项内容，并在信汇、电汇凭证第二联上加盖预留银行印鉴。需要注意的内容包括以下几点。

①汇款单位需要派人到汇入银行领取汇款时，除在"收款人"栏写明取款人的姓名外，还应在"账号或住址"栏内注明"留行待取"字样。留行待取的汇款，需要指定具体收款人领取汇款的，应注明收款人的单位名称。

②个体经济户和个人需要在汇入银行支取现金的，应在信汇、电汇凭证上的"汇款金额"大写栏内先填写"现金"字样，接着再紧靠其后填写汇款金额大写。

③汇款人确定不得转汇的，应在"备注"栏内注明。

④汇款需要收款单位凭印鉴支取的，应在信汇凭证第四联上加盖收款单位预留银行印鉴。

（2）凭证联次

①采用信汇的，汇款单位的出纳人员应填制一式四联的"信汇凭证"。"信汇凭证"第一联（回单）是汇出行受理信汇凭证后给汇款人的回单；第二联（支款凭证）是汇款人委托开户银行办理信汇时转账付款的支付凭证；第三联（收款凭证）是汇入行将款项记入收款人账户后的收款凭证；第四联（收账通知或取款收据）是在直接记入收款人账户后通知收款人的收款通知，或不直接记入收款人账户时收款人凭此领取款项的取款

收据。

②电汇凭证一式三联。第一联（回单）是汇出行给汇款人的回单（见表6-25）；第二联（支款凭证）是汇出银行办理转账付款的支款凭证；第三联（发电依据）是汇出行向汇入行派发电报的凭据。

表6-25 电汇凭证格式

中国工商银行电汇凭证（回单） 1

□ 普通 □ 加急　　　　委托日期　年　月　日

<table>
<tr><td rowspan="3">汇款人</td><td>全称</td><td></td><td rowspan="3">收款人</td><td>全称</td><td colspan="11"></td></tr>
<tr><td>账号</td><td></td><td>账号</td><td colspan="11"></td></tr>
<tr><td>汇出地点</td><td></td><td>汇入地点</td><td colspan="11"></td></tr>
<tr><td colspan="2">汇出行名称</td><td></td><td colspan="2">汇入行名称</td><td colspan="11"></td></tr>
<tr><td rowspan="2">金额</td><td colspan="4" rowspan="2">人民币
（大写）</td><td>亿</td><td>千</td><td>百</td><td>十</td><td>万</td><td>千</td><td>百</td><td>十</td><td>元</td><td>角</td><td>分</td></tr>
<tr><td></td><td></td><td></td><td></td><td></td><td></td><td></td><td></td><td></td><td></td><td></td></tr>
<tr><td colspan="3" rowspan="2">汇出行签章</td><td colspan="2">支付密码</td><td colspan="11"></td></tr>
<tr><td colspan="13">附加信用及用途：

复述：　　　　记账：</td></tr>
</table>

此联汇出行给汇款人

（3）凭证审查

汇出行受理汇款人的信汇、电汇凭证后，应按规定进行审查。审查的内容包括以下内容。

①信汇、电汇凭证填写的各项内容是否齐全、正确。

②汇款人账户内是否有足够支付的存款余额。

③汇款人所盖印章是否与预留银行的印鉴相符等。

经审查无误后，即可办理汇款手续，在第一联回单上加盖“转讫”章退给汇款单位，并按规定收取手续费；如果不符合条件，汇出银行不予办理汇出手续，作退票处理。汇款单位根据银行退回的信汇、电汇凭证第一联，根据不同情况编制记账凭证。

（4）账务处理

如果汇款单位用汇款清理旧账，则应编制银行存款付款凭证，其会计分录为：

> 借：应付账款——××单位
> 　　贷：银行存款

如果汇款单位是为购买对方单位的产品而预付货款，则应编制银行存款付款凭证，其会计分录为：

> 借：预付账款
> 　　贷：银行存款

如果汇款单位将款项汇往采购地，在采购地银行开立临时存款户，则应编制银行存款付款凭证，其会计分录为：

> 借：其他货币资金——外埠存款
> 　　贷：银行存款

【例】鑫源公司为到 A 市采购用品，委托银行以电汇方式向该城市某银行汇款103 200元，设立临时采购专户。银行按规定收取手续费42元，从账户中扣收。财务部门根据银行盖章退回的汇款凭证第一联编制银行存款付款凭证，其会计分录为：

　　借：其他货币资金——外埠存款　　　　　　　　　　　　　　　103 200
　　　　贷：银行存款　　　　　　　　　　　　　　　　　　　　　103 200
　　同时，按照银行收取的手续费，作银行存款付款凭证，其会计分录为：
　　借：财务费用　　　　　　　　　　　　　　　　　　　　　　　　　42
　　　　贷：银行存款　　　　　　　　　　　　　　　　　　　　　　　42

2. 领取汇款

（1）单据处理

按照规定，汇入银行对开立账户的收款单位的款项应直接转入收款单位的账户。采用信汇方式的，收款单位开户银行（即汇入银行）应在信汇凭证第四联上加盖"转讫"章后交给收款单位，表示汇款已由开户银行代为进账。采用电汇方式的，收款单位开户银行应根据汇出行发来的电报编制三联联行电报划收款补充报单，在第三联上加盖"转讫"章作收账通知交给收款单位，表明银行已代为进账。收款单位根据银行转来的信汇凭证第四联（信汇）或联行电报划收款补充报单（电汇）编制银行存款收款凭证，借记"银行存款"账户，贷记有关账户（依据汇款的性质而定）。

（2）账务处理

如果对方汇款是用来偿付旧账，则收款单位收款凭证的会计分录为：

借：银行存款
　　贷：应收账款

如果属于对方单位为购买本单位产品而预付的货款，则收款凭证的会计分录为：

借：银行存款
　　贷：预收账款

待实际发货时，再根据有关原始凭证编制转账凭证，其会计分录为：

借：预收货款
　　贷：主营业务收入

如果款到即发货，也可直接编制收款凭证，其会计分录为：

借：银行存款
　　贷：主营业务收入

（3）汇款支取

汇款支取要求如表6-26所示。

表6-26　款项的支取要求

支取情况	具体要求
需要在汇入银行支取现金	需要在汇入银行支取现金的，必须在信汇（或电汇）凭证上的"汇款金额"栏内注明"现金"字样，可以由收款人填制一联支款单连同信汇凭证第四联和有关身份证件到汇入银行取款。汇入银行审核有关证件后，一次性办理现金支付手续。对于未在汇款凭证上填明"现金"字样，而需要在汇入银行支取现金的单位，由汇入银行按照现金管理的规定支付

（续表）

支取情况	具体要求
留行待取	对于留行待取的汇款，收款人应携带身份证件或汇入地有关单位足以证实收款人身份的证明去汇入银行办理取款。汇入银行向收款人问明情况，与信汇、电汇凭证进行核对，并将证件名称、号码、发证单位名称等批注在信汇、电汇凭证空白处，并由收款人在"收款人盖章"处签名或盖章，然后办理付款手续。如果是凭印鉴支取的，收款人所盖印章必须同预留印鉴相同
收款人需要在汇入地分次支取汇款	收款人需要在汇入地分次支取汇款的，可以由收款人在汇入银行开立临时存款账户，将汇款暂时存入该账户，分次支取。临时存款账户只取不存，付完清户，不计利息

第九节　托收承付结算

内容释义

托收承付的内容如表6-27所示。

表6-27　托收承付的内容

分类	定义	内容介绍
托收	指销货单位（即收款单位）委托其开户银行收取款项的行为	办理托收时，必须具有符合《合同法》规定的经济合同，并在合同上注明使用托收承付的结算方式和遵守"发货结算"的原则
		"发货结算"是指收款方按照合同发货并取得货物发运证明后，方可向开户银行办理托收手续
		托收金额的起点为10 000元。款项划转方式有邮划和电划两种，电划比邮划速度快，托收方可以根据缓急程度选择

（续表）

分类	定义	内容介绍
承付	指购货单位（即付款单位）在承付期限内向银行承认付款的行为。承付方式有验单承付和验货承付两种	验单承付是指付款方接到其开户银行转来的承付通知和相关凭证，并与合同核对相符后，就必须承认付款的结算方式。验单承付的承付期为 3 天，从付款人开户银行发出承付通知的次日算起，如遇节假日顺延
		验货承付是指付款单位除了验单外，还要等商品全部运达并验收入库后才承付货款的结算方式。验货承付的承付期为 10 天，从承运单位发出提货通知的次日算起，如遇节假日顺延

注：付款方若在验单或验货时发现货物的品种、规格、数量、质量、价格等与合同规定不符，可在承付期内提出全部或部分拒付的意见。拒付款项需填写"拒绝承付理由书"送交其开户银行审查，并办理拒付手续。应注意的是，拒付货款的商品是对方所有，必须妥善为其保管。付款人在承付期内未向开户银行提出异议的，银行作默认承付处理，在承付期满的次日上午将款项主动从付款方账户划转到收款方账户。

付款方在承付期满后，如果其银行账户内没有足够的资金承付货款，其不足部分作延期付款处理。延期付款部分要按一定比例支付给收款方赔偿金。待付款方账户内有款支付时，由付款方开户银行将欠款及赔偿金一并划转给收款人。

托收承付结算方式的结算程序和账务处理方法，与委托收款结算方式基本相同。

业务要点

1. 签发托收承付凭证必须记载的事项

（1）表明"托收承付"的字样。

（2）确定的金额。

（3）付款人名称及账号。

（4）收款人名称及账号。

（5）付款人开户银行名称。

（6）收款人开户银行名称。

（7）托收附寄单证张数或册数。

（8）合同名称、号码。

（9）委托日期。

（10）收款人签章。

2. 托收承付结算的分类

托收承付结算是指根据购销合同由收款人发货后，委托银行向异地购货单位收取货款，购货单位根据合同核对单证或验货后，向银行承认付款的一种结算方式。异地托收承付结算款项的划回方法分为邮寄和电报两种，由收款人选用。邮寄和电报两种结算凭证均为一式五联。

（1）第一联为回单，是收款人开户行给收款人的回单。

（2）第二联为委托凭证，是收款人委托开户行办理托收款项后的收款凭证。

（3）第三联为支票凭证，是付款人向开户行支付货款的付款凭证。

（4）第四联为收款通知，是收款人开户行在款项收妥后给收款人的收款通知。

（5）第五联为承付（支款）通知，是付款人开户行通知付款人按期承付货款的承付（支款）通知。

3. 托收承付结算的特点、适用范围及其适用条件

托收承付结算的特点、适用范围及其适用条件如表6-28所示。

表6-28　托收承付结算的特点、适用范围及其适用条件

分类	具体内容
结算起点	《支付结算办法》规定，托收承付结算每笔的金额起点为10 000元；新华书店系统每笔金额起点为1 000元
结算适用范围	使用该结算方式的收款单位和付款单位，必须是国有企业以及经营较好并经开户银行审查同意的城乡集体所有制工业企业
	办理结算的款项必须是商品交易以及因商品交易而产生的劳务供应款项；代销、寄销、赊销商品款项，不得办理托收承付结算
结算适用条件	收付双方使用托收承付结算必须签有符合《合同法》的购销合同，并在合同中注明使用异地托收承付结算方式
	收款人办理托收，必须具有商品确已发运的证件
	收付双方办理托收承付结算，必须重合同、守信誉

注：根据《支付结算办法》的规定，若收款人对同一付款人发货托收累计三次收不回货款的，收款人开户银行应暂停收款人向付款人办理托收；付款人累计三次提出无理拒付的，付款人开户银行应暂停其对外办理托收。

4. 异地托收承付结算应具备的条件

（1）异地托收承付结算应具备以下条件。

①结算的款项必须是商品交易或是因商品交易而产生的劳务供应的款项；代销、寄

销、赊销商品的款项，不得办理托收承付结算。

②收付双方使用托收承付结算必须签有符合《合同法》的购销合同，并在合同上注明使用异地托收承付结算方式。

③收付双方办理托收承付结算时，必须重合同、守信用。

④收款人办理托收，必须有商品确已发运的证件（包括铁路、航运、公路等运输部门签发的运单、运单副本和邮局包裹回执等）。

（2）对于下列情况，如果没有发运证件，可凭有关证件办理托收手续。

① 内贸、外贸部门系统内的商品调拨，自备运输工具发送或自提的易燃、易爆、剧毒、腐蚀性的商品，以及电、石油、天然气等必须使用专用工具或线路、管道运输的商品，可凭付款单位确已收到商品的证明（粮食部门可凭提货单及发货明细表）办理。

② 铁道部门的材料厂向铁道系统供应专用器材，可凭其签发的注明车辆号码和发运日期的证明办理。

③ 军队使用军列整车装运物资，可凭证明车辆号码和发运日期的单据办理；军用仓库对军内发货，可凭总后勤部签发的提货单副本办理；各大军区、省军区也可比照办理。

④ 收款单位承造或大修理船舶、锅炉或大型机器等生产周期长、有合同证明按工程进度分次结算的，可凭工程进度完工证明书办理。

⑤ 付款单位购进的商品，在收款单位所在地转厂加工、配套的，可凭付款单位和承担加工、配套单位的书面证明办理。

⑥ 合同注明商品由收款单位暂时代为保管的，可凭寄存证及付款单位委托保管商品的证明办理。

⑦ 使用铁路集装箱或零担凑整车发运商品的，由于铁路只签发一张运单，可凭持有发运证件单位出具的证明办理。

⑧ 外贸部门进口商品，可凭国外发来的账单、进口公司开出的结算账单办理。

此外，办理托收承付还应遵循以下规定。

①异地托收承付结算只能在异地使用，不能在同城使用。

②大中型国营工业企业和商业一级、二级批发企业办理异地托收承付，如果需要补充在途占用的结算资金，可以向银行申请结算货款。

③付款单位开户银行对不足支付的托收款项可作逾期付款处理，但对于拖欠单位，应按每日 0.05‰计算逾期付款赔偿金。

5. 异地托收承付的结算程序

异地托收承付结算程序如图 6-8 所示。

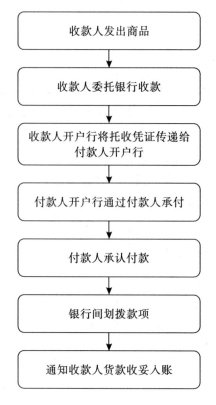

图6-8　异地托收承付结算程序

应用实务

托收承付结算方式适用于签订有合同的商品交易和劳务供应的款项结算。采用这种结算方式，可以促使销货单位按照合同规定发货，购货单位按合同规定付款，从而维护购销双方的正当权益。托收承付的账务处理如表6-29所示。

表6-29　托收承付的账务处理

情况分类	账务处理	会计分录
收款单位托收货款	收款单位收到银行盖章退回的托收承付结算凭证第一联后，要根据托收承付结算凭证第一联和有关单证编制转账凭证	借：应收账款——××公司 　　贷：主营业务收入 　　　　应交税费——应交增值税 　　　　　（销项税额）

（续表）

情况分类	账务处理	会计分录
收款单位托收货款	对于收款单位在发运货物时代付款单位垫付的运杂费，应在垫付后凭运杂费单据复印件编制银行存款或现金付款凭证。运杂费单据原件随托收承付结算凭证寄付款单位	借：应收账款——××公司 　　贷：银行存款/库存现金
付款单位承付货款后	付款单位承付托收款后，应当根据托收承付结算凭证第五联及有关交易单证编制银行存款付款凭证	借：在途物资/材料采购等 　　应交税费——应交增值税（进项税额） 　　贷：银行存款
逾期付款	银行扣付赔偿金时，应填制特种转账凭证，其中一联特种转账借方凭证加盖业务用公章后送付款单位，付款单位据此编制银行存款付款凭证	借：营业外支出 　　贷：银行存款
	对于银行单独扣划逾期付款赔偿金的手续费，由付款单位开户银行向付款单位收取。付款单位据此填制银行存款或现金付款凭证	借：财务费用 　　贷：银行存款/库存现金
	收款单位收到银行盖章后转来的特种转账贷方凭证后，按照付款单位转来的滞纳金额编制银行存款收款凭证	借：银行存款 　　贷：营业外收入
部分付款和无款支付	付款单位在承付期满日银行营业终了时，如其银行账户内无足够资金托收款项，只能部分支付时，由银行填制特种转账凭证，将一联特种转账借方凭证加盖业务公章后交给付款单位作支款通知，同时通知收款单位开户银行由其通知收款单位。付款单位收到银行转来的特种转账凭证，按照部分支付款项编制银行存款凭证	借：在途物资等 　　贷：银行存款 同时按照未付金额编制转账凭证 借：在途物资等 　　贷：应付账款——××公司
	收款单位收到开户银行盖章后转来的作为收款通知的特种转账贷方凭证，按部分划回款项金额编制银行存款收款凭证	借：银行存款 　　贷：应收账款——××公司

（续表）

情况分类	账务处理	会计分录
部分付款和无款支付	付款期满，付款单位银行账户无款支付时，由银行填制"到期未收通知书"一式三联，加盖业务公章后寄收款单位开户银行，由其通知收款单位。付款单位则根据承付通知和有关凭证编制转账凭证	借：在途物资等 　　贷：应付账款——××公司
拒付	付款单位收到银行盖章退回的"拒绝承付理由书"后，如果全部拒付，由于没有引起其资金增减变动，所以无须进行会计处理；如果付款单位实行部分拒付，应根据银行盖章退回的"拒绝承付理由书"，按照部分承付金额编制银行存款付款凭证	借：在途物资等 　　贷：银行存款
	对于收款单位来说，如果经过协商由付款方退回所购货物的，财务部门应编制转账凭证，冲销退回货物已入账的销售收入	借：主营业务收入 　　贷：应收账款——××公司
	同时，对于已退回货物发运时和退回时所承担的运杂费等，也应作相应的账务处理	借：销售费用 　　贷：应收账款（发货时代垫） 　　　　银行存款（退货时应付）

第十节　委托收款结算

内容释义

委托收款结算是收款人向银行提供收款依据，委托银行向付款人收取款项的一种结算方式，是银行支付结算的重要手段之一。委托收款便于收款人主动收款，在同城或异地均可使用，既适用于单位和个体经济户各种款项的结算，也适用于水电、电话等劳务款项的结算，因其灵活、简便而被企业和个体工商户广泛使用。单位和个人可凭已承兑商业汇票、债券、存单等付款人债务证明办理款项的结算。其结算款项的划回方式分为邮寄和电报两种，由收款人选用。

1. 委托收款的适用范围

凡是在银行和其他金融机构开立账户的单位和个体经济户的商品交易、劳务款项以及其他应收款项的结算都可以使用委托收款结算方式。城镇公用企事业单位向用户收取水费、电费、电话费、邮费、煤气费等，也都可以采用委托收款结算方式。

2. 委托收款的特点

（1）使用范围广。

（2）委托收款不受金额起点的限制。凡是收款单位发生的各种应收款项，不论金额大小，只要委托银行就能办理。

（3）委托收款不受地点的限制，同城、异地都可以办理。

（4）委托收款有邮寄和电报划回两种方式，收款单位可以根据需要灵活选择。

（5）委托收款付款期为三天，凭证索回期为两天。

（6）银行不负责审查付款单位的拒付理由。委托收款结算方式是一种建立在商业信用基础上的结算方式，即由收款人先发货或提供劳务，然后通过银行收款，银行不参与监督，结算中如发生争议，由双方自行协商解决。因此，收款单位在选用此种结算方式时应当慎重，首先应当了解付款方的资信状况，以免发货或提供劳务后不能及时收回款项。

3. 委托收款应记载的事项

（1）表明"委托收款"的字样。

（2）确定的金额。

（3）付款人的名称。

（4）收款人的名称。

（5）委托收款凭据名称及附寄单证张数。

（6）委托日期。

（7）收款人签章。

委托收款人将银行以外的单位作为付款人的，委托收款凭证上必须记载付款人银行名称。

4. 付款期限

委托收款的付款期为三天，从付款人开户银行发出付款通知的次日算起（付款期内如遇节假日顺延），付款人在付款期内未向银行提出异议，银行视作同意付款，并在付款期满的次日（如遇节假日顺延）上午银行开始营业时，将款项主动划给收款人。如在付款期满前，付款人通知银行提前付款，应即办理划款。

5. 委托收款的程序

（1）两方交易

两方交易的直接结算程序如图6-9所示。

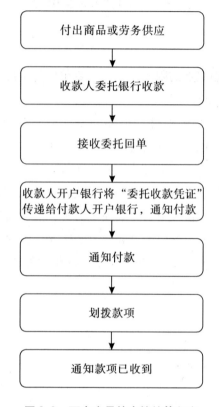

图6-9　两方交易的直接结算程序

（2）三方交易

所谓三方交易，是指批发单位、销货单位、购货单位都不在一地，批发单位委托销货单位直接向购货单位发运商品，而货款则由批发单位分别与购销双方进行结算。三方交易的直接结算程序如图6-10所示。

6. 代办发货

代办发货是指销货单位与代办发货单位不在一地，销货单位与代办发货单位订立代办发货委托收款合同，由销货单位委托代办发货单位向购货单位发货，并由代办发货单位代销货单位办理委托收款手续，向购货单位收款。

代办发货单位根据销货单位的通知，代办发货单位向购货单位发货后，以销货单位的名义填制委托收款凭证，并在凭证上加盖代办发货单位的印章，送交代办发货单位开户银行向购货单位收取款项，将货款划回销货单位开户银行，转入销货单位银行存款账

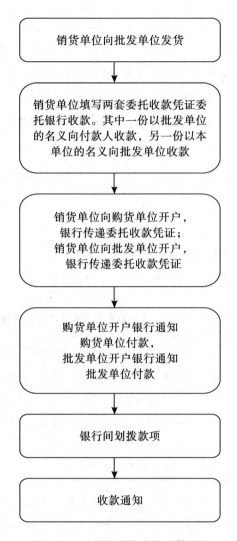

图 6-10 三方交易的直接结算程序

户。在这种做法下，代办发货单位只办理代办发货和代办委托收款手续，不发生结算关系，购货单位若发生拒付或无款支付等，都由销货单位和购货单位按照上述有关规定办理。

7. 代理收款

代理收货委托收款是指购货单位与代理收货单位不在一地，由销货单位直接向代理收货单位发货后，委托银行向购货单位收取货款的做法。购货单位事先将代理收货单位通知销货单位，由销货单位向代理收货单位发货，然后填制委托收款凭证，并在委托收款凭证上加注"代理收货收款"字样，送交开户银行向购货单位收取货款。代理收货单位只办理代理收货，不发生结算关系，购货单位如发生拒付，由购货单位和销货单位按照上述有关规定办理。

8. 同城特约委托收款

在同城范围内，收款人收取公用事业费或根据国务院的规定收取有关款项时，可以使用同城特约委托收款。这种结算方式的要求有以下几点。

（1）收取公用事业费必须有收付双方事先签订的经济合同。

（2）由付款人向开户银行授权，通知银行按约收款。

（3）经开户银行同意，报经中国人民银行当地分支行批准。

应用实务

1. 委托收款结算方式下无款支付

委托收款结算方式下无款支付的处理如表6-30所示。

表6-30　委托收款结算方式下无款支付的处理

支付方	具体说明
付款人在付款期满日营业终了前，无足够资金支付全部款项	付款人在付款期满日营业终了前，如无足够资金支付全部款项，即为无款支付。银行应于次日上午开始营业时，通知付款人将有关单证（单证已作账务处理的，付款人可以填制"应付款项证明单"）在两天内退回开户银行。银行将有关结算凭证连同单证或应付款项证明单退回收款人开户银行，由其转交收款人
付款单位在付款期满日营业终了之前，其银行账户内存款不足以支付款项或无款支付时	付款单位在付款期满日营业终了之前，其银行账户内存款不足以支付款项或无款支付时，银行于次日上午开始营业时填制一式四联的无款支付通知书。付款单位必须于银行发出通知的次日起两日内（到期日如遇节假日顺延，邮寄的加邮程）将委托收款凭证第五联及所附的有关单证全部退回开户银行。如果付款单位已将有关单证作账务处理或部分付的，应填制"应付款项证明单"送交开户银行。"应付款项证明单"一式两联，第一联由收款单位作为应收款项的凭据；第二联由付款单位留存作为应付款项的凭据

付款单位出纳人员应认真、逐项填制收款人名称、付款人名称、单证名称、单证编号、单证日期、单证内容等项目内容，并在"单证未退回原因"栏内注明单证未退回的具体原因，如单证已作账务处理、已经部分付款等。同时，在"我单位应付款项"栏内注明应付给收款单位的款项金额大写，如确实无款支付，则应付金额等于委托收款金

额；如已部分付款，则应付金额等于委托收款金额减去已付款项金额之差额，并在付款人盖章处加盖本单位公章。银行审查无误后，将委托收款凭证连同有关单证或"应付款项证明单"退回收款单位开户银行，由其转交给收款单位。账务处理如表6-31所示。

表6-31　委托收款结算方式下无款支付的账务处理

相关情况	账务处理
如果所购货物已经收到但无款支付，则付款单位财务部门应编制有关转账凭证	借：材料采购 　　贷：应付账款——××公司
如果付款单位银行账户内存款不足、但已支付部分款项，则付款单位财务部门应按照已付款金额编制银行存款凭证	借：材料采购 　　贷：银行存款 同时，按未付款金额编制转账凭证 借：材料采购 　　贷：应付账款——××公司

【例】阳明公司采用委托收款方式向A公司购买商品，款项216 000元，付款期满，S公司账户内无款支付，而所购商品已经收到，则S公司财务部门应编制转账凭证，其会计分录为：

借：材料采购　　　　　　　　　　　　　　　　　　　　　　184 615.38

　　应交税费——应交增值税（进项税额）　　　　　　　　　31 384.62

　　贷：应付账款——A公司　　　　　　　　　　　　　　　　216 000

2. 付款人拒绝付款或不退回单证

付款人拒绝付款或不退回单证的处理如表6-32所示。

表6-32　付款人拒绝付款或不退回单证的处理

支付方	处理说明
付款人拒绝付款	付款人审查有关债务证明后，对收款人委托收取的款项要拒绝付款的，可以拒绝办理付款。付款人对收款委托人委托收取的款项需要全部办理委托付款的，应在付款期内填制"委托收款结算全部拒绝付款理由书"，并加盖银行预留签章，连同有关单证交开户银行，银行不负责审查拒付理由，将拒付理由书和有关凭证及单证寄给收款人开户银行转交收款人。需要部分拒绝付款的，应在付款期内出具"委托收款结算部分拒绝付款理由书"，并加盖银行预留印鉴，送交开户银行，由银行办理部分划款，并将部分拒绝付款理由书寄给收款人开户银行转交给收款人

（续表）

支付方	处理说明
付款人不退回单证	付款人逾期不退回单证的，开户银行应按照委托收款的金额自发出通知的第三天起，每天处以 0.5%、但不低于 50 元的罚金，并暂停付款人委托银行向外办理结算业务，直到退回单证为止

第十一节　信用卡结算

内容释义

信用卡是银行或其他金融机构签发给那些资信状况良好的个人或单位，用于其在指定的商家购物和消费，或在指定的银行机构存取现金的特制卡片，是一种特殊的信用凭证。凡在中国境内金融机构开立基本存款账户的单位，均可申请领单位卡。单位卡可申领若干张，持卡人资格由申领单位法定代表人或其委托的代理人书面指定和注销。

业务要点

1. 信用卡结算的特点

信用卡结算的特点如表 6-33 所示。

表 6-33　信用卡结算的特点

特点	具体说明
方便	可以凭卡在全国各地大中城市的有关银行提取、存入现金，或在同城、异地的特约商场、商店、饭店、宾馆购物和消费
通用性	可以用于支取现金，进行现金结算，也可以办理同城、异地的转账业务，代替支票、汇票等结算工具，具有银行户头的功能
可透支	在存款余额内消费，可以善意透支

2. 信用卡的适用范围

信用卡产生的结算关系一般涉及三方当事人，即银行、持卡人和商户。商户向持卡人提供商品或服务的商业信用，然后向持卡人的发卡行收回货款或费用，再由发卡行或代办行向持卡人办理结算。

3. 信用卡的结算规定

（1）信用卡是商业银行向个人和单位发行的，凭以向特约单位购物、消费和向银行存取现金的信用凭证。

（2）申请单位信用卡的单位必须在中国境内的金融机构开立基本存款账户，并按规定填制申请表。

（3）单位卡在国内必须使用人民币，其账户的资金一律从基本存款账户转存，不得交存现金，不得将销货收入的款项存入其账户，不得用于 10 万元以上的商品交易、劳务供应款项的结算，不得支取现金。

（4）信用卡可以透支，金卡的透支金额最高不得超过 50 000 元，普通卡最高不得超过 5 000 元，信用卡透支期限最长为 60 天。

（5）信用卡遗失、被窃或遭他人占有时，持卡人应及时向发卡银行或代办银行申请挂失。

（6）持卡人需要修改、重置密码时，应按发卡机构指定的方式申请更换密码。信用卡损坏时，持卡人应按发卡机构规定的或双方约定的其他方式办理换卡手续。

4. 信用卡透支的规定

根据《支付结算办法》的规定，信用卡的持卡人的信用卡账户内资金不足以支付款项时，可以在规定的限额内透支，并在规定期限内将透支款项偿还给发卡银行。但是，如果持卡人恶意透支，即超过规定限额或规定期限，并经发卡银行催收无效的，持卡人必须承担相应的法律责任。

根据《支付结算办法》的规定，信用卡透支额，金卡最高不得超过 50 000 元，普通卡最高不得超过 5 000 元。信用卡透支期限最长为 60 天。关于信用卡透支的利息，按照《支付结算办法》的规定，自签单日或银行记账日起 15 日内按日息万分之五计算；超过 15 日按日息万分之十计算；超过 30 日或透支金额超过规定限额的，按日息万分之十五计算。透支计息不分段，按最后期限或最高透支额的最高利率档次计算。

5. 信用卡销户

持卡人不需要继续使用信用卡的，应持信用卡主动到发卡银行办理销户。持卡人办理销户时，如果账户内还有余额，属于单位卡的，应将该账户内的余额转入其基本存款账户，不得提取现金；个人卡账户可以转账结清，也可以提取现金。

持卡人透支之后，只有在还清透支本息后，属于下列情况的，才可以办理销户。

（1）信用卡有效期满 45 天后，持卡人不更换新卡的。

（2）信用卡挂失满 45 天后，没有附属卡、不更换新卡的。

（3）信用卡被列入止付名单，发卡银行已收回其信用卡 45 天的。

（4）持卡人死亡，发卡银行已收回其信用卡 45 天的。

（5）持卡人要求销户或担保人撤销担保，并已交回全部信用卡45天的。

（6）信用卡账户两年以上未发生交易的。

（7）持卡人违反其他规定，发卡银行认为应该取消资格的。

发卡银行办理销户时，应当收回信用卡。有效信用卡无法收回的，应当将其止付。

应用实务

1. 信用卡计息、还款和账户管理

各银行的信用卡计息方式会有所不同，持卡人在到期还款日前（含）偿还全部应还款额的，在其当期账单上，本期发生的消费交易款项享受自银行记账日至到期还款日期间的免息待遇。免息还款期最长为50天（单位卡另有约定的除外），但免息还款期最长均不得超过相关法律文件规定要求的最长免息还款期限。

持卡人可按照发卡机构规定的最低还款额还款。持卡人未能在到期还款日前（含）全额还款的，不享受免息还款期待遇。对不符合免息条件的交易款项，发卡机构会从记账日起计算利息，日利率为万分之五，按月计收复利。如有变动，按中国人民银行的有关规定执行。

（1）持卡人未在到期还款日前还清最低还款额时，除按上述计息方法支付透支利息外，对于最低还款额未还的部分，还应按月支付5%的滞纳金。

（2）发卡机构对持卡人信用卡账户中的存款不计付利息。

（3）个人卡持卡人偿还外汇欠款时，须以外币现钞或现汇存入，或者从其外汇账户中转账存入；偿还人民币欠款时，须以其持有的现金存入或从银行账户转账存入。

（4）单位卡持卡企业偿还外汇欠款时，须从其企业外汇结算账户转账存入；偿还人民币欠款时，应从其基本存款账户转账存入。

（5）选择自动还款方式时，发卡机构将于到期还款日从持卡人或持卡单位的指定存款账户中扣收相应的款项，用于偿还其信用卡欠款。

（6）发卡机构按照已出账单、未出账单的顺序安排偿还。对已出账单部分，按照年费、利息、费用、预借现金或转账交易本金、消费交易本金的顺序逐项抵偿其欠款。

（7）主卡持卡人或持卡企业在信用卡有效期内或到期后不再使用信用卡时，应向发卡机构提出账户结清申请，发卡机构在受理账户结清申请45天内，为其办理正式销户手续（信用卡到期已超过45天的除外）。持卡人申请销户时，应将信用卡交还发卡机构，或按发卡机构的规定销毁卡片，发卡机构对已收的年费不予退还。单位卡销户时如有溢缴款，单位卡人民币账户内的资金应当转入其基本存款账户，单位卡外币账户内的资金应当转入相应的外汇账户，不得提取现金。销户前，持卡人应清偿透支本息和费

用。办理销户手续后，持卡人仍须清偿被注销信用卡的所有未清偿债务。

（8）发卡机构可以要求持卡人以一定金额的存款质押，再核给持卡人信用额度。未经发卡机构同意，持卡人的质押存款自质押日起至其信用卡销户后45天内不得支取。当持卡人未按时清偿欠款时，发卡机构有权随时扣划持卡人的质押存款，以清偿其欠款。

2. 信用卡消费结算

信用卡消费结算要求如表6-34所示。

表6-34　信用卡消费结算要求

结算情况	具体要求
转账结算	根据中国人民银行的规定，单位卡账户的资金只能从其基本存款账户转账存入，并只能办理向其他企业账户的转账业务。个人卡可办理向其他个人或企业账户的转账业务，但从企业账户转入个人卡的资金仅限于工资、劳务报酬、差旅费及投资回报等收入。同城转账不收取手续费；异地转账，收取5‰的手续费，最低10元，最高不超过500元
消费结算	持卡人持信用卡消费时，应将信用卡和身份证件一并交特约单位，如果信用卡属于智能卡、照片卡，可免验身份证件。特约单位不得拒绝受理持卡人合法持有的、签约银行发行的有效信用卡，且不得收取任何附加费用

信用卡特约单位受理信用卡时应审查以下事项。

①是否确为本企业可受理的信用卡。

②信用卡是否在有效期内，且未被列入"止付名单"。

③签名条上是否有"样卡"或"专用卡"等非正常签名的字样。

④信用卡是否有打孔、剪角、毁坏或涂改的痕迹。使用智能卡、照片卡或持卡人凭密码在销售点终端上消费、购物时，可免验持卡人的身份证件。

⑤卡片正面的拼音姓名与卡片背面的签名以及身份证件上的姓名是否一致。

特约单位在信用卡审查无误后，在签购单上压卡，填写实际结算金额、用途、持卡人身份证件号码，特约单位名称和编号。若信用卡已超过支付限额，应向发卡银行索取并填写授权号码，交持卡人签名确认，同时核对其签名与卡片背面签名是否一致。经审查无误后，由持卡人在签购单上签名确认，并将信用卡、身份证件和第一联签购单交还给持卡人。特约单位在每日营业结束时，应将当日受理的信用卡签购单汇总，计算手续费和净计金额，并填写汇计单和进账单，然后连同签购单一并送交收单银行办理进账。收单银行须对特约单位送交的各种单据进行审查，确认无误后，为特约单位办理进账。

第七章

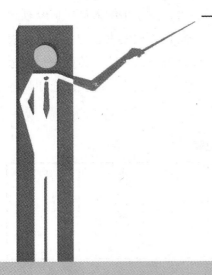

一笔一画要仔细
——票据管理

第一节 支票的管理与填制

内容释义

为使开户单位随时可以与开户银行办理支付项业务，或使用支票办理付款及单位之间债权债务关系的结算在银行存款的额度内，开户单位均可向开户银行领购支票，企业一般保留一定数量的空白支票以备使用。

业务要点

空白支票必须由专人妥善保管，企业要贯彻票、印分管的原则，空白支票和印章不得由一人负责保管。

1. 支票的签发

支票应由指定的出纳人员签发。支票领用时，应填制"支票领用单"，注明领用支票的用途、日期、金额，由经办人签名，并经有关领导批准同意。出纳人员根据经领导批准的"支票领用单"，按规定要求签发支票，并登记"空白支票签发登记簿"（见表7-1）。支票领用人应自支票领用之日起10日内到财务部办理报销手续，其程序与现金支出报销程序一样。支票领用人应妥善保管已签发的支票，如有丢失，应立即通知财务部门并对造成的后果负责。

表7-1　空白支票签发登记簿

领用日期	支票号码	领用人	支票用途	收款单位	限额	批款人	销号日期

2. 要严格控制携带空白支票外出采购

由于特殊情况而事先不能确定采购物资的单价、金额的，经所属单位领导批准，可将填明收款人名称和签发日期的支票交采购人员，明确用途和款项限额，使用支票人员回单位后必须及时向财务部门结算。

3. 设置"支票领用登记簿"

经单位领导批准，出纳人员签发空白支票后应在支票领用登记簿上登记。具体如表

7-2 所示。

表7-2 支票领用登记簿

支票类别：　　　　　　　　年　　月　　　　　　　　银行账号：

日期	支票号码	用途	预计金额	领用人	报销日期		退票日期		备注
					月	日	月	日	

4. 支票使用时的其他注意事项

（1）单位撤销、合并、结清账户时，应将剩余的空白支票，填列一式两联清单，全部交回银行注销。清单一联由银行盖章后退交收款人，另外一联作清户传票附件。

（2）签发支票的填写要按照上述的凭证和账簿的填写规则进行；对于填写错误的支票，不得擅自销毁，要妥善保管。

（3）若已签发的现金支票遗失，要向银行申请挂失。

（4）不得向任何单位出借空白支票。

（5）收款单位接受银行支票时应认真鉴别支票的真伪，并注意支票的日期，辨别是否为远期、过期的支票，并检查背书的连续性。

应用实务

1. 支票使用规定

根据《中华人民共和国票据法》的相关规定，支票的使用规定有以下几点。

（1）开立支票存款账户，申请人必须使用其本名，并提交合法证件。开立支票存款账户和领用支票时，申请人应当有可靠的资信，并存入一定的资金。开立支票存款账户时，申请人应当预留其本名的签名式样和印鉴。

（2）支票上的金额可以由出票人授权补记，未补记前的支票不得使用。支票上未记载付款地的，将付款人的营业场所作为付款地。支票上未记载出票地的，将出票人的营业场所、住所或者经常居住地作为出票地。出票人可以在支票上记载自己为收款人。

（3）支票的出票人所签发的支票金额不得超过其付款时在付款人处实有的存款金额，否则为空头支票。禁止签发空头支票。支票的出票人不得签发与其预留本名的签名式样和印鉴不符的支票。出票人必须按照签发的支票金额承担向该持票人付款的责任。

（4）当出票人在付款人处的存款足以支付支票金额时，付款人应在当日足额付款。

支票限于见票即付，不得另行记载付款日期。另行记载付款日期的，该记载无效。支票的持票人应自出票日起 10 日内提示付款；异地使用的支票，其提示付款的期限由中国人民银行另行规定。

（5）超过提示付款期限的，付款人可以不予付款；付款人不予付款的，出票人对持票人承担票据责任。付款人依法支付支票金额的，对出票人不再承担受委托付款的责任，对持票人不再承担付款的责任。但是，付款人有恶意或有重大过失付款的行为除外。

2. 支票的填写要求

出纳人员在填写支票时应注意以下几点。

（1）支票正面不能有涂改痕迹，否则作废。

（2）受票人如果发现支票填写不全，可以补记，但不能涂改。

（3）支票的有效期为 10 天，日期首尾算一天，如遇节假日顺延。

（4）支票见票即付，不记名。

（5）出票单位现金支票背面有印章盖模糊了，可把模糊印章打叉，重新再盖。

（6）收款单位转账支票背面印章盖模糊了（此时《票据法》规定是不能以重新盖章方法来补救的），收款单位可带转账支票及银行进账单到出票单位的开户银行去办理收款手续（不用付手续费），俗称"倒打"，这样就用不着到出票单位重新开支票了。

3. 支票挂失的办理

已经签发的普通支票和现金支票，如果遗失或者被盗，应立即向银行申请挂失。

（1）出票人将已经签发、内容齐备、可以直接支取现金的支票遗失或被盗的，应当出具公函或有关证明，填写两联挂失申请书，加盖预留银行的签名式样和印鉴，向开户银行申请挂失止付。银行查明该支票确未支付，经收取一定的挂失手续费后受理挂失，在挂失人账户中用红笔注明支票号码及挂失的日期。

（2）收款人将收受的可以直接支取现金的支票遗失或被盗的，也应当出具公函或有关证明，填写两联挂失止付申请书，经付款人签章证明后，到收款人开户银行申请挂失止付。其他有关手续同上。同时，依据《票据法》第 15 条第 3 款规定："失票人应当在通知挂失止付后三日内，也可以在票据丧失后，依法向人民法院申请公示催告，或者向人民法院提起诉讼。"即可以背书转让的票据的持票人在票据被盗、遗失或灭失时，须以书面形式向票据支付地（即付款地）的基层人民法院提出公示催告申请。在失票人向人民法院提交的申请书上，应写明票据类别、票面金额、出票人、付款人、背书人等票据主要内容，并说明票据丧失的情形，同时提出有关证据，以证明自己确属丧失的票据的持票人，有权提出申请。

按照规定，已经签发的转账支票遗失或被盗等，由于这种支票可以直接持票购买商品，银行不受理挂失，所以，失票人不能向银行申请挂失止付，但可以请求收款人及其开户银行协助防范。如果丧失的支票超过有效期或者挂失之前已经由付款银行支付票款的，由此所造成的一切损失，均应由失票人自行负责。

4. 支票的入账

收取支票后，应尽快将支票送到银行，即入账。入账方式有顺转和逆转两种。顺转是指将支票交到开出支票的银行，由开出支票银行将钱拨到收款银行。逆转是指将支票交到自己的开户行，委托开户行到开出支票的银行收款。其中，顺转时支票交到支票开户行马上就可以知道支票上有无足够金额，所以入账时最好去支票开户行办理。

支票入账时需填写进账单（进账单需在开户行购买）。在进账单虚线右半部分框中的"持票人"一栏内填写本公司资料（名称、开户行、账号），在"出票人"一栏内填开支票方资料（名称、开户行、账号）。

银行进账单是持支票到银行办理进账手续的凭证，进账单的虚线左端部分称为回单，银行收进支票盖上银行章后退还企业用以记账。如果是顺转，收到回单即表示货款已划出；如果是逆转，则要等两天左右才能知道货款是否真正划到账。支票诈骗往往就是利用这两天银行划账的时间差。

第二节　发票的填制与管理

内容释义

发票是指单位在购销商品、提供或者接受服务以及从事其他经营活动中，开具、收取的收付款凭证。发票包括普通发票、增值税专用发票、专用发票。

1. 普通发票

普通发票主要由营业税纳税人和增值税小规模纳税人使用，增值税一般纳税人在不能开具专用发票的情况下也可使用。

（1）普通发票由行业发票和专用发票组成。前者适用于某个行业和经营业务，如商业零售统一发票、商业批发统一发票、工业企业产品销售统一发票等；后者仅适用于某一经营项目，如广告费用结算发票，商品房销售发票等。

（2）普通发票共三联，第一联为存根联，由开票方留存备查用；第二联为发票联，由收执方作为付款或收款原始凭证；第三联为记账联，由开票方作为记账原始凭证。

2. 增值税专用发票

增值税专用发票专用于纳税人销售或者提供增值税应税项目。它是我国实施新税制的产物，是国家税务部门根据增值税征收管理需要而设定的。

3. 专用发票

专用发票是购货方据以抵扣税款的法定凭证。它是记载商品销售额和增值税税额的财务收支凭证，也是兼记销货方纳税义务和购货方进项税额的合法证明。

1. 发票的管理

发票的管理要求如表7-3所示。

表7-3　发票的管理要求

管理要求	具体说明
落实安全保管	在购买发票前，企业必须与税务局签订"增值税专用发票使用管理责任书"、"防伪税控机使用管理责任书"，安排专人保管，并将专用发票存放于专门的保险柜内，以确保万无一失
落实登记管理	出纳人员领用发票时，需办理发票的领用手续，填写发票领用单，经单位领导签字批准后，按顺序领用发票。对发票的使用也应建立登记制度，设置发票登记簿
按顺序使用发票	出纳人员在使用发票时，不得拆本、隔页或跳号，必须按发票的先后顺序使用
禁止带票外出	发票只限于用票单位使用，任何单位和个人不准跨地区携带及使用发票，不准带票外出经营
不能转让、代开发票	发票不能转让、代开。发票使用完毕后，其存根联应单独保存，且存根编号应连续
丢失后的弥补措施	如果发票发生被盗、丢失，应立即上报主管（被盗应向公安机关报案）。经有关部门派员调查核实后，填写"发票挂失声明申请审批表"，逐级上报审批，并在相关媒体上声明作废。遗失的发票及两卡如涉及偷漏税案件，纳税人应承担连带的法律责任

2. 开具发票应注意的问题

（1）不能应开具发票而未开具发票。

（2）不能单联填开或者上下联金额、增值税销项税额等内容不一致。

（3）不能填写项目不齐全。

（4）不能涂改发票。

（5）不能转借、代开发票。

（6）不能未经批准拆本使用发票。

（7）不能虚构经营业务、虚开发票。

（8）不能开具作废发票。

（9）不能未经批准、跨规定使用区域开具发票。

（10）不能以其他单据或白条代替发票开具。

（11）不能扩大专业发票或增值专用发票开具范围。

（12）应按规定报告发票的使用情况。

（13）应按规定设置发票登记簿。

（14）其他应按规定开具发票的行为。

3. 发票遗失、被窃、被盗时的处理

单位若遗失发票，应于发现遗失的当天以书面形式向主管税务机关报告，同时通过电台、电视台或报纸等新闻媒体刊登遗失启事，声明发票作废。发生被窃、被盗的，应于发现被窃、被盗的当天，向当地公安机关报案，同时凭有关报案的证明向当地主管税务机关书面报告被窃、被盗的情况，并通过电视、报纸等新闻媒体刊登被窃、被盗启事，声明发票作废。

应用实务

1. 发票填开的基本规定

（1）发票只限于用票单位和个人自己填开使用，不得转借、转让、代开发票；未经国家税务机关批准，不得拆本使用发票。

（2）单位和个人只能使用国家税务机关批准印制或购买的发票，不得用"白条"和其他票据代替发票使用，也不得自行扩大专用发票的使用范围。

（3）发票只准在领购发票所在地填开，不准携带到外县（市）使用。到外县（市）从事经营活动，需要填开普通发票的，按规定可到经营地国家税务机关申请购买发票或者申请填开。

（4）凡销售商品、提供服务以及从事其他经营业务活动的单位和个人，对外发生经营业务收取款项时，收款方应如实向付款方填开发票；但对收购单位和扣缴义务人支付个人款项时，可按规定由付款单位向收款个人填开发票；对向消费者个人零售小额商品或提供零星劳务服务，可以免于逐笔填开发票，但应逐日记账。

（5）使用发票的单位和个人必须在实现经营收入或者发生纳税义务时填开发票；未发生经营业务，一律不准填开发票。

（6）单位和个人填开发票时，必须按照规定的时限、号码顺序填开，填写时必须保证项目齐全、内容真实、字迹清楚、全份一次复写、各联内容完全一致，并加盖单位财务印章或者发票专用章。填开发票应使用中文，也可以使用中外两种文字。对于填开发票后发生销货退回或者折价的，在收回原发票或取得对方国家税务机关的有效证明后，方可填开红字发票，用票单位和个人填错发票的，应书写或加盖"作废"字样，完整保存各联备查。用票单位和个人丢失发票的，应及时报告主管国家税务机关，并在报刊、电视等新闻媒体上公开声明作废，同时接受国家税务机关的处理。

2. 增值税一般纳税人专用发票填开

增值税一般纳税人填开专用发票时，除按上述规定填开外，还应执行以下规定。具体如表7-4所示。

表7-4　增值税一般纳税人专用发票填开

填开要求	具体内容
一般纳税人销售货物、应税劳务时，必须向购买方开具专用发票，但具有右栏中情况的，不得开具专用发票	向消费者销售应税项目
	销售免税项目
	销售报关出口的货物、在境外销售应税劳务
	将货物用于非应税项目
	将货物用于集体福利或个人消费
	将货物无偿赠送他人
	提供应税劳务（应当征收增值税的除外）、转让无形资产或销售不动产
	商业企业零售的烟、食品、服装、鞋帽（不包括劳保福利用品）、化妆品等消费品，生产、经营机电、机车、汽车、轮船等大型机械、电子设备的工商企业，凡直接销售给使用单位的
	向小规模纳税人销售应税项目，可以不开具专用发票
一般纳税人必须按规定的时限开具专用发票	采用预收货款、托收承付、委托银行收款结算方式的，为货物发出的当天
	采用交款提货结算方式的，为收到货款的当天
	采用赊销、分期付款结算方式的，为合同约定的收款日期的当天
	设有两个以上机构并实行统一核算的纳税人，将货物从一个机构移送其他机构用于销售，按规定应当征收增值税的，为货物移送的当天

（续表）

填开要求	具体内容
一般纳税人必须按规定的时限开具专用发票	将货物交付他人代销的，为收到受托人送交的代销清单的当天
	将货物作为投资提供给其他单位或个体经营者的，为货物移送的当天
	将货物分配给股东的，为货物移送的当天
采用汇总方式填开增值税专用发票	一般纳税人经国家税务机关批准采用汇总方式填开增值税专用发票的，应当附有国家税务机关统一印制的销货清单
销售货物并向购买方开具专用发票后，如发生退货或销售折让，应视不同情况分别按以下规定办理	购买方在未付货款并且未作账务处理的情况下，须将原专用发票的发票联和抵扣联主动退还销售方
	销售方收到后，应在该发票联和抵扣联及有关的存根联、记账联上注明"作废"字样，整套保存，并重新填开退货后或销售折让后所需的专用发票
	在购买方已付货款，或者货款未付但已作账务处理，专用发票发票联及抵扣联无法退还的情况下，购买方必须取得当地主管国家税务机关开具的进货退出或索取折让证明单（以下简称证明单）送交销售方，作为销售方开具红字专用发票的合法依据
	销售方在未收到证明以前，不得开具红字专用发票
	收到证明单后，根据退回货物的数量、价款或折让金额向购买方开具红字专用发票
	红字专用发票的存根联、记账联作为销售方扣减当期销项税额的凭证，其发票联和抵扣联作为购买方扣减进项税额的凭证
	购买方收到红字专用发票后，应将红字专用发票中所注明的增值税额从当期进项税额中扣减。如不扣减，造成不纳税或少纳税的，属于偷税行为
凡具备使用电子计算机开具专用发票条件的一般纳税人	凡具备使用电子计算机开具专用发票条件的一般纳税人，可以向主管国家税务机关提交申请报告以及按照专用发票（机外发票）格式用电子计算机制作的模拟样张，根据会计操作程序用电子计算机制作的最近月份的进货、销货、库存清单及电子计算机设备的配置情况，有关专用发票电子计算机技术人员、操作人员的情况等，经主管国家税务机关批准，领购由国家税务机关监制的机外发票填开使用

第三节　有价证券的保管

内容释义

有价证券是一种具有储蓄性质、最终可以兑换货币的票据。目前，我国发行的有价证券主要有股票和各种债券。股票是向股份企业投资入股的凭证，它代表对企业的股权，可凭股分得利润。债券主要包括政府债券、企业债券和不动产抵押债券，它代表债权，可以按期取得利息，到期取回本金。

业务要点

有价证券的保管要求如表 7-5 所示。

表 7-5　有价证券的保管要求

保管要求	具体说明
实行账证分管	账证分管就是指由会计部门管账、出纳部门管证，这样可以互相牵制、互相核对
按货币资金的管理要求进行管理	有价证券的变现能力很强，具有与现金相同的性质和价值。所以，企业持有的有价证券（包括记名的和不记名的）必须由出纳人员按照与货币资金相同的要求进行管理。有价证券除法人认购的股票外，一般是不记名的，所以在保管上难度较大。出纳人员有保管现金的经验，并具有保护其安全的客观条件，因此是保管企业有价证券的最佳人选。有价证券必须由出纳人员分类整齐地摆放在保险柜内保管，切忌由经办人自行保管。此外，还要随时或定期进行抽查与盘点。出纳人员对自己保管的各种有价证券的面额和号码应保守秘密
专设出纳账进行详细核算	出纳人员对自己负责保管的各种有价证券，要专设出纳账进行详细核算，并由总账会计的总分类账进行控制。如设置"长期股权投资——股票投资（××企业）"、"长期债权投资——债券投资（××企业）"等长期投资明细账，在总账"长期股权投资"和"长期债权投资"的控制下，由出纳人员进行登记，并定期出具收、付、存报告单。出纳部门的有价证券明细账要按证券种类分设户头，所记金额应与总账会计相一致，当账面金额与证券面值不一致时，应在摘要栏内注明证券的批次、面值和张数。必要时，还可以设置辅助登记簿进行补充登记

（续表）

保管要求	具体说明
非出纳人员使用有价证券	当业务人员提取有价证券时，出纳人员应要求其办理类似现金借据的正规手续，以此作为支付凭证。业务办理完毕后，业务人员应交还有价证券，并由出纳人员在借据上加盖注销章后退还出具人
核对有关部门公布的中签号码	按中签号码还本付息，或中签号码与证券持有人有其他关联时，业务经办人和出纳保管人应注意经常核对有关部门公布的中签号码
建立有价证券购销明细表	为了及时掌握各种证券的到期时间，出纳人员可以通过编制"有价证券购销明细表"来避免失误，"有价证券购销明细表"详细标明各种有价证券的购入与到期时间；也可以通过同时按证券种类和批次设置明细账并在摘要栏注明到期日的办法，来提供有价证券的购销时间

应用实务

有价证券购销明细表如表7-6所示。

表7-6　有价证券购销明细表

发行年度	期次	面额	利率	张数	号码		合计金额	兑换日期			兑换本息		
					起	止		年	月	日	本金	利息	合计

第四节　印章、印鉴的管理

内容释义

单位的印章主要包括三种，分别是本企业的财务专用章、分管财务负责人的名章和出纳经办人员的名章。其用途如表7-7所示。

表7-7 各种印章的用途

印章种类	用途
财务专用章	代表企业行使财权的公章，同时也能代表会计部门
分管领导名章	表明企业领导人员之间的明确分工，一旦出现问题，可以追究分管领导的个人责任
出纳人员的名章	表明在会计人员中有明确的分工，坚持"谁经手、谁负责"的原则。如有工作出现变动，应随时更换印鉴，以分清责任

　　至于印鉴，一般由出纳人员保管自己的名章，由复核人员保管其余两枚印章。这样既有利于互相监督，又便于明确责任。

　　使用印鉴时，如签发支票用于付款，一般先由出纳人员根据支票管理制度的规定，填写好票据，盖上出纳人员名章，然后交复核人员审查该付款项目是否列入了开支计划、是否符合开支规定，如无不妥，则加盖其余印鉴正式签发。

业务要点

印章、印鉴的保管要求如表7-8所示。

表7-8 印章、印鉴的保管要求

保管要求	具体说明
职责分离	按照有关规定，支票印鉴一般应由会计主管人员或指定专人保管，支票和印鉴必须由两个人分别保管。原则上各种财务专用章的保管与现金的保管要求相同，负责保管的人员不得将印章、印鉴随意存放或带出企业。严禁将支票印鉴以及单位主管人员的名章一并交由出纳人员保管和使用，否则会给违法、违纪行为带来可乘之机
预留印鉴的更换	如果需要更换预留印鉴，应填写"印鉴更换申请书"，同时出具证明情况的公函，一并交开户银行，经银行同意后，在银行发给的新印鉴卡的背面加盖原预留银行印鉴，在正面加盖新启用的印鉴。
预留印鉴的遗失	出纳人员遗失单位印鉴后，应由企业财务主管出具证明，并经开户银行同意后，及时办理更换印鉴的手续
印章、印鉴的销毁	由于单位变动、更名或其他原因停止使用印章、印鉴，或其破损无法使用时，应由保管人员报单位领导批准，对其进行封存或销毁，并由行政部办理新章刻制事宜

应用实务

印章、印鉴的使用规定包括以下几点。

（1）不得携带印章、印鉴外出使用。确因工作需要的，携带印章、印鉴外出前，必须报总经理批准。

（2）携带公章外出必须报部门负责人批准。

（3）不得在空白凭证上加盖印章，确因工作需要加盖印章的，必须在空白凭证上注明"仅供（某具体事项）使用"等限制性字样，并报总经理批准。当事人必须在事后交回该凭证的原件或复印件。

（4）印章保管人员不得随意私自使用公章，不得擅自让他人代管、代盖公章。

（5）对非法使用印章者视情节轻重给予记过、记大过、劝退或开除的处分，并保留追究其法律责任权利。

（6）需要签发支票付款时，一般先由出纳人员根据支票管理制度的规定填写好票据、盖上出纳人员名章，然后交复核人员审查该付款项目是否列入了开支计划、是否符合开支规定，如无不妥，则加盖其余印鉴正式签发，这样也就真正起到了付款时的复核作用。

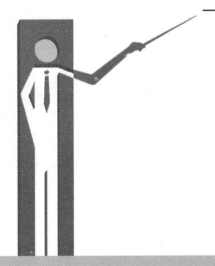

第八章

分清门类一目了然
——账簿管理

第一节　会计账簿的设置与登记要求

内容释义

一般而言，企业需根据自身会计管理与核算的需要，建立账簿体系。好的账簿体系应该既能全面、系统地记录经济活动和财务收支状况，又要数量少而体系严密，便于检查及对账。通常，企业账簿设置的要求为一册订本式现金日记账、一册订本式银行存款日记账、一册订本式总账、一册活页式明细账。

业务要点

《会计法》第十六条规定："各单位发生的各项经济业务事项应当在依法设置的会计账簿上统一登记、核算，不得违反《会计法》和国家统一的会计制度的规定私设会计账簿登记、核算。"会计账簿是由一定格式、相互联系的账页所组成，用来序时、分类地全面记录和反映一个单位经济业务事项的会计簿籍，是会计资料的主要载体之一，也是会计资料的重要组成部分。依法设置会计账簿，是单位进行会计核算的最基本的要求。《中华人民共和国税收征收管理办法实施细则》第十七条规定："从事生产经营的纳税人应当依照税收征管法第十二条规定，自领取营业执照之日起十五日内设置账簿。"《会计法》不仅规定各单位必须依法设账，还对设置会计账簿的种类作出规定："会计账簿包括总账、明细账、日记账和其他辅助性账簿。"其中，其他辅助账簿也称备查簿，是为备忘备查而设置的。在会计实务中主要包括各种租借设备、物资的辅助登记或有关应收、应付款项的备查簿，担保、抵押备查簿等。各单位可根据自身管理的需要，设置其他辅助账。

应用实务

1. 登记账簿的基本要求

为了保证账簿记录、成本计算和会计报表不出现差错，登记账簿时，出纳人员必须根据审核无误的记账凭证进行登记。登记账簿的基本要求如表8-1所示。

表8-1 登记账簿的基本要求

基本要求	具体说明
内容准确完整	登记会计账簿时，应当将会计凭证日期、编号、业务内容摘要、金额和其他有关资料逐项记入账内，做到数字准确、摘要清楚、登记及时、字迹工整。每一项会计事项要同时记入总账和总账所属的明细账
登记账簿要及时	登记账簿间隔的时间没有统一的规定，总体来说，越短越好。一般情况下，总账可以每三至五天登记一次；明细账的登记时间间隔要短于总账；日记账和债权债务明细账应按天登记
文字和数字必须整洁清晰	摘要文字紧靠左线；数字要写在金额栏内，不得越格错位、参差不齐；文字、数字紧靠下线书写，上面要留有适当空距，一般应占格宽的1/2，以备按规定的方法改错。记录金额时，如果角分的位置没有数值，应分别在角分栏内填写"0"，或以"－"号代替，不得省略不写。阿拉伯数字一般可自左向右适当倾斜，以使账簿记录整齐、清晰
墨水的使用	正常记账时使用蓝黑墨水：登记账簿要用蓝黑墨水或者碳素墨水书写，不得使用圆珠笔（银行的复写账簿除外）或者铅笔书写
	特殊记账时使用红墨水： ①按照红字冲账的记账凭证，冲销错误记录 ②在不设借贷等栏的多栏式账页中，登记减少数 ③在三栏式账户的余额栏前，如未印明余额方向，则应在余额栏内登记负数余额 ④根据国家统一会计制度的规定可以用红字登记的其他会计记录
顺序连续登记	各种账簿应按页次顺序连续登记，不得任意撕毁订本式账簿的账页。不得随意抽掉活页式或卡片式账簿的账页，不得跳行、隔页。如果发生跳行、隔页，应当将空行、空页划线注销，或者注明"此行空白"、"此页空白"字样，并由记账人员签名或者盖章。这对避免在账簿登记中可能出现的漏洞，是一种十分必要的防范措施。若订本账簿预留账页不够，需跳页登记时，应在末行摘要栏内注明"过入第××页"并在新账页第一行摘要栏内注明"承××页"
注明记账符号	登记完毕后，要在记账凭证上签名或者盖章，并注明已经登账的符号，表示已经记账。在记账凭证上设有专门的栏目供注明记账的符号，以免发生重记或漏记

（续表）

基本要求	具体说明
结出余额	凡需要结出余额的账户，结出余额后应在"借或贷"等栏内写明"借"或者"贷"等字样。没有余额的账户，应当在"借或贷"等栏内写"平"字，并在余额栏内用"0"表示
	现金日记账和银行存款日记账必须逐日结出余额。一般说来，对于没有余额的账户，在余额栏内标注的"0"应当放在"元"位
	记录金额时，如为没有角分的整数，应分别在角分栏内写上"0"，不得省略不写，或以"－"号代替。阿拉伯数字一般可自左向右适当倾斜，以使账簿记录整齐、清晰
承前过次	每一账页登记完毕结转下页时，应当结出本页合计数及余额，写在本页最后一行和下页第一行有关栏内，并在摘要栏内注明"过次页"和"承前页"字样；也可以将本页合计数及金额只写在下页第一行有关栏内，并在摘要栏内注明"承前页"字样
登记发生错误时的更正方法	发现差错必须根据差错的具体情况采用划线更正、红字更正、补充登记等方法更正
定期打印	对于实行会计电算化的单位，应当定期打印总账和明细账，从而保证会计信息的安全和完整

2. 日记账的设置

企业的日记账主要分为现金日记账和银行存款日记账两种。具体如表8-2所示。

表8-2　日记账的设置

类别	解释	具体说明
现金日记账	现金日记账是专门记录现金收付业务的特种日记账，它一般由出纳人员负责填写	对于现金收付业务较多的企业，也可分别设置现金收入日记账和现金支出日记账，它们只能是单栏式的日记账。同时，现金日记账还可设置成三栏式的日记账。除非企业现金收付业务特别繁多，一般情况下，只设置三栏式的现金日记账

（续表）

类别	解释	具体说明
银行存款日记账	银行存款日记账是用来记录银行存款收付业务的特种日记账	银行存款日记账的设计方法与现金日记账基本相同，但须将账簿名称分别改为"银行存款收入日记账"、"银行存款支出日记账"和"银行存款日记账"。一般企业也只设置三栏式的银行存款日记账，其基本格式与现金日记账相似

3. 数字书写要求

依据财政部制定的《会计基础工作规范》的要求，填制会计凭证字迹必须清晰、工整，并符合以下要求。

（1）阿拉伯数字应逐字填写，并且应当在数字前写明货币币种符号（如人民币符号"￥"）。

（2）币种符号与阿拉伯金额数字之间不得留有空白。

（3）凡在阿拉伯金额数字前面写有币种符号的，数字后面不再写货币单位（如人民币"元"）。

（4）如果金额有小数，那么小数点后填写到角分。如果没有角分，角、分位应写"0"；有角无分的，分位应写"0"，不得用符号"-"代替。

（5）汉字大写金额数字，要书写清晰。

（6）汉字大写金额以及单位为"壹、贰、叁、肆、伍、陆、柒、捌、玖、拾、佰、仟、万、亿、元、角、分、零、整（正）"，不得用"一、二、三、四、五、六、七、八、九、十、另、毛"等简化字代替。

（7）大写金额数字到元或角为止的，在"元"或"角"之后应写"整"或"正"字，大写金额数字有分的，分字后面不写"整"字。

（8）阿拉伯金额数字中间有"0"时，大写金额要写"零"字，不留空缺。

（9）阿拉伯金额数字中间连续有几个"0"时，汉字大写金额中可以只写一个"零"字。

第二节　现金日记账的登记与审核

内容释义

现金日记账是企业重要的经济档案之一，是由出纳人员根据审核无误的现金收付款凭证和银行存款付款凭证，顺时逐笔登记，用来反映库存现金的收入、付出及结余情况的特种日记账。为了确保账簿的安全、完整，现金日记账必须采用订本式账簿。

业务要点

1. 现金日记账的登记要求

现金日记账的登记要求如表8-3所示。

表8-3　现金日记账的登记要求

登记要求	具体说明
根据复核无误的收付款记账凭证记账	在具体登记时，应将会计凭证的日期、种类和编号、业务的内容摘要、金额等逐项记入账内，同时要在会计凭证上注明账簿的页数，或画"√"符号，表示已经登记入账，防止漏记、重记和错记的情况发生。对于有问题的凭证，出纳人员应拒绝入账
现金日记账所记载的内容必须同会计凭证相一致，不得随意增减	每一笔账都要写明记账凭证的日期、编号、摘要、金额和对应科目等，须做到数字准确、摘要清楚、登记及时、字迹工整
逐笔、序时登记日记账，做到日清月结	各种账簿都必须逐页、逐行顺序连续登记，不得隔页、跳行。若在登记时不小心出现空行或隔页的现象，应用红线对角划掉，并由记账人员盖章
现金日记账必须逐日结出余额，每月月末必须按规定结账	现金收、付业务频繁的企业，应随时结出余额，以掌握收、支计划的执行情况。月度结账时，在各账户的最后一笔数字下，结出本月借方发生额、贷方发生额和期末余额，在摘要栏内注明"本月发生额及期末余额"字样，并在数字的上端和下端各划一根红线。年度结账时，应将全年发生额的合计数填制于12月份结账记录的下面，并在摘要栏内注明"全年发生额及年末余额"字样，最后在数字下端划双红线，表示"封账"。年度结账后，根据各账户的年末余额过入新账簿，结转下年度

（续表）

登记要求	具体说明
记录发生错误时，必须按规定方法更正	为了提供在法律上有证明效力的核算资料，保证日记账的合法性，账簿记录不得随意涂改，严禁刮、擦、挖、补或使用化学药物清除字迹。发现差错时，必须根据差错的具体情况采用划线更正、红字更正、补充登记等方法更正

2. 现金日记账的核对

现金日记账的核对要点如表8-4所示。

表8-4 现金日记账的核对

核对要点	解释	具体说明
账证核对	现金日记账与现金收付款凭证相核对	检查时如果发生差错，要立即按规定的方法更正
		核对账证金额与方向的一致性
		复查记账凭证与原始凭证，看两者是否完全相符
		核对凭证编号
账账核对	现金日记账与现金总分类账的期末余额相核对	现金日记账是根据收、付款凭证逐笔登记；现金总分类账是根据收付款凭证汇总登记，两者的记账依据相同，记录结果应完全一致
账实核对	现金日记账的余额与实际库存数额相核对	现金管理要做到日清月结，出纳人员在每日下班前应核对账面余额与库存现金，查看当天现金日记账的账面余额与库存现金的实有数是否完全相符，以保证账实相符
		在实际工作中，凡是有当天来不及登记的现金收付款凭证，一般是通过库存现金实地盘点法查对，应按"库存现金实有数＋未记账的付款凭证金额－未记账的收款凭证金额＝现金日记账账存余额"的公式进行核对。清查完毕，要编制库存现金盘点表

> **应用实务**

1. 现金日记账的设置

企业只要有现金收付业务发生，就必须要设置现金日记账，应做到"有钱就有账，以账管钱，收付有记录，清查有手续"，以保证现金的合理使用和安全完整。三栏式现金日记账的格式如表8-5所示。

表8-5 现金日记账的格式

___年		凭证号码		对方科目	摘要	借方	贷方	余额
月	日	现收	现付					
					本日合计			
					本月合计			

2. 现金日记账的启用

企业在启用现金日记账时应按规定内容逐项填写"账簿启用及接交表"和"账簿目录表"，以明确经济责任，防止舞弊行为，保证账簿使用的合法性及账簿资料的完整性。在一本日记账中设置两个以上现金账户的，应在第二页"账簿目录表"中注明各账户的名称和页码，以方便登记和查核。"账簿启用及接交表"和"账簿目录表"的格式如表8-6和表8-7所示。

表8-6 账簿启用及接交表

	企业名称		
	账簿名称	（第___册）	
	账簿编号		
	账簿页数	本账簿页数 检点人盖章	
	启用日期	___年___月___日	
经管人员	负责人		主办会计		复核		记账	
	姓名	盖章	姓名	盖章	姓名	盖章	姓名	盖章

（续表）

接交记录	经管人员		接管				交出			
	职别	姓名	年	月	日	盖章	年	月	日	盖章
备注										

表8-7 账簿目录表

编号	科目	页码	编号	科目	页码	编号	科目	页码

3. 库存现金盘点表

库存现金清查完毕，要编制库存现金盘点表。具体如表8-8所示。

表8-8 库存现金盘点表

___年___月___日　　　　　　　　　　　　　　　　编制人：

清点现金			核对账目		
货币面额	张数	金额	项目	金额	备注
			现金账面余额		
			加：收入凭证未记账		
			减：付出凭证未记账		
			调整后现金账余额		
			实点现金		
			长款（＋）		
			短款（－）		
实点	合计		折合人民币		

会计人员：　　　　　　　　　　　　　　　　　出纳人员：

第三节　银行存款日记账的登记与审核

内容释义

企业涉及转账业务时，应设置银行存款日记账。银行存款日记账是逐日、逐项记录企业银行存款收、支和结存情况的账簿。启用账簿时，应按有关规定和要求填写"账簿启用表"，具体内容和要求可参照现金日记账的启用。

业务要点

1. 银行存款日记账的设置

银行存款日记账应由出纳人员根据银行存款收付款凭证和现金付款凭证每日逐笔登记，并在每日终了时结出银行存款收支发生额和结存额。银行存款日记账必须采用订本式账簿，其账页格式一般采用"借方"（收入）、"贷方"（支出）和"结存"三栏式。具体格式如表8-9所示。

表8-9　银行存款日记账格式

年		凭证号数	对方科目	摘要	√	借方	贷方	结存
月	日							

2. 银行存款日记账的登记要求

在登记银行存款日记账时，通常是由出纳人员根据审核后的银行存款收付款凭证，逐日逐笔顺序登记。具体要求有以下几点。

（1）所记载的经济业务内容必须同记账凭证相一致，不得随意增减。

（2）根据复核无误的银行存款收付款记账凭证登记账簿。

（3）必须连续登记，不得跳行、隔页，不得随意更换账页或撕扯账页。

（4）要按经济业务发生的顺序逐笔登记账簿。

（5）要使用钢笔，以蓝、黑色墨水书写，不得使用圆珠笔（银行复写账簿除外）或铅笔书写。

（6）文字和数字必须整洁清晰、准确无误。

（7）每一账页记完后，必须按规定转页，其方法与现金日记账相同。

（8）每月月末必须按规定结账。

应用实务

银行存款日记账核对是通过与银行送来的对账单进行核对完成的，银行存款日记账的核对主要包括三个方面的内容。具体如表8-10所示。

表8-10 银行存款日记账的核对

核对要点	解释
账证核对	银行存款日记账与银行存款收、付款凭证相核对
账账核对	银行存款日记账与银行存款总账相核对
账实核对	银行存款日记账与银行送来的银行存款对账单相核对

1. 账证核对

银行存款日记账的登记依据是收付款凭证，账目和凭证要完全一致。账证核对主要是按照业务发生的先后顺序，对其进行逐笔核对。核对项目有以下几点。

（1）核对凭证的编号。

（2）检查记账凭证与原始凭证是否一致。

（3）检查账证金额与方向是否一致。

（4）如有差错须按规定方法更正。

2. 账账核对

银行存款日记账是根据收付凭证逐项登记的，银行存款总账是根据收付凭证汇总登记的，它们的记账依据是相同的，因此记录结果要求一致。但是，由于两种账簿是由不同人员分别记账的，而且总账一般是汇总登记的，所以在汇总和登记的过程中，都有可能发生差错；日记账是一笔一笔登记的，记录次数多，也难免会发生差错。出纳人员平时应经常核对两账的余额，每月终了结账时，总账各科目的借方发生额、贷方发生额以及月末余额都已试算平衡后，一定要将其分别同银行存款日记账中的本月收入合计数、支出合计数和余额相互核对。如果两者不符，应先查出哪一方出现了错误，如果差错在借方，则要及时查找银行存款收款凭证和银行存款收入一方的账目；反之，则要查找银行存款付款凭证和银行存款付出一方的账目。找出差错后，应立即加以更正，做到账账相符。

3. 账实核对

通常来讲，银行开出的"银行存款对账单"和"银行存款日记账"记录的发生额和期末余额应该是完全一致的。虽然它们是同一账号存款的记录，但是通过核对，会发现双方的账目有时并不一致，其原因主要有以下两个方面，具体如表8-11所示。

表8-11　账目不符的原因

不符项目	原因
双方账目发生记录或计算上的错误	企业记账出现漏记
	企业记账出现重记
	银行对账单串户
有"未达账项"	期末银行估算凭证传递时间的差异，会造成银行与开户单位之间一方入账，而另一方尚未入账的情况

在上表中，未达账项的出现大致有以下四种情况。

（1）单位已经入账，但银行尚未入账的收入事项。如单位存入银行的转账支票，银行尚未记入单位账户，因而未增加企业的存款。

（2）单位已经入账，而银行尚未入账的付出事项。如单位签发的支票，单位已经入账，而银行尚未接到办理转账手续，因而未减少企业存款。

（3）银行已经入账，单位尚未入账的收入事项。如银行代收的票据及利息，银行已转入单位的存款账户，而单位未能及时收到通知，因而并未入账。

（4）银行已经入账而单位尚未入账的付出事项。如银行代扣的水电费、代扣的银行借款利息等已从单位的账户中扣除，而单位尚未收到银行通知，因而尚未入账。

当出现第一种和第四种情况时，单位银行存款的账面余额会大于银行对账单的余额；当出现第二种和第三种情况时，单位银行存款的账面余额会小于银行对账单的余额。若未达账项不及时查对与调整，单位无法对实有存款数"心里有数"，则不利于合理调配使用资金、发挥资金的应有效用，还容易开出"空头支票"，造成不必要的经济损失，带来不必要的麻烦。账实核对的具体方法如图8-1所示。

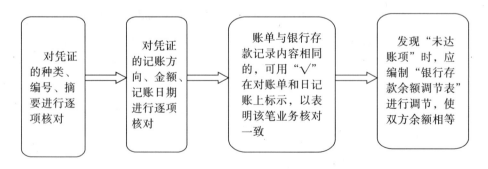

图8-1　账实核对的方法

第四节 结账与错账

内容释义

结账就是把一定时期（月、季、年）内发生的经济业务全部登记入账后，计算并记录各种账簿的本期发生额和期末余额，进行试算平衡，并结转下期或下年度账簿的一种账务处理方法。具体如表 8-12 所示。

表 8-12 结账的时间

结账时间		说明
日结		每日业务终了时，出纳人员逐笔、顺序地登记完现金日记账和银行存款日记账后，结出本日余额，并将现金日记账余额与当日库存现金核对
月结		在本月最后一笔记录下面划一条通栏单红线，并在下一行的摘要栏中用红字居中书写"本月合计"，同时在该行结出本月发生额合计及余额，然后在"本月合计"行下面再划一条通栏单红线
年结	封账	年终结账时，各账户按上述方法进行月结的同时，为便于核对账目，要将各账户结计全年发生额和年末余额，在摘要栏内注明"本年合计"字样，并在该行下面划通栏双红线，表示"年末封账"
	结转新账	结转下年时，凡是有余额的账户，都应在年末"本年累计"行下面划通栏双红线，在下面摘要栏注明"结转下年"字样，不需编制记账凭证，但必须把年末余额转入下年新账。转入下年新账时，应在账页第一行摘要栏内注明"上年结转"字样，并在余额栏内填写上年结转的余额

业务要点

1. 结账的工作内容

企业应按照有关规定定期做好结账工作，具体包括以下内容。

（1）结算期内发生的各项经济业务要全部入账，不能提前也不得延时结账。

（2）对企业已实现而尚未获得的利润、应计提的折旧、应摊销和预提的费用、应交税费等，应按权责发生制原则进行计算，编制会计记账凭证，并记入有关账簿。

（3）各种费用、收益账户的余额要在有关账户间进行结转，如将"制造费用"账户的期末余额要按一定的比例分配后转入"生产成本"账户，将"主营业务收入"、"主营业务成本"、"销售费用"、"营业税金及附加"、"管理费用"、"投资收益"、"财务费用"等有关账户的期末余额转入"本年利润"账户。

（4）对现金日记账、银行存款日记账、总账以及各明细账户应结出本期发生额和期末余额。

2. 结账的要求

结账的要求如表8-13所示。

表8-13　结账的要求

结账时期	具体要求
结账前	将本期内所发生的各项货币资金收付业务全部登记入账
结账时	结出"现金"和"银行存款"账户的本月（年）发生额和期末余额
年终结账	将"现金"和"银行存款"账户的余额结转到下一个会计年度，并在摘要栏注明"结转下年"字样。在下一个会计年度新建的"现金"和"银行存款"日记账的第一页第一行的摘要栏内注明"上年结转"字样，并将金额填入余额栏

3. 结账的方法

结账的方法如表8-14所示。

表8-14　结账的方法

结账方法	具体内容
日结账	每日业务终了时，出纳人员应逐笔、序时地登记现金日记账和银行存款日记账，并结算出本日余额。现金日记账应与当日库存现金进行核对
	出纳人员应按规定登记"收入日记账"和"支出日记账"，结出当日收入合计数和支出合计数，然后将"支出日记账"中的当日支出合计数转记入"收入日记账"中的当日支出合计栏内，并在此基础上结出当日账面余额

（续表）

结账方法	具体内容
月结账	月结账是以一个月为结账周期，每个月末对本月内的经济业务进行总结。在每月月底，要采用划线结账的方法进行结账，即在各账户的最后一笔账的下一行结出"本期发生额"和"期末余额"，在摘要栏内注明"本月合计"字样
	月末如无余额，应在"借或贷"一栏中注明"平"，并在"余额"栏中记"0"后划上一条红线。对于需逐月结算本年累计发生额的账户，应逐月计算自年初至本月止的累计发生额，并登记在月结的下一行。最后，出纳人员应在"摘要"栏内注明"本月累计"字样
季结账	办理季结时，出纳人员应在各账户本季度最后一个月的月结下面划一条通栏红线，表示本季结束，并在红线下结算出本季发生额和季末余额，在摘要栏内注明"本季合计"字样，最后在摘要栏下面划一条通栏红线，表示完成季结工作
年结账	年结账是以一年为周期，对本年度各项经济业务情况及结果进行总结。在年末，将全年的发生额累计登记在 12 月份合计数的下一行，在摘要栏内注明"本年合计"字样，并在下面划双红线
	对于有余额的账户，应把余额结算至下一年，在年结数的下一行摘要栏内注明"结转下年"字样。在下一年新账页第一行的摘要栏内注明"上年结转"字样，并把上年年末的余额数填写在余额栏内

应用实务

出纳人员一旦发现错账，要立即采取方法查明错账的原因并更正。

1. 错账产生的原因

（1）记账方向错误。在记账时，将账簿中的借方记成贷方，或将贷方记成借方；将应记红字的数字误记为蓝字，或把应记蓝字数字误记为红字等。

（2）漏记。在记账时，将某一凭证金额的数字遗漏，未记入账簿。

（3）重记。在记账时，将已经登记入账的金额数字重复记入账簿。

（4）记错科目。在记账时，"张冠李戴"，如将现金记入银行存款科目。

（5）数字位数移位。在记账时，将数字位数移动，将大数写小或将小数写大。

（6）数字位数颠倒。在记账时，将某一数字中相邻的两位数字颠倒登记入账。

（7）结账时计算错误。在结账时，发现数字打错或余额记错，从而导致账项不符。

2. 错账查找方法

错账查找的方法如表8-15所示。

表8-15 错账查找方法

查找方法	具体说明
顺查法	顺查法是指按照原来账务处理的顺序从头到尾进行普遍检查。这种方法主要适用于期末对账簿进行的全面核对和不规则的错误查找。为避免重复查找，对查过的账目要在数字旁边画"√"或其他记号
逆查法	逆查法是指按照与原来账务处理的相反顺序从尾到头普遍检查。按照这种方法查找错误更加方便、快速。逆查法适用于出纳人员认为错误可能出在当天最后几笔业务或者当月最后几天的业务时
抽查法	抽查法是指出纳人员从账簿中随机抽取出某些部分对其进行局部检查
数字移位查找法	数字移位查找法是指记账时"以小写大"或者"以大写小"造成的错误。例如，将50元误记为500元，错位的差异数为450，使其原数扩大了9倍，将差数除9为50，得出移位数。计算出移位数后，经过分析，如果是账上多记，则要在凭证上查看是否有与移位数相同的数，并看其是否记错；如果是账上少记，则要在账上查看是否有与错位数相同的数，并看其是否记错
数字颠倒查找法	数字颠倒查找法是指记账时将某一组数字的几个数字颠倒。例如，将65 437误记为65 374，差额为63。其错误特征为差额是9的倍数、差额数码相加之和是9、被颠倒的两个数额之差是差额除以9所得的商

第五节　编写出纳报告

内容释义

出纳报告是出纳工作的最终成果，也是单位管理者进行经营决策的重要依据，因此，必须保证出纳信息的真实性、完整性和准确性。出纳人员应根据单位内部管理的要求设计符合单位实际情况的出纳报告，定期编制并及时报送，以充分反映本单位一定时期内的货币资金和有价证券收、支、存的情况，并与总账会计核对期末余额。

1. 出纳报告的基本格式

出纳人员记账后，应根据现金日记账、银行存款日记账、有价证券明细账、银行对账单等核算资料，定期编制"出纳报告单"和"银行存款余额调节表"，报告本单位一定时期内现金、银行存款、有价证券收、支、存的情况，并与总账会计核对期末余额。出纳报告单的格式如表8-16所示。

表8-16 出纳报告单

单位名称：_____年___月___日至___年___月___日 　　　　　编号：

项目	库存现金	银行存款	有价证券	备注
上期结存				
本期收入				
合计				
本期支出				
本期结存				

主管：　　　　　　　复核：　　　　　　　出纳：

2. 出纳报告的填制

出纳人员在编制报告单时应注意以下几点。

（1）出纳报告单的报告期可与本单位总账会计汇总记账的周期一致。

（2）上期结存数是指报告期前一期期末结存数，即本期报告期前一天的账面结存金额，也是上一期出细报告单的"本期结存"数字。

（3）本期收入按账面本期合计借方数字填列。

（4）合计是上期结存与本期收入的合计数字。

（5）本期支出按账面本期合计贷方数字填列。

（6）本期结存是指本期期末账面结存数字，它等于"合计数字"减去"本期支出"数字，本期结存必须与账面实际结存数一致。

3. 银行存款余额调节表的编制

银行账上的存款余额（也就是银行对账单上的存款余额）同本单位账上的存款余额可能不一致，其原因主要有以下两点。

（1）双方账目发生错误。对于由这种情况造成的余额不一致，要及时与银行进行沟通、进行更正。

（2）双方记账没有发生错误，但由于结算凭证传递时间的不同步而产生"未达账项"，即一方已经入账，而另一方尚未接到有关凭证。对于由这种情况造成的余额不一致，要消除未达账项的影响，具体做法是编制银行存款余额调节表。

应用实务

银行存款余额调节表的具体做法是对所有的未达账项进行分类汇总，调节成为实际的金额。具体主要包括四个项目，即"企业已付、银行未付"，"企业已收、银行未收"，"银行已付、企业未付"，"银行已收、企业未收"。

【例】青云公司6月30日银行存款日记账上存款余额为7 200元，银行送来的对账单上的余额为6 000元，经逐笔核对，发现有以下情况：

①月末青云公司收到转账支票一张2 400元，已入账，银行尚未入账；

②月末青云公司开出转账支票一张600元，已入账，持票人未到银行办理转账手续，银行未入账；

③银行代收货款1 200元，已入账，青云公司未收到银行的收款通知，未入账；

④银行代付的水电费600元，已入账，青云公司未收到银行的付款通知，未入账。

分析：

①属于企业已收，银行未收；

②属于企业已付，银行未付；

③属于银行已收，企业未收；

④属于银行已付，企业未付。

因此，实际的企业银行日记账金额应为7 200 + 1 200 − 600 = 7 800（元）；实际的银行存款的金额应为6 000 + 2 400 − 600 = 7 800（元）。这个数字是月末银行存款的真实数字。对于银行已经入账而企业尚未入账的各项经济业务，不能根据上述调节表进行记账，而应于接到有关凭证以后再编制记账凭证，并记入有关账簿。

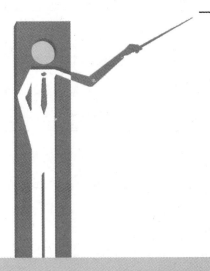

第九章

账务处理有妙招
——外汇核算

第一节　国际结算的相关知识

内容释义

国际结算是国际间清偿债权和债务的货币收付行为，是以货币收付来清偿国与国之间因经济文化交流、政策性事务性交流所产生的债权债务。国际结算的目的是以有效的方式和手段来实现国际间以货币表现的债权债务的清偿。

业务要点

1. 国际结算的分类

根据不同的收款原因，国际结算的范围分为三类，具体如表9-1所示。

表9-1　国际结算的分类

分类	说明
有形贸易类	指有形商品交易
无形贸易类	指以劳务为背景的交易，仅仅是单方面的付出，包括国际旅游、国外亲友赠款、出国留学、对国外的捐助及劳务输出等
金融交易类	指纯粹的货币交易，主要包括外汇买卖、对外投资和对外筹资等

2. 国际结算的基本制度

国际结算制度是指国际结算所遵循的原则和行为规范。根据使用的结算货币是否可以自由兑换，具体分为以下三类：

（1）自由多边国际结算制度，以使用自由兑换的货币为特点；

（2）管制的双边国际结算制度，以使用不可以自由兑换的货币为特点；

（3）区域性经济集团内部多边结算制度。

3. 国际结算与国内结算的区别

国际结算与国内结算的区别如表9-2所示。

表9-2　国际结算与国内结算的区别

区别	说明
货币的活动范围不同	国内结算在一国范围内，国际结算是跨国进行的
使用的货币不同	国内结算使用同一种货币，国际结算则使用不同的货币
遵循的法律不同	国内结算遵循同一法律，国际结算遵循国际惯例或根据当事双方事先协定的仲裁法

应用实务

1. 国际结算的支付工具

国际结算的支付工具主要是票据，它是出票人签发的无条件约定自己或要求其他人支付一定金额，经背书可以转让的书面支付凭证。票据一般包括汇票、本票和支票。

汇票是国际结算的主要支付工具，是由一方向另一方签发的，要求对方于见票时或将来某一时间，对某人或持票人无条件支付一定金额的书面支付命令。汇票的本质是债权人提供信用时开出的债权凭证。其流通使用要经过出票、背书、提示、承兑、付款等法定程序，若遭拒付，可依法行使追索权。

2. 国际结算的基本方式

国际结算的基本方式包括国际汇兑结算、信用证结算和托收结算。具体如表9-3所示。

表9-3　国际结算的基本方式

结算方式	解释	说明
国际汇兑结算	国际汇兑结算是一种通行的结算方式，付款方通过银行将款项转交收款方	国际汇兑结算共有四个当事人：汇款人、收款人、汇出行、汇入行
信用证结算	信用证是进口国银行应进口商的要求，向出口商开出的，在一定条件下保证付款的一种书面文件，即有条件的银行付款保证	业务程序如下： ①进口商向进口国银行申请开立信用证 ②进口国银行开立信用证 ③出口国银行通知转递或保兑信用证 ④出口国银行议付及索汇 ⑤进口商赎单提货

（续表）

结算方式	解释	说明
托收结算	托收是出口方向国外进口方收取款项或劳务价款的一种国际贸易结算方式。托收分为跟单托收和光票托收	跟单托收是指出口商在货物装船后，将提单等货运单据和汇票交给托收银行，而托收银行在进口商付款后，将货运单据交进口方
		光票托收是指委托人在交给托收银行一张或数张汇票，作为向国外债务人付款的支付凭证或有价证券

第二节　外汇的基础知识

内容释义

外汇是国际汇兑的简称，通常指以外国货币表示的可用于国际结算的各种支付手段。

外汇具有动态和静态两个方面的含义。其动态含义是指人们将一种货币兑换成另一种货币，清偿国际间债权债务关系的行为；静态含义是指以外币表示的可用于对外支付的金融资产。本书所讨论的外汇指静态的外汇。

业务要点

1．静态外汇

《中华人民共和国外汇管理条例》第三条规定，本条例所称外汇，是指下列以外币表示的可以用作国际清偿的支付手段和资产：

（1）外国货币，包括纸币、铸币；

（2）外币支付凭证，包括票据、银行存款凭证、邮政储蓄凭证等；

（3）外币有价证券，包括政府债券、公司债券、股票等；

（4）特别提款权，欧洲货币单位；

（5）其他外汇资产。

2．外汇的分类及特点

外汇的分类如表9-4所示。

表9-4 外汇的分类

分类依据	分类
按是否可以自由兑换	自由外汇
	记账外汇
按外汇的来源和用途	贸易外汇
	非贸易外汇
按外汇管理的不同要求	居民外汇
	非居民外汇

外汇的特点有以下几点。

（1）外汇必须以外国货币来表示。

（2）外汇必须是可以自由兑换的货币（注意：以不可兑换的货币表示的支付手段，不能作为外汇）。

（3）在国外必须能得到偿付。

应 用 实 务

1. 外汇汇率

汇率也称为"外汇行市或汇价"，是指一国货币兑换成另一国货币的比率，是以一种货币表示另一种货币的价格。由于世界各国货币的名称不同、币值不一，所以一国货币对其他国家的货币要规定一个兑换率，即汇率。

2. 汇率种类

汇率的种类如表9-5所示。

表9-5 汇率的种类

划分标准	种类	具体说明
按制定汇率的方法划分	基本汇率	根据本国货币与关键货币实际价值的对比，制定出对它的汇率，这个汇率就是基本汇率
		一般来说，美元是国际支付中使用较多的货币，许多国家都把美元作为制定汇率的主要货币，常把对美元的汇率作为基本汇率
	套算汇率	指按照对美元的基本汇率，套算出的直接反映其他货币之间价值比率的汇率

— 227 —

（续表）

划分标准	种类	具体说明
按国际货币制度的演变划分	固定汇率	指由政府制定和公布，并只能在一定幅度内波动的汇率
	浮动汇率	指由市场供求关系决定的汇率。其涨落基本自由，一国货币市场原则上没有维持汇率水平的义务，但必要时可进行干预
按银行外汇付汇方式划分	电汇汇率	经营外汇业务的本国银行在卖出外汇后，即以电报委托其国外分支机构或代理行，付款给收款人所使用的一种汇率
	信汇汇率	银行开具付款委托书，用信函方式通过邮局寄给付款地银行，请其转付收款人所使用的一种汇率
	票汇汇率	指银行在卖出外汇时，开立一张由其国外分支机构或代理行付款的汇票给汇款人，由其自带或寄往国外取款所使用的汇率
按银行买卖外汇的角度划分	现钞汇率	一般国家都规定，不允许外国货币在本国流通，只有将外币兑换成本国货币后，才能购买本国的商品和劳务，因此产生了买卖外汇现钞的兑换率，即现钞汇率
	中间汇率	中间汇率是买入价与卖出价的平均数。国外报道汇率消息时常用中间汇率，套算汇率也是用有关货币的中间汇率套算得出的
	卖出汇率	指银行向同业或客户卖出外汇时所使用的汇率。采用直接标价法时，外币折合本币数较多的那个汇率是卖出价，采用间接标价法时则相反
	买入汇率	指银行向同业或客户买入外汇时所使用的汇率。采用直接标价法时，外币折合本币数较少的那个汇率是买入价，采用间接标价法时则相反
按对外汇管理的宽严划分	官方汇率	指国家机构（财政部、中央银行或外汇管理当局）公布的汇率。官方汇率又可以分为单一汇率和多重汇率。多重汇率是一国政府对本国货币规定的一种以上的对外汇率，是外汇管制的一种特殊形式
	市场汇率	指在自由外汇市场上买卖外汇的实际汇率。在外汇管理较松的国家，官方宣布的汇率往往只能起到中心汇率的作用，实际外汇交易则按市场汇率进行

（续表）

划分标准	种类	具体说明
按银行营业时间划分	开盘汇率	外汇银行在一个营业日刚开始时进行外汇买卖使用的汇率
	收盘汇率	外汇银行在一个营业日的外汇交易结束时使用的汇率
按外汇交易交割期限划分	远期汇率	在未来一定时期进行交割，事先由买卖双方签订合同、达成协议的汇率
	即期汇率	指买卖外汇双方成交当天或两天以内进行交割的汇率

3. 汇率标价方法

目前，国内各银行均参照国际金融市场来确定汇率，通常有直接标价法和间接标价法两种标价方式。

（1）直接标价法

直接标价法又称价格标价法，是以本国货币来表示一定单位的外国货币的汇率表示方法。一般表示为 1 个单位或 100 个单位的外币能够折合多少本国货币，如 1 美元 ＝ 6.40 元人民币。由此可见，本国货币越"值钱"，单位外币所能换到的本国货币就越少，汇率值就越小；反之，本国货币越"不值钱"，单位外币能换到的本国货币就越多，汇率值就越大。

在直接标价法下，外汇汇率的升降和本国货币的价值变化成反比例关系：本币升值，汇率下降；本币贬值，汇率上升。大多数国家都采取直接标价法。市场上大多数的汇率也是直接标价法下的汇率，如美元兑日元、美元兑人民币等。

（2）间接标价法

间接标价法又称数量标价法，是以外国货币来表示一定单位的本国货币的汇率表示方法。一般表示为 1 个单位或 100 个单位的本币能够折合多少外国货币。本国货币越"值钱"，单位本币所能换到的外国货币就越多，汇率值就越大；反之，本国货币越"不值钱"，单位本币能换到的外币就越少，汇率值就越小。

在间接标价法下，外汇汇率的升降和本国货币的价值变化成正比例关系：本币升值，汇率上升；本币贬值，汇率下降。英联邦国家多用间接标价法，如英国、澳大利亚、新西兰等。市场上采取间接标价法的汇率主要有英镑兑美元、澳元兑美元等。

4. 影响汇率的因素

（1）通货膨胀：当通货膨胀率高时，货币汇率低。

（2）国际收支：当一国国际收支为顺差时，货币汇率上升；若为逆差，则汇率下降。

（3）经济增长率：当一国为高经济增长率时，该国货币汇率将升高。

（4）利率：当一国利率提高时，汇率将升高。

（5）外汇储备：当一国的外汇储备高时，该国货币汇率将升高。

（6）财政赤字：当一国的财政预算出现巨额赤字时，其货币汇率将下降。

第三节　外汇账户管理

内容释义

外汇管理又称外汇管制，是指一个国家为保持本国的国际收支平衡，对外汇的买卖、借贷、转让、收支、国际清偿、外汇汇率和外汇市场实行一定的限制措施。其目的在于保持本国的国际收支平衡，限制资本外流，防止外汇投机，促进本国的经济发展。包括对外汇的收支、买卖、借贷、转移以及国际间结算、外汇汇率和外汇市场所实施的限制等。

业务要点

1. 外汇账户的开立条件

按照国家外汇管理局的规定，不同的外汇，办理开户的手续各不相同。具体如表9-6所示。

表9-6　外汇的开立条件

开立条件	具体说明
开户单位应首先向外汇局提出申请，持外汇局核发的"外汇账户使用证"到开户银行办理开户手续的外汇类型	经营境外承包工程、向境外提供劳务、技术合作及其他服务业务的公司，在上述业务项目进行过程中收到业务往来外汇
	从事代理对外或境外业务的机构代收待付的外汇
	暂收待付或暂收待结项下的外汇，包括境外汇入的投标保证金、履约保证金、先收后支的转口贸易收汇、邮电部门办理国际汇兑业务的外汇汇兑款、一类旅行社收取的国外旅游机构预付的外汇、铁路部门办理境外报价运输业务收取的外汇、海关收取的外汇保证金、抵押金
	保险机构受理外汇风险、需向境外分保以及尚未结算的保费
	捐赠协议规定用于境外支付的捐赠外汇

（续表）

开立条件	具体说明
开户单位可以持所列有效凭证直接到开户银行办理开户手续的外汇类型	外商投资企业的外汇，持外汇局核发的"外商投资企业外汇登记证"
	境外借款、发行外币债券取得的外汇，持外汇局核发的"外债登记证"或者"外汇转（贷）登记证"
	驻外机构的外汇，持机构设立批准部门的批准文件或者投资意向书
开户单位须持批准文件向外汇管理局提出申请，持外汇管理局核发的"开户通知"到开户银行办理开户手续的外汇类型	经国家批准专项用于偿还境外外汇债务的外汇
	经批准对境外法人、自然人发行股票取得的外汇

这里需要注意一点是，按照规定，中国境内的企业、事业单位、机关和团体应当在其注册地或者在当地的开户银行办理开户，需要在境内其他地方开立外汇账户的，应当在当地注册或者登记所在地外汇局的核准文件及有关材料向开户所在地外汇局申请，并按照规定办理开户手续。开户单位向银行办理开户手续，除了应持有上述有关材料外，同样应填制开户申请书，经银行审查同意后办理开户。境内机构在境外开立外汇账户的，须向外汇管理局提出申请，经批准后方可在境外开户。

2. 外汇账户的应用

（1）开户单位办理账户收付时，必须向银行出具"外汇账户使用证"。开户银行凭"外汇账户使用证"规定的账户收支范围为开户单位办理账户的支付业务。任何开户单位及开户银行未经外汇局批准，不得超范围使用账户。

（2）开户单位须按"开立外汇账户批准书"及"外汇账户使用证"中有关账户最高限额、使用期限、结汇方式等的规定使用账户，不得超范围、超期使用账户。对于净收入需结汇的账户，开户单位应及时办理结汇。因项目进展问题需延期使用的账户，应提前向外汇局申请，未经批准，不得擅自延期。

（3）经批准开立的账户每年必须参加年检。开户单位需遵照《境内机构中资企业经常项目外汇账户年检规定》及有关补充规定执行。年检时间为每年的3～6月份。账户的具体检查工作由开户单位委托的会计师事务所进行。外汇局每年核定一次指定的会计师事务所名单，并向开户单位公布。开户单位自行选择会计师事务所对其账户进行年检。

（4）年检中及日常监督中经常发现的违规使用账户的行为如下：

①擅自改变账户使用范围；

②未经批准而开立外汇账户；

③擅自超出外汇局核定的账户最高金额、使用期限使用账户；

④违反其他有关外汇管理规定；

⑤出租、出借、转让外汇账户。

应用实务

1. 外汇转户的办理

（1）被批准的开户单位半年内不允许转户。开户半年后，若因家庭住址发生变动，或因开户银行服务不周而造成账户不便的，可申请转户。但如果是因为银行强拉存款等商业竞争原因，外汇管理局不予办理转户手续。

（2）开户单位办理转户手续时，须持企业转户申请和原"开立外汇账户批准书"及"外汇账户使用证"到外汇管理局申请转户。外汇管理局经审核同意后，向其颁发"外汇账户转户批准书"，开户单位持此批准书到银行办理转户手续。

2. 外汇闭户的办理

办理外汇闭户应注意以下两点，如表9-7所示。

表9-7　外汇闭户的办理

闭户的原因	办理要求
因正常业务终止需要关闭账户	开户单位如无需进一步使用该账户，应持闭户情况说明、"开立外汇账户批准书"及"外汇使用证"先到外汇局办理备案。外汇局收回"外汇使用证"后，核发"撤销外汇账户通知书"，开户单位凭此到银行办理闭户手续。开户单位应于闭户后10个工作日内将银行清户材料送交外汇局
因违规使用账户被外汇局勒令撤销账户	外汇局在年检或现场检查中发现开户单位有情节较重的违规使用账户的行为时，可勒令开户银行撤销违规账户。银行凭外汇局出具的"撤销外汇账户通知书"或相关文件办理销户手续。开户单位应在接到银行闭户证明10天内，持银行闭户材料、"开立外汇账户批准书"及"外汇使用证"到外汇局注销账户

3. 外汇账户的变更

在使用外汇账户管理信息系统的地区，境内机构开立经常项目外汇账户后，如因经营需要调整账户限额和客户名称时，应当持"账户变更申请书"、原"国家外汇管理局经常项目外汇业务核准件"，外商投资企业须提供"外商投资企业外汇登记证"等材料向开户所在地外汇管理局申请，并持开户所在地外汇管理局的"国家外汇管理局经常项目外汇业务核准件"到开户金融机构办理变更手续。境内机构变更客户代码时，应关闭其原有外汇账户，并持相关文件到外汇管理局办理重新开立外汇账户手续。

在未使用外汇账户管理信息系统的地区，境内机构开立经常项目外汇账户后，如因经营需要需调整账户限额和客户名称时，应持"账户变更申请书"、原"国家外汇管理局经常项目外汇业务核准件"、"外汇账户使用证"或"外商投资企业外汇登记证"、对账单等材料向开户所在地外汇管理局申请，并持开户所在地外汇管理局的"国家外汇管理局经常项目外汇业务核准件"到开户金融机构办理变更手续。境内机构变更客户代码时，应关闭其原有外汇账户，并需持相关文件到外汇管理局办理重新开立外汇账户手续。

4．外汇账户的撤销

按照规定，外汇账户使用期满或者由于其他原因需要撤销外汇账户时，外汇管理局按照规定对开户银行和开户单位下达"撤销外汇通知书"，并对该账户余额作出明确处理，限期办理撤户手续。境内企业事业单位、机关和社会团体按照规定关闭账户时，其外汇余额全部结汇。其中，属于外商投资企业外方投资者的部分，允许其转移或汇出。账户关闭后，开户单位应当将"外汇账户使用证"、"外债登记证"和"外汇转（贷）登记证"退回外汇管理局。

境内机构经批准在境外向外汇管理局提出已注销境外账户说明，将余额调回境内，并提交销户清账单；需要延期使用境外账户的，须在到期前 30 天内，向外汇管理局提出申请。

第四节　外汇业务的核算

内容释义

外汇结算又称国际结算，是通过外汇的收付来办理国内企事业单位和机关、团体、部队及其他企业和个人与国外有关企业和个人之间的债权债务关系的清算活动。

1．外汇结算分类

（1）国际贸易结算指国内企事业单位在商品进出口业务中所发生的、与国外有关企业和个人之间债权债务关系的结算业务。

（2）国际非贸易结算指国内企事业单位和机关、团体、部队及其他单位等在从事商品贸易以外的经济、文化和政治交往活动（如劳务输出、国际旅游、技术转让以及侨民汇款、捐赠等）中，所发生的债权债务关系的结算业务。

（3）国际金融结算指国内企事业单位在从事国际金融交易活动（如对外投资、对外筹资、外汇买卖等）中，所发生的债权债务关系的结算业务。

2. 外汇业务核算原则

外汇业务属于特殊类型的经济业务，应坚持其特定的原则。具体如表9-8所示。

表9-8 外汇业务核算原则

核算原则	具体说明
外币账户采用双币记账	反映外币业务时，在将外币折算为记账本位币入账的同时，还要在账簿上使用业务发生的成交货币（原币）记录，以真实反映一笔外汇业务的实际情况
外币核算采用折算入账	企业发生外币业务时，应当将有关外币金额折合为记账本位币金额记账。除另有规定外，所有与外币有关的账户，应当采用发生时的汇率，也可以采用业务发生当期期初的汇率
汇兑损益的账务处理	企业因向外汇指定银行结售或购入外汇时，应按银行买入价或卖出价进行交易与市场汇率产生的差额作为外币兑换损益计入汇兑损益
外币账户月末余额的账户处理	企业对各外币账户的期末余额要以期末市场汇率折合为记账本位币的金额，以如实反映该外币按月末汇率折算为记账本位币后的实际期末余额，并将折算的期末余额与原记账本位币的差额按规定记入该账户和汇兑损益账户
外币分账制的账务处理	对于经营多种货币信贷或融资租赁业务的企业，也可以根据业务的需要采用分账制。即企业对外币业务在日常核算时按照外币原币进行记账，分别对不同的外币币种核算其所实现的损益，编制各种货币币种的出纳报表，并在资产负债表中一次性地将各外币报表折算为以记账本位币表示的会计报表，据以编制企业的汇总会计报表

1. 汇款结算

汇款是指付款方通过银行将应付的款项汇给收款方，具体分为以下三种，如表9-9所示。

表9-9　汇款的方式

汇款方式	具体说明
信汇	信汇是买方将货款交给进口地银行，由银行开具汇款委托书，通知邮寄至卖方所在地银行，委托其向卖方付款的一种方式。目前，这种汇款方式大多采用航运邮递
电汇	电汇是买方将货款交给进口地银行，填妥电汇申请书，汇出行用加注密押的电报通知汇入行把款交给卖方的一种结算方式。其结算程序为：① 填制电汇申请书，并付款、交费；② 交给电汇回执；③ 发出加注"密押"的电报，委托款；④ 经核对"密押"相符，向收款人发出收款通知书；⑤ 填写收款收据，并签章后交汇入行；⑥ 支付款项；⑦ 寄出付讫借记通知书及收款人的收据
票汇	票汇是指买方向进口地汇出行购买银行汇票寄给卖方，汇出行在开出汇票的同时，对汇入行寄发"付款通知书"（票根），汇入行凭此核对后付款的一种结算方式。其结算程序为：① 填制"汇票申请书"，并付款、交费；② 开立以汇入行为付款人的银行汇票；③ 寄出或携带银行汇票；④ 寄出付款通知书；⑤ 提示汇票，要求付款；⑥ 解付汇票；⑦ 寄出付讫借记通知书

2. 托收

托收是指出口方在货物装运后，开具以进口方为付款人的汇款人的汇票（随附或不随附货运单据），委托出口地银行通过它在进口地的分行或代理行，代进口人收取货款的一种结算方式。托收按其是否附带货运单据，分为光票托收和跟单托收两种方式。

（1）光票托收。指不附带货运单据，只凭汇票付款的托收。出口人仅开具汇票，委托银行收款，不随附任何货运单据。光票托收一般用于收取出口货款尾数、代垫费用、佣金、样品费等，它不是托收的主要方式。

（2）跟单托收。指出口人发运货物后，开具汇票，连同全套货运单据委托银行向进口人收取货款的一种方式。跟单托收是国际贸易中主要采用的一种托收方式，根据交单条件的不同，可分为付款交单和承兑交单。

①付款交单跟单托收是指以进口人支付货款为取得货运单据的前提条件，即所谓的"一手交钱，一手交单"。付款交单跟单托收根据付款时间的不同可分为以下三种，如表9-10所示。

表9-10　付款交单跟单托收根据时间分类

分类	具体说明
即期付款交单	指收款人开具即期汇票，通过银行向付款人提示，付款人见到汇票后应立即付款，在付清货款后领取货运单据
远期付款交单	指收款人开具远期汇票，通过银行向付款人提示，由买方对汇票进行承兑，于汇票到期日付清贷款后再领取货运单据
凭信托收据赎单	在远期付款交单条件下，如果进口人希望在汇票到期前赎单提货，就可采用凭信托收据赎单的办法

②承兑交单是指进口人以承兑出口人开具的远期汇票为取得货运单据的前提，这种托收方式只适用于远期汇票的托收，与付款交单相比，承兑人交单为进口人提供了资金融通上的方便，但增加了出口人的风险。

3. 信用证结算

信用证是指由银行（开证行）依照单位的要求，为其开立的一种有条件的承诺付款的书面文件。

（1）信用证结算特点

首先，从性质上讲，信用证结算是一种银行信用，开证银行以自己的信用为付款保证。开证银行保证当受益人在信用证规定的期限内提交符合信用证条款的单据时，履行付款义务。这与汇款、托收结算方式的商业信用性质不同，因此比汇款、托收结算收款更有保障。其次，信用证是一种独立的文件。信用证虽然以买卖合同为依据开立，但它一经开出，就成为独立于买卖合同之外的一种契约，不受买卖合同的约束，开证银行以及其他参与信用证业务的银行只需按信用证的规定办理即可。此外，信用证业务是一种单据买卖，银行凭表面合格的单据付款，而不以货物为准。

（2）信用证的当事人

信用证的当事人主要分为以下几种，如表9-11所示。

表 9-11 信用证的当事人

当事人	解释说明	具体内容
开证申请人	指向银行申请开立信用证的人，即进口商	当交易双方签订的交易合同规定采用信用证方式结算时，进口商应当在合同规定的期限内，向进口地银行申请开出符合合同规定的信用证
		信用证开立以后，进口商便有凭单付款的义务和验单退单的权利。在开证行履行付款义务之后，进口商应及时将货款偿付开证行，赎取单据，但对不符合信用证条款的单据，进口商有权拒绝赎单
		进口商在付款赎单之后，如发现所提取的货物在数量、品种、质量等方面与单据不符，应向有关责任者索赔，而与银行无关。如果信用证是由银行主动开立的，则没有开证申请人
开证银行	指应开证申请人的要求开立信用证的银行，一般为进口商所在地银行	开证银行应根据开证申请人的要求及时、正确地开立信用证。信用证开立之后，开证银行便承担凭单付款的责任，而不管进口商是否拒绝赎单或无力支付
		开证行履行付款责任后，如进口商无力赎单，则开证银行有权处理单据和货物，并有权向进口商追索所得销售货款仍不足抵偿垫付款项的部分
受益人	指信用证上明确指定并由其接受信用证，凭发票、提单等收取贷款的人，即出口商	受益人接受信用证后，应按信用证的有关条款的规定装运货物、提交单据，据以收取货款
		受益人应对所发货物和所提交的单据全面负责
其他当事人	通知银行	指接受开证银行委托将信用证转交出口商的银行，一般为出口商所在银行，只负责证明信用证的真实性，不承担其他义务
	议付银行	指愿意买入受益人交来的跟单汇票的银行，可以根据信用证上的开证行负责条款及有关提示将有关单据寄给开证银行，向开证银行索回所垫贷款
	付款银行	指信用证上指定的信用证项下用汇票付款的银行，一般为开证银行，也可以是开证银行指定的另一家银行

（3）信用证的种类

信用证的种类如表9-12。

表9-12 信用证的种类

分类依据	类型	具体内容
是否附有货运单据	跟单信用证	跟单信用证必须附有提货票、保险单等代表物产权的单据，或铁路运单、邮电收据等证明货物已发运的单据
	光票信用证	指凭不附货运单据的汇票付款的信用证。有些要求汇票附有非货运单据（如发票、垫款清单等）的信用证，也属于光票信用证
开证银行对信用证所负的责任不同	不可撤销信用证	指信用证开出后，在有效期内未经卖方及有关当事人同意，开证行不得修改或撤销的信用证。凡是不可撤销信用证，在信用证中应注明"不可撤销"字样，并载有开证银行保证付款的文句
	可撤销信用证	指开证银行对所开信用证不必征得受益人或有关当事人的同意有权随时撤销的信用证。凡是可撤销信用证，应在信用证上注明"可撤销"字样，以资识别
是否有另一家银行加以保证兑付	保兑信用证	指开证行开出的信用证，由另一家银行保证符合信用证条款规定的单据履行付款义务。对信用证加以保兑的银行，叫做保兑行
	不保兑信用证	指没有另一银行加以保兑的信用证，保兑信用证对出口方有利，一般只能在不可撤销信用证的基础上加以保兑；不保兑信用证，对出口方风险较大，但一般它由资信商的银行开出，因而其信用度也较高
付款时间的不同	即期信用证	指开证行或付款行收到符合信用证条款的跟单汇票或货运单据后，立即履行付款义务的信用证。这种信用证的特点是出口商收汇迅速、安全，有利于出口商的资金周转，在国际上使用最多
	远期信用证	指开证银行或付款银行收到符合信用证条款的汇票和单据后，先办理承兑，到汇票规定期限才履行付款义务的信用证
	延期付款信用证	指开证银行在信用证中规定货物装船后若干天付款，或开证行收单后若干天付款的信用证

（续表）

分类依据	类型	具体内容
受益人对信用证的权利可否转让	可转让信用证	指受益人可将信用证的部分或全部转让给第三者的信用证。凡未注明"可转让"字样的信用证，均为不可转让信用证
	不可转让信用证	指受益人不能将信用证的权利转让给他人的信用证。凡信用证中未注明"可转让"字样的信用证，就是不可转让信用证

（4）信用证的基本内容

信用证的基本内容如表9-13所示。

表9-13　信用证的基本内容

基本内容	说明
开证银行的名称	包括其全称以及地址、电报挂号、电传号码等
信用证的种类	如"保兑信用证"或"不保兑信用证"，"可转让信用证"或"不可转让信用证"等
信用证金额和货币	信用证金额是开证银行付款责任的最高限额，一般应同时用大小写记载
信用证的号码和日期	信用证上的日期为开证银行出具信用证的日期
开证申请人	包括其全称和详细地址
受益人	包括其全称和详细地址
汇票和单据	如规定受益人凭汇票收款，则应规定应开立什么汇票，如即期汇票还是远期汇票、汇票的金额和付款银行等。如信用证未规定汇票条款，则受益人可只凭信用证上规定的单据收款。信用证上应规定单据的种类，包括货物单据（如发票、产地证明书、商检证明书、重量币、装箱单等）、运输单据（如提单）和保险单据（保险单），以及单据的份数
对货物本身的要求	包括货物的品名、品质、规格、数量、包装等
对运输的要求	包括装运期限、装运港、目的港、运输方式以及是否可分批装运和中途转运等
信用证的有效期	指银行承担付款的期限。如出口商交单时间超过该期限，银行有权解除自己的付款责任
到期地点	指在什么国家和地区到期
保证条款	指开证银行对受益人和汇票持有人保证付款的条款
其他特殊条件	由开证银行根据每一笔业务的具体情况作出不同的规定

（5）信用证结算的基本业务流程

信用证结算的基本业务流程如图9-1所示。

1.申请	进出口双方在交易合同中规定采用信用证结算方式，为了履行合同，开证申请人（进口商）向当地银行填制开证申请书，依照合同的有关条款填制申请书的各项要求，并按照规定交纳押金或提供其他保证，请开证行开具信用证
2.开证	开证银行审核无误后，根据开证申请书的有关内容向受益人（出口商）开出信用证，并通知所在地银行
3.通知	通知银行收到开证银行开来的信用证后，经核对印鉴密押无误后，根据开证行的要求编制通知书，及时、正确地通知受益人
4.交单	受益人接受信用证后，按照信用证条款办事，在规定的装运期内装货，取得运输单据并备齐信用证所要求的其他单据，开出汇票，一并送交当地银行（议付银行）
5.垫付	议付银行按信用证的有关条款对受益人提供的单据进行审核，审核无误后并按照汇票金额扣除应付利息后，垫付受益人
6.寄单	议付银行将汇票和有关单据寄交给开证银行（或开证银行指定的付款银行），以索取货款
7.偿付	开证银行（或开证银行指定的付款银行）审核有关单据，对于认为符合信用证要求的，即向议付银行偿付垫付款项
8.赎单	开证银行通知开证申请人向银行付款赎单
9.提货	开证申请人接到开证银行通知后，即向开证银行付款，从而获取单据凭证，以提取货物

图9-1 信用证结算的基本业务流程

1. 卖出外币的核算

企业将其持有的外币卖给银行，银行按当日买入价折算为人民币付给企业。由于"银行存款——人民币户"是按实得人民币记账的，而"银行存款——外币户"等外币账户是按当日市汇价或当期期初市场汇价记账的，由此而产生的买入价与市场汇价的差额，记入"财务费用——汇兑损益"账户，贷记"银行存款——外币户"账户。对于有些不允许开立现汇账户的企业，取得的外币收入必须及时地结售给银行，从而成为外币兑换业务。

【例】A公司以业务发生日的市场汇率作为折合汇率。2010年4月5日，A公司出口产品，售价2 400美元，假定当日的市场汇率为1美元=7.67元人民币。4月10日，收到外汇并结售给银行，当日的市场汇率为1美元=7.65元人民币，银行买入价为1美元=7.62元人民币，实际收到人民币18 360元。其账务处理如下。

①4月5日，会计分录如下：

借：应付账款（2 400美元×7.67）   18 408

　　贷：主营业务收入   18 408

②4月10日，会计分录如下：

借：银行存款——人民币户（2 400美元×7.62）   18 288

　　财务费用   72

　　贷：应收账款（2 400美元×7.65）   18 360

期末，对"应收账款"账户按期末市价进行调整，调整后与原账面记账本位币之间的差额，作为汇兑损益记入"财务费用"账户。

2. 买入外币

企业买入外币时，银行按卖出汇率计算并收取人民币。由于"银行存款——人民币户"是按实付人民币记账的，而"银行存款——外币户"等外币账户是当日市场汇价或当期期初市场汇率记账的，由此而产生的银行卖出价与市场汇价的差额，记入"财务费用"汇兑损益账户，即借记"银行存款——外币户"账户，贷记"财务费用——汇兑损益"账户和"银行存款——人民币户"账户。

【例】B公司没有现汇账户，其外币业务核算以业务发生日的市场汇率作为折合汇率。2010年4月6日，B公司为归还一笔2 400美元的应付账款而向银行购入外汇，假定当日的市场汇率为1美元=7.76元人民币，银行卖出价为1美元=7.8元人民币。企业实际付出人民币18 720元。4月6日，B公司应作的会计分录为：

借：应付账款（2 400 美元×7.76）　　　　　　　　　　　　　18 624

　　财务费用　　　　　　　　　　　　　　　　　　　　　　　96

　　贷：银行存款（2 400 美元×7.8）　　　　　　　　　　　　18 720

3. 投入外币资本业务

投入外币资本业务主要是指投入资本的折合，即当投入资本与原注册资本中记账本位币不一致时，需要按一定汇率将投入资本折合为注册资本或记账本位币。在折合时，对有关资产账户，按收到出资额当日的市场汇率折合。对于"实收资本"账户，合同有约定汇率的，按合同约定汇率折合，合同汇率与市场汇率的差额，作为资本公积处理；合同没有约定汇率的，应视不同情况按以下方法处理。

（1）登记注册的货币与记账本位币一致时，按收到出资时的市场汇率折合，借记"银行存款——美元户"账户，贷记"实收资本"账户。

（2）登记注册的资本与记账本位币不一致时，按企业第一次收到出资时的市场汇率折合；如果投资人分期出资的，则各期出资均应按第一次收到出资时的市场汇率折合。由于有关资产账户与实收资本账户所采用的折合汇率不同而产生的记账本位币差额，作为"资本公积"处理。

【例】C公司注册货币为美元，注册资本1 200 万美元，记账本位币为人民币。按合同规定合资双方出资比例为1：1，即中方出资600 万美元，外方出资600 万美元。依合同约定，中方投资分两次进行，第一次出资240 万美元，假定当日的市场汇率为1 美元 =7.6 元人民币，第二次出资360 万美元，假定当日的市场汇率为1 美元 =7.7 元人民币，则其账务处理如下。

① 第一次出资时的会计分录为：

借：银行存款——美元户（2 400 000 美元×7.6）　　　　　　18 240 000

　　贷：实收资本　　　　　　　　　　　　　　　　　　　　18 240 000

② 第二次出资时的会计分录为：

借：银行存款——美元户（3 600 000 美元×7.7）　　　　　　27 720 000

　　贷：实收资本　　　　　　　　　　　　　　　　　　　　27 360 000

　　　资本公积　　　　　　　　　　　　　　　　　　　　　　360 000

4. 外币购销业务

企业从国外购进原材料、商品或固定资产时，若采用外币进行结算，应当按照交易日的即期汇率或即期汇率的近似汇率将支付的外汇折算为人民币记账，同时还应按有关外币金额登记有关外币账户。

【例】D公司（一般纳税人）外币业务采用发生时的市场汇率折算。2011 年4 月15日从美国购入原材料一批，价值240 000 美元，假定当天市场汇率为1 美元 =7.78 元人民币。支付进口关税 360 000 元人民币，进口增值税 318 240 元人民币。其账务处理如下。

原材料成本 =（240 000 美元×7.78）+360 000 = 2 227 200（元人民币）

借：原材料　　　　　　　　　　　　　　　　　　　　　　2 227 200

　　应交税费——应交增值税（进项税额）　　　　　　　　　318 240

　　贷：应付账款——美元户　　　　　　　　　　　　　　　　360 000

　　　　银行存款　　　　　　　　　　　　　　　　　　　2 185 440

企业出口销售商品时，可按当天市场汇率将外币收入折算为人民币记账。

【例】E 企业（一般纳税人）于 2011 年 5 月 6 日向美国出口产品 24 000 件，销售合同规定的售价为每件 12 美元（含税），假定当天市场汇率为 1 美元 =7.78 元人民币。该批商品出口关税适用零税率，增值税税率为 17%，货款已于当天收到。产品已办妥了发运手续，其账务处理如下。

借：银行存款　　　　　　　　　　　　　　　　　　　　　2 240 640

　　贷：主营业务收入　　　　　　　　　　　　　　　　　　1 915 077

　　　　应交税费——应交增值税（销项税额）　　　　　　　　325 563

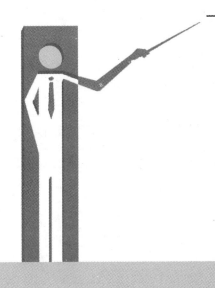

第十章

工商年检无障碍
——工商知识

第一节　公司注册

内容释义

按照我国《中华人民共和国公司法》（以下简称《公司法》）的规定设立有限责任公司，应当具备以下条件。

（1）股东符合法定人数（1人以上50人以下）。

（2）股东出资达到法定资本最低限额。

（3）股东共同制定公司章程。

（4）有公司名称，建立符合有限责任公司要求的组织机构。

（5）有固定的生产经营场所和必要的生产经营条件。

业务要点

1. 成立有限责任公司的程序

成立有限责任公司的程序如图10-1所示。

第一步	咨询后，领取并填写"名称（变更）预先核准申请书"，同时准备相关材料
第二步	递交"名称（变更）预先核准申请书"及其相关材料，等待名称核准结果
第三步	领取"企业名称预先核准通知书"，同时领取"企业设立登记申请书"等有关表格；经营范围涉及前置许可的，办理相关审批手续；到经工商局确认的入资银行开立入资专户；办理入资手续并到法定验资机构办理验资手续（以非货币方式出资的，还应办理资产评估手续）
第四步	递交申请材料，材料齐全、符合法定形式的，等候领取"准予设立登记通知书"，同时准备相关材料
第五步	领取"准予设立登记通知书"后，按照"准予设立登记通知书"确定的日期到工商局交费并领取营业执照

图10-1　成立有限责任公司的程序

2. 申请设立有限责任公司应提交的资料

设立有限责任公司，应当由全体股东指定的代表或者共同委托的代理人向公司登记机关申请设立登记。设立国有独资公司，应当由国务院或者地方人民政府授权的本级人民政府国有资产监督管理机构作为申请人申请设立登记。设立的有限责任公司必须报经批准机关批准的，应当自批准之日起 90 日内，向公司登记机关申请设立登记；逾期申请设立登记的，申请人应当报批准机关确认原批准文件的效力或者另行报批。

申请设立有限责任公司时，应当向登记机关提交以下材料：

（1）公司法定代表人签署的设立登记申请书；

（2）公司章程；

（3）全体股东指定代表或者共同委托代理人的证明；

（4）股东首次出资是非货币财产的，应当在公司设立登记时提交已办理其财产权转移手续的证明文件；

（5）依法设立的验资机构出具的验资证明，法律、行政法规另有规定的除外；

（6）载明公司董事、监事、经理的姓名、住所的文件以及有关委派、选举或者聘用的证明；

（7）股东的主体资格证明或者自然人身份证明；

（8）企业名称预先核准通知书；

（9）公司法定代表人任职文件和身份证明；

（10）公司住所证明；

（11）国家工商行政管理总局规定要求提交的其他文件。

应用实务

1. 股份有限公司的注册要求

最低注册资本 500 万元，公司全体发起人的首次出资额不得低于注册资本的 20%，其余部分由发起人自公司成立之日起两年内缴足，其中，投资公司可以在五年内缴足。在缴足前，不得向他人募集股份。股份有限公司是采取募集方式设立的，注册资本为在公司登记机关登记的实收股本总额。设立股份有限公司，应当有两人以上为发起人，其中须有过半数的发起人在中国境内有住所。国有企业改建为股份有限公司的，应当采取募集设立方式；股份有限公司发起人必须按照法律规定认购其应认购的股份，并承担企业筹办事务；以募集方式设立股份有限公司，必须经过国务院授权的部门或者省级人民政府批准；股份有限公司的注册资本为在企业登记机关登记的实收股本总额；股份有限公司注册资本的最低限额为人民币 500 万元。股份有限公司注册资本最低限额需高于上述所定限额的，由法律、行政法规另行规定。

2. 申请设立股份有限公司应提交的资料

设立股份有限公司，应当由董事会向公司登记机关申请设立登记。以募集方式设立股份有限公司的，应当于创立大会结束后 30 日内，向公司登记机关申请设立登记。

申请设立股份有限公司时，应当向登记机关提交以下材料：

（1）公司法定代表人签署的设立登记申请书；

（2）公司章程；

（3）董事会指定代表或者共同委托代理人的证明；

（4）发起人首次出资是非货币财产的，应当在公司设立登记时提交已办理其财产权转移手续的证明文件；

（5）依法设立的验资机构出具的验资证明；

（6）载明公司董事、监事、经理姓名、住所的文件以及有关委派、选举或者聘用的证明；

（7）发起人的主体资格证明或者自然人身份证明；

（8）企业名称预先核准通知书；

（9）公司法定代表人任职文件和身份证明；

（10）公司住所证明；

（11）国家工商行政管理总局规定要求提交的其他文件。

以募集方式设立股份有限公司的，还应当提交创立大会的会议记录；以募集方式设立股份有限公司公开发行股票的，还应当提交国务院证券监督管理机构的核准文件。设立的股份有限公司必须报经批准机关批准的，还应当提交有关批准文件。

3. 股东的权利和义务

股东的权利和义务如表 10-1 所示。

表 10-1　股东的权利和义务

股东享有的权利	参加股东会并按照出资比例行使表决权
	选举和被选举董事会成员、监事会成员
	查阅股东会会议记录和公司财务会计报告，以便监督公司的运营
	按照出资比例分取红利，即股东享有受益权
	依法转让出资
	优先购买其他股东转让的出资
	优先认购公司新增的资本
	公司终止后，依法分得公司剩余财产

（续表）

	缴纳所认缴的出资
	以其出资额为限对公司承担责任
股东应履行的义务	公司设立登记后，不得抽回出资
	公司章程规定的其他义务，即应当遵守公司章程，履行公司章程规定的义务

4. 审查标准

公司申请登记的经营范围中属于法律、行政法规或者国务院决定规定在登记前须经批准的项目的，应当在申请登记前报经国家有关部门批准，并向公司登记机关提交有关批准文件，由登记机关依法进行审查。公司章程中有违反法律、行政法规的内容的，公司登记机关有权要求公司作相应修改。

5. 发照

对依法设立的公司，由公司登记机关发给"企业法人营业执照"。对符合规定的，予以登记，发给营业执照，公司即告成立；对不符合规定的，不予登记。对公司登记机关不予登记的决定不服的，可以依法提起行政诉讼。营业执照的签发日期为公司的成立日期，自成立之日起，公司取得法人资格，并可以开始营业，即可以以公司名义对外从事经营活动，公司设立登记即告完成。公司凭公司登记机关核发的"企业法人营业执照"刻制印章开立银行账户，申请纳税登记。

6. 公司申请变更及注销登记

（1）公司申请变更登记。公司变更登记是指公司改变名称、住所、法定代表人、经营范围注册类型、注册资本、营业期限、有限责任公司股东或者有限责任公司发起人的登记。公司变更登记事项应当向原公司登记机关申请变更登记。未经核准，公司不得擅自变更登记事项，否则应承担相应的法律责任。

（2）公司注销登记。按照《公司登记注册条例》第三十六条的规定，公司注销登记的申请由公司的清算组织进行，公司清算组织应当自公司清算结束之日起 30 日内，向原公司登记机关申请注销登记，并提交有关文件和证件。

第二节　公司的合并、分立、解散清算和破产清算

内容释义

公司合并是指两个或两个以上的公司，订立合并协议，依照公司法的规定，不经过清算程序，直接结合为一个公司的法律行为。公司合并有以下两种形式：

（1）吸收合并，指一个公司吸收其他公司后存续，被吸收的公司解散；

（2）新设合并，指两个或两个以上的公司合并设立一个新的公司，合并后各方解散。

业务要点

1. 公司合并的程序

依照《公司法》第184条的规定，公司合并的程序如图10-2所示。

第1步 做出合并 决定或决议	其中，股份有限公司的合并还必须经国务院授权的部门或者省级人民政府批准

第2步 签订合并协议	合并协议应当包括以下主要内容：合并各方的名称、住所；合并后存续公司或新设公司的名称、住所；合并各方的资产状况及其处理办法；合并各方的债权债务处理办法（应当由合并存续的公司或者新设的公司承继）

第3步 编制资产负债表	财务人员按照规定及要求编制资产负债表和财产清单

第4步 通知债权人	公司应当自做出合并决议之日起10日内通知债权人，并于30日内在报纸上公告。债权人自接到通知书之日起30日内，未接到通知书的自公告之日起45日内，有权要求公司清偿债务或者提供相应的担保。不清偿债务或者不提供相应担保的，公司不得合并

第5步 办理合并登记手续	公司合并，应当自合并决议或者决定做出之日起90日后，申请登记

图10-2　公司合并的程序

2. 公司的分立

公司分立是指一个公司通过依法签订分立协议，不经过清算程序，分为两个或两个以上公司的法律行为。公司分立有以下两种形式：

（1）派生分立，指公司以其部分资产另设一个或数个新的公司，原公司存续；

（2）新设分立，指公司全部资产分别划归两个或两个以上的新公司，原公司解散。

根据合同法的规定，法人分立后，除债权人和债务人另有约定的以外，由分立的法人对合同的权利和义务享有连带债权，承担连带债务。

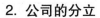

应用实务

1. 公司的解散清算

公司的解散是指已成立的公司基于一定的合法事由而使公司消灭的法律行为。

（1）公司解散的原因

公司解散的原因有两大类：一是一般解散，二是强制解散。具体如表10-2所示。

表10-2　公司解散的原因

类别	解释	解散原因
一般解散	一般解散的原因是指只要出现了解散公司的事由，公司即可解散	公司章程规定的营业期限届满或者公司章程规定的其他解散事由出现
		股东会（股东大会）决议解散
		因公司合并或者分立需要解散的
强制解散	强制解散的原因是指由于某种情况的出现，主管机关或人民法院命令公司解散	主管机关决定
		责令关闭
		吊销营业执照

（2）公司解散清算的程序

清算是终结已解散公司的一切法律关系、处理公司剩余财产的程序。依照我国《公司法》的规定，公司除因合并或分立解散无须清算，以及因破产而解散的公司适用破产清算程序外，其他解散的公司，都应当按《公司法》的规定进行清算。清算程序如图10-3所示。

第1步 成立清算组	解散的公司，应当自解散之日起15日内成立清算组。清算组负责解散公司财产的保管、清理、处理和分配工作

第2步 清理财产 清偿债务	清算组对公司资产、债权、债务进行清理。在清算期间，公司不得开展新的经营活动。任何人未经清算组批准，不得处分公司财产。清算组在清理公司财产、编制资产负债表和财产清单后，发现公司财产不足清偿债务的，应当立即向人民法院申请宣告破产。公司经人民法院裁定宣告破产后，清算组应当将清算事务移交给人民法院。公司财产能够清偿公司债务的，清算组应先拨付清算费用，然后按照下列顺序清偿： ① 职工工资和劳动保险费用 ② 所欠税款 ③ 公司债务

第3步 分配剩余财产	在支付清算费用和清偿公司债务后，清算组应将剩余的公司财产分配给股东。有限责任公司按照股东的出资比例进行分配；股份有限公司按照股东持有的股份比例进行分配

第4步 清算终结	公司清算结束后，清算组应当制作清算报告，国有独资公司报国家授权的机构或部门确认；国有独资公司以外的其他有限责任公司，提交股东会确认；股份有限公司提交股东大会确认

图 10-3　公司解散清算的程序

2. 破产清算

《公司法》中的破产清算是指处理企业破产时债务如何清偿的一种法律制度，即在债务人丧失清偿能力时，由法院强制执行其全部财产，公平清偿全体债权人。破产概念专指破产清算制度，即对债务人宣告破产、清算还债的法律制度。

企业破产清算是企业破产的主要核心工作，工作量很大、涉及的法律法规也比较广，因此，决定了其工作程序非常复杂。具体步骤如图 10-4 所示。

第1步 企业被人民法院 宣告破产	当企业因经营管理不善，导致严重亏损，无力清偿到期债务，经和解整顿仍不能实现和解协议约定的清偿义务，由人民法院裁定后，宣告破产
第2步 组建清算组	企业破产清算组由人民法院主持成立，成员由法院从破产企业的上级主管部门、政府财政部门、工商、审计、经委、税务、物价、劳动、社保、土地、国资、人事等部门组织，银行可派人参与。其主要职责是清理破产企业的财产，处理破产企业的善后事宜，代表破产企业参与民事诉讼活动
第3步 接管破产企业	清算组在人民法院宣告企业破产之日起五日内组成，立即接管破产企业的账册、文书、资料、印章，行使法律赋予的权利
第4步 处理善后事宜	清算组依法接管破产企业后，对破产企业的财产进行保管、清算、估价、变卖、分配，决定是否履行未履行完毕的合同，交付属于他人的财产，追收破产企业在法院受理破产案件前六个月至宣告破产之日期间内非法处理的财产
第5步 编制破产财产 分配方案	清算组在清理破产企业的财产、处理完善后事宜、验证破产债权后，在确定破产企业的财产的基础上，编制财产分配方案，提交债权人会议讨论，通过后交人民法院裁定
第6步 清偿债务	清算组编制的破产财产分配方案经人民法院裁定后，清算组根据方案的要求，以现金或者实物偿还破产企业的债务。清偿结果如果有剩余财产，在企业所有者之间进行再次分配
第7步 报告清算工作	清算组在接管破产企业后，应定时或不定时向人民法院报告清算工作的进度，向人民法院负责
第8步 提请终结破产程序	清算组清偿完破产企业的债务后，待清算工作结束，应当向人民法院报告，请求终结破产程序、解散清算组
第9步 追究破产责任	由监察和审计部门负责，查明企业破产的责任，对责任人依责任大小给予行政、刑事处罚
第10步 办理注销登记	人民法院终结破产程序后，清算组应当在原破产企业登记机关注销其登记，终止其法人地位。
第11步 追回非法处分 的财产	自破产程序终结之日起一年内，发现破产企业有故意损害债权人利益的非法处置的财产，由人民法院负责追回，并按原清算组拟定并经债权人讨论、人民法院裁定的方案进行分配，如有剩余，企业所有人可进行再次分配

图 10-4 破产清算的程序

第三节　公司债券的发行

内容释义

公司债券是指公司依照法定条件和程序发行的，约定在一定期限内还本付息的有价证券。公司债券的特点及分类如表 10-3 所示。

表 10-3　公司债券的特点及分类

公司债券的特点	公司债券是一种有价证券
	公司债券是由股份有限公司和特定的有限责任公司发行的债券
	公司债券是一种票式证券，其制作必须遵照《公司法》第 167 条的规定，记载公司名称、债券票面金额、利率、偿还期限等事项，并由董事长签名、公司盖章
	公司债券持有人具有广泛性，可以向社会公众公开募集
	公司债券是公司以借贷方式向公众筹集资金，具有利率固定、风险小、较易于吸引投资者的优点
公司债券的种类	记名公司债券和无记名公司债券
	转换公司债券和非转换公司债券
	担保公司债券和无担保公司债券

业务要点

1. 公司债券发行条件

（1）股份有限公司的净资产额不低于人民币 3 000 万元；有限责任公司的净资产额不低于人民币 6 000 万元。

（2）累计债券总额不超过公司净资产额的 40%。已经发行过公司债券的，若前一次发行的公司债券尚未募足，或者对已发行的公司债券有违约或延迟支付本息的事实，且仍处于继续状态的，即使累计总额不超过公司净资产的 40%，也不得再次发行公司债券。

（3）最近 3 年平均可分配利润足以支付公司债券一年的利息。

（4）筹集的资金投向符合国家产业政策，而且各项公司债券筹集的资金，必须用于审批机关批准的用途，不得用于弥补亏损和非生产性支出。

（5）债券的利率不得超过国务院限定的利率水平。

（6）国务院规定的其他条件。

2. 公司债券的募集方式

公司债券的募集方式可以分为直接发行和间接发行两种，具体如表10-4所示。

表10-4　公司债券的募集方式

募集方式	说明
直接发行	由公司自己向社会公众募集和接受应募
间接发行（又称承销发行）	公司委托他人（通常为证券商）向社会公众募集和接受应募。间接发行分包销和代销两种
	报销：指将公司债券的发行全部交与证券商承销，承销期结束时，无论公司债券是否发行完毕，证券承销商均应向公司付清全部价款
	代销：指将公司债券的发行委托给证券商承销，代销人只收取代销手续费，并且对未被售出的公司债券不承担责任

3. 公告公司债券募集方法

发行公司债券的申请被批准后，应当公告公司债券的募集办法。公司债券的募集办法应当载明以下主要事项：

（1）公司名称；

（2）债券总额和债券的票面金额；

（3）债券的利率；

（4）还本付息的期限和方式；

（5）债券发行的起止日期；

（6）公司净资产额；

（7）已发行的尚未到期的公司债券总额；

（8）公司债券的承销机构。发行公告上还应载明公司债券的发行价格和发行地点。

应用实务

1. 公司债券发行程序

公司债券发行程序如图10-5所示。

第1步 做出决议或 决定	股份有限公司、有限责任公司发行公司债券，要由董事会制定发行公司债券的方案，提交股东会审议做出决议

第2步 提出申请	公司应当向国务院证券管理部门提出发行公司债券的申请，提交的文件包括公司登记证明、公司章程、公司债券募集办法、资产评估报告和验资报告

第3步 经主管部门 批准	国务院证券管理部门在审批公司债券的发行时，不得超过国务院确定的公司债券的发行规模。国务院证券管理部门对已做出发行公司债券的批准，如发现不符合公司法规定的，应予以撤销。尚未发行公司债券的，停止发行；已经发行公司债券的，发行的公司应当向认购人退还所缴款项并加算银行同期存款利息

图 10-5　公司债券发行程序

2. 认购公司债券

社会公众认购公司债券的行为称为应募。应募的方式，可以是先填写应募书，而后履行按期缴清价款的义务；也可以是当场以现金支付购买。当认购人缴足价款时，发行人负有在价款收讫时交付公司债券的义务。

3. 置备存根簿

公司发行公司债券应当置备公司债券存根簿，载明以下事项：

（1）债券持有人的姓名或者名称及住所；

（2）债券持有人取得债券的日期及债券的编号；

（3）债券总额、债券的票面金额、债券的利率、债券的还本付息的期限和方式；

（4）债券的发行日期（发行无记名公司债券的，应当在公司债券存根簿上载明债券总额、利率、偿还期限和方式、发行日期及债券的编号）。

第四节　年检知识

内容释义

企业年度检验是指工商行政管理机关依法按年度对企业进行检查，确认企业具备继续经营资格的法定制度。凡当年 12 月 31 日前领取由工商部门核发的"中华人民共和国企业法人营业执照"、"中华人民共和国营业执照"、"企业法人营业执照"和"营业执照"的有限责任企业、股份有限企业、非企业法人和其他经营企业，均须参加年检。

根据《企业年度检验办法》第五条的规定，年检起止日期为每年的 3 月 1 日至 6 月 30 日。登记主管机关在规定的时间内，对企业上一年度的情况进行检查。

业务要点

1. 企业年检应提交的文件

凡领取"企业法人营业执照"的有限责任公司、股份有限公司的企业法人和领取"营业执照"的其他经营单位，都应该按时参加年检。

企业年检应提交的文件如表 10-5 所示。

表 10-5　企业年检应提交的文件

企业年检应提交的文件	年检报告书
	营业执照正副本
	年度损益表汇总
	年度资产负债表汇总
	工商行政管理机关要求提供的其他资料
非法人分支机构年检应提交的文件	年检报告书
	营业执照正副本
	所属法人营业执照复印件（登记主管机关相关公章）
外商投资企业应提交的文件	外商投资企业在年检时，应提交年度审计报告；不足一个会计年度新设立的法人企业和按照章程或合同规定出资期限到期的外商投资企业，年检时应提交验资报告

2. 企业年检的内容

企业年检的内容如表 10-6 所示。

表 10-6　企业年检的内容

年检的内容	具体说明
事项执行与变动情况	企业法人登记事项的执行和变动情况
投资情况	年检中检查的企业投资情况，主要是指企业以股东身份向其他公司法人的投资，或以联营者的身份在联营企业法人中的出资

（续表）

年检的内容	具体说明
资产负债及损益情况	企业必须如实地在资产负债表和损益表中反映生产经营情况和资产的运用效益情况，并向有关部门申报，接受其监督管理和指导
投资者出资情况	投资者按照企业章程或协议规定，准时足额投入企业的资金数额

应用实务

1. 企业年检的程序

企业年检的程序如图 10-6 所示

第1步：企业领取、报送"年检报告书"和其他有关资料

包括领取"年检报告书"、填写"年检报告书"、提交年检相关资料

第2步：登记主管机关受理审核年检材料

第3步：登记主管机关加贴年检标记或加盖年检戳记

登记主管机关对核准通过年检的企业，在其营业执照上贴当年度通过年检的标识或加盖年检戳记。年检标识分"A级"和"B级"两种。对遵守工商企业登记管理法规的企业，定为"A级"，对有违反工商企业管理法规行为的企业，定为"B级"

第4步：缴纳年检费，发还营业执照

图 10-6　企业年检的程序

如果企业实收资本未达到法律、行政法规规定的最低限额，或者即使达到法律、行政法规规定的最低限额，但与注册资本相差悬殊的企业，不予通过年检。当然，如果企业有其他严重的违法、违规行为，也不予通过年检。

2. 不予通过年检的企业及对未通过年检企业的处理

《企业年度检验办法》第十五条规定，登记主管机关对下列情形之一的企业，不予通过年检：

（1）企业实收资本未能达到法律、行政法规规定的最低限额；

（2）企业实收资本虽然达到法律、行政法规规定的最低限额，但与注册资本相差悬殊的；

（3）有其他严重违法、违规行为的。

登记主管机关对不予通过年检的企业，依照《企业法人登记管理条例》及其实施细则和《公司登记管理条例》的有关规定进行处罚。

3. 对未按期申报年检和对未参加年检的企业的处理

对未按期申报年检和对未参加年检的企业的处理如表10-7所示。

表10-7　未按期申报年检和对未参加年检的企业的处理

具体情况	相关处理
对未按期申报年检企业的处罚	《企业年度检验办法》第十八条规定，企业无正当理由在3月15日前未报送年检材料的，由登记主管机关处以1 000元以下的罚款。 在年检截止日期前未申报年检，属于公司的，依照《公司登记管理条例》第六十八条的规定，处以1万元以上10万元以下的罚款；属于非公司企业法人或者属于非法人经营单位的，处以违法所得额3倍以下的罚款，但最高不超过3万元，没有违法所得的，处以1万元的罚款
对未参加年检企业的处理	《企业年度检验办法》第十九条规定，企业未参加年检不得继续从事经营活动。登记主管机关对年检截止日期前未参加年检的企业法人进行公告。自公告发布之日起，30日内仍未申报年检的，吊销营业执照
未年检企业不得办理变更和注销登记	根据《国家工商局关于年检工作若干问题的意见》（工商字［1995］第258号文件）的规定，企业申请变更或注销登记时，如发现该企业未办理年检手续或年检未通过的，则工商行政管理机关不得受理其变更（包括增设分支机构和对外投资）或注销申请，须待其办理年检手续后，再予受理

第十一章

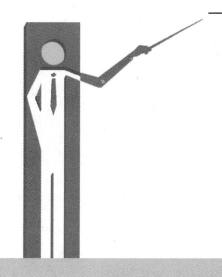

国税、地税，事事明
——税务知识

第一节 税务登记

内容释义

各类企业以及企业在外地设立的分支机构和从事生产、经营的场所，个体工商户和从事生产、经营的事业单位（以下统称从事生产、经营的纳税人）自领取营业执照之日起 30 日内，向生产、经营地或纳税义务发生地税务登记机关申报办理税务登记。其他纳税人自依照税收法律、行政法规规定成为纳税义务人之日起 30 日内，向所在地税务登记机关申请办理税务登记。

根据《中华人民共和国税收征收管理法》第六十条的规定："纳税人有下列行为之一的，由税务机关责令限期改正，可以处两千元以下的罚款；情节严重的，处两千元以上一万元以下的罚款：（1）未按照规定的期限申报办理税务登记、变更或者注销登记的；（2）纳税人不办理税务登记的，由税务机关责令限期改正；逾期不改正的，经税务机关提请，由工商行政管理机关吊销其营业执照。

业务要点

1. 税务登记要求

税务登记是税务机关对纳税人的基本情况及生产经营项目进行登记并据此对纳税人实施管理的一项法定制度，也是纳税人已经纳入税务机关监督管理的一项证明。具体如表 11-1 所示。

表 11-1　税务登记要求

要求分类	具体说明
应当向国家税务机关申报办理税务登记的纳税人	领取法人营业执照或者营业执照（以下统称营业执照），有缴纳增值税、消费税义务的国有企业、集体企业、私营企业、股份制企业、联营企业、外商投资企业、外国企业以及上述企业在外地设立的分支机构和从事生产、经营的场所
	领取营业执照，有缴纳增值税、消费税义务的个体工商户
	经有权机关批准从事生产、经营，有缴纳增值税、消费税义务的机关、团体、部队、学校以及其他事业单位
	从事生产经营，按照有关规定不需要领取营业执照，有缴纳增值税、消费税义务的纳税人

（续表）

要求分类	具体说明
应当向国家税务机关申报办理税务登记的纳税人	实行承包、承租经营，有缴纳增值税、消费税义务的纳税人
	有缴纳由国家税务机关负责征收管理的企业所得税义务的纳税人
可以不申报办理税务登记的纳税人	偶尔取得应当缴纳增值税、消费税收入的纳税人
	自产自销免税农、林、牧、水产品的农业生产者
	县级以上国家税务机关规定不需要办理税务登记的其他纳税人

2. 税务登记证的使用与遗失处理

税务登记证的使用与遗失处理如表 11-2 所示。

表 11-2　税务登记证的使用与遗失处理

使用要求	具体说明
亮证经营	纳税人领取税务登记证后，应当在其生产、经营场所内明显易见的地方张挂，亮证经营。出县（市）经营的纳税人必须持有所在地国家税务机关填发的"外出经营活动税收管理证明"、税务登记证或者注册税务登记证的副本，向经营地国家税务机关报验登记，接受税务管理
纳税人办理下列事项时必须持税务登记证副本或者注册税务登记证副本	申请减税、免税、退税、先征税后返还
	申请领购发票
	申请办理"外出经营活动税收管理证明"
	其他有关税务事项
只限纳税人自己使用	税务登记证件只限纳税人自己使用，不得转借、涂改、损毁、买卖或者伪造
遗失处理	遗失税务登记证件的纳税人，当自遗失税务登记证件之日起 15 日内，以书面形式报告主管税务机关，如实填写"税务登记证件遗失报告表"，并就纳税人的名称、税务登记证件名称、税务登记证件号码、税务登记证件有效期、发证机关名称在税务机关认可的报刊上刊登遗失声明，凭报刊上刊登的遗失声明向主管税务机关申请补办税务登记证件，并按规定缴付工本管理费

应用实务

1. 开业税务登记

开业税务登记的办理要求如表11-3所示

表11-3 开业税务登记的办理要求

要求分类	具体说明
办理开业税务登记的时间	从事生产、经营的纳税人应当自领取营业执照之日起30日内，主动依法向国家税务机关申报办理税务登记
	按照规定不需要领取营业执照的纳税人，应当自有关部门批准之日起30日内，或者自发生纳税义务之日起30日内，主动依法向主管国家税务机关申报办理税务登记
办理开业税务登记的地点	纳税企业和事业单位向当地主管国家税务机关申报办理税务登记
	纳税企业和事业单位跨县（市）、区设立的分支机构和从事生产经营的场所，除总机构向当地主管国家税务机关申报办理税务登记外，分支机构还应当向其所在地主管国家税务机关申报办理税务登记
	有固定生产经营场所的个体工商业户向经营地主管国家税务机关申报办理税务登记；流动经营的个体工商户，向户籍所在地主管国家税务机关申报办理税务登记
	对未领取营业执照从事承包、租赁经营的纳税人，向经营地主管国家税务机关申报办理税务登记
办理开业税务登记的手续	纳税人必须提出书面申请报告，并提供相关的证件及资料：营业执照，有关章程、合同、协议书，银行账号证明，法定代表人或业主居民身份证、护照或者回乡证等其他合法证件，总机构所在地国家税务机关证明，国家税务机关要求提供的其他有关证件、资料
	填报税务登记表。纳税人领取税务登记表或者注册税务登记表后，应当按照规定内容逐项如实填写，并加盖企业印章，经法定代表人签字或业主签字后，将税务登记表或者注册税务登记表报送主管国家税务机关。企业在外地设立的分支机构或者从事生产、经营的场所，还应当按照规定内容逐项如实填报总机构名称、地址、法定代表人、主要业务范围、财务负责人等

（续表）

要求分类	具体说明
办理开业税务登记的手续	领取税务登记证件。纳税人报送的税务登记表或者注册税务登记表和提供的有关证件、资料，经主管国家税务机关审核后，报有关国家税务机关批准予以登记的，应当按照规定的期限到主管国家税务机关领取税务登记证或者注册税务登记证及其副本，并按规定缴付工本管理费

2. 变更税务登记

纳税人办理变更税务登记的要求如表11-4所示。

表11-4　纳税人办理变更税务登记的要求

要求分类	具体说明
纳税人办理开业税务登记后，有右侧税务登记内容发生变化的，必须申报办理变更税务登记	单位名称、法定代表人或者业主姓名及其身份证、护照或者其他合法证件的号码
	住所、经营地点（注册地址，不涉及主管税务机关变动的）
	登记注册类型
	生产经营或经营方式
	生产经营范围
	注册资金（资本）、投资总额、注册资本金账户的开户银行和账号
	生产经营期限、从业人数、营业执照号码
	企业隶属关系、生产经营权属
	财务负责人、办税人员的联系电话
	进出口经营权批准文号
	其他有关事项，如企业投资方的名称、地址以及企业的总机构或分支机构的名称、地址、法定代表人、主要业务范围；其他需变更的事项或工商行政管理机关等政府管理部门已变更营业执照的其他内容

（续表）

要求分类	具体说明
在工商行政管理机关办理注册登记的纳税人，由于税务登记的内容发生变化需要变更税务登记，并且税务登记变更内容与工商登记变更内容一致的，应当自工商行政管理机关办理变更登记之日起30日内，持有关证件向原税务登记机关填报"税务登记变更表"申报办理变更税务登记，并同时提交右侧资料	工商变更登记表及工商执照（注册登记执照）复印件
	税务登记机关发放的原税务登记证件
	税务登记机关要求提供的其他有关资料
按照规定不需要在工商行政管理机关办理注册登记的纳税人，由于税务登记内容发生变化需要办理变更登记的，或者虽在工商行政管理机关办理注册登记，但变更税务登记与工商登记内容无关的，应当自有关机关批准或者宣布变更之日起30日内，向原税务登记机关填报"税务登记变更表"，办理变更税务登记申报手续，并同时提交右侧资料	纳税人提交变更内容的决议及有关证明资料
	税务机关发放的原税务登记证件
	税务登记机关要求提供的其他有关资料

3. 注销税务登记

注销税务登记的办理要求如表11-5所示。

表11-5　注销税务登记的办理要求

要求分类	具体说明
注销税务登记的对象和时间	纳税人发生破产、解散、撤销以及其他依法应当终止履行纳税义务的，应当在向工商行政管理机关办理注销登记前，持有关证件向原主管国家税务机关提出注销税务登记书面申请报告；未办理工商登记的应当自有关机关批准或者宣布终止之日起15日内，持有关证件向原主管国家税务机关提出注销税务登记书面申请报告
	纳税人因变动经营地点、住所而涉及改变主管国家税务机关的，应当在向工商行政机关申报办理变更或者注销工商登记前，或者在经营地点、住所变动之前申报办理注销税务登记，同时纳税人应当自在迁达地工商行政管理机关办理工商登记之日起15日内或者在迁达地成为纳税人之日起15日内重新办理税务登记。其程序和手续比照开业登记办理

（续表）

要求分类	具体说明
注销税务登记的对象和时间	纳税人被工商行政管理机关吊销营业执照的，应当自营业执照被吊销之日起15日内，向原主管国家税务机关提出注销税务登记书面申报报告
注销税务登记的要求	纳税人在办理注销税务登记前，应当向原主管国家税务机关缴清应纳税款、滞纳金、罚款，缴销原主管国家税务机关核发的税务登记证及其副本、注册税务登记证及其副本、未使用的发票、发票领购簿、发票专用章以及税收缴款书和国家税务机关核发的其他证件
注销税务登记的手续	纳税人办理注销税务登记时，应当向主管国家税务机关领取"注销税务登记表"，一式三份，并根据表内的内容逐项如实填写、加盖企业印章后，于领取注销税务登记表之日起10日内报送主管国家税务机关，经主管国家税务机关核准后，报有关国家税务机关批准予以注销
纳税人应在规定的期限内申请办理注销税务登记，领取并填写"注销税务登记申请审批表"，并附送右侧资料	上级主管部门批文或董事会、职代会的决议及其他有关证明文件
	工商行政管理机关吊销营业执照的文件
	原发放的税务登记证正、副本
	税务登记机关需要的其他有关资料

第二节　纳税基础知识

内容释义

国税和地税是依据国务院关于分税制财政管理体制的决定而产生的一种税务机构设置中两个不同的系统。它们的不同主要体现在两者负责征收税种的区别上。前者征收的主要是维护国家权益、实施宏观调控所必需的税种（如消费税、关税）和关乎国计民生的主要税种的部分税收（如增值税）；后者则主要负责适合地方征管的税种以增加地方财政收入（如营业税、耕地占用税、车船使用税）。

在发展社会主义市场经济的过程中，税收承担着组织财政收入、调控经济及调节社会分配的职能。目前，我国每年财政收入的90%以上来自税收，其地位和作用越来越重要。

业务要点

国税与地税征收的税种如表11-6所示。

表11-6　国税与地税征收的税种

税种	分类
国税征收的税种	增值税
	消费税
	车辆购置税
	铁道、金融保险等行业集中缴纳的营业税、所得税和城市维护建设税
	中央企业所得税
	中央与地方联营组成的股份制企业所得税
	银行和非银行金融企业所得税
	海洋石油企业缴纳的所得税、资源税
	证券交易征收的印花税
	外商投资企业和外国企业所得税
	利息所得税
	中央税和共享税附征的教育费附加
	出口退税
地税征收的税种	个人所得税
	房产税
	车船税、土地增值税
	印花税
	车船税
	资源税
	城镇土地使用税
	契税
	屠宰税
	筵席税
企业应缴纳的税种 （中央与地方税局共享）	增值税
	企业所得税
	个人所得税

1. 网上纳税申报的概念及条件

网上纳税申报的概念及条件如表11-7所示。

表11-7 网上纳税申报的概念及条件

网上纳税申报的概念	网上纳税申报的条件
所谓网上申报纳税，是指纳税人通过一个专门的纳税网址向税务机关进行纳税申报，电子申报信息经税务机关审核接受后，纳税人发出缴款指令，系统自动从纳税人指定账户中划缴税款入库，从而完成纳税申报和税款缴纳的一种申报纳税方式	纳税人经主管国税机关核定审批后，符合网上申报条件
	纳税人可以在中国银行、中国工商银行、中国农业银行、中国建设银行或招商银行中的任何一家银行开设缴款账户，并且与开户银行、税务机关签订"电子申报委托缴税协议书"，授权开户银行按照税务机关转发的电子申报信息从其指定的账户上划缴税款
	三方协议经税务机关验证通过后，纳税人应在国税机关进行缴款账户和划款协议号的登记，领取网上办税系统的初始密码
	三方协议生效的次月，纳税人开始进行网上申报纳税
	申报期前或申报期间，纳税人应在纳税账户上存足当期应纳税款

2. 网上纳税申报的程序

网上纳税申报的程序如图11-1所示。

第1步 网站登录	纳税人在申报期内登录国税局网站，选择电子申报，输入纳税人识别号和口令后，即可进入网上申报系统
第2步 填写申报数据	检查企业的相关信息，确认无误后进行申报数据的填写，并提交纳税申报表。税务部门审核无误后，将申报成功的信息返回给纳税人
第3步 缴纳税款	纳税人申报成功后，应立即在网上进行税款的缴纳。如果缴款账户余额大于或等于当月应纳税额，系统会提示纳税人缴纳税款成功
第4步 划缴税款	税务机关将纳税人的应划缴税款信息通过网络发送给有关的银行，由银行从纳税人的存款账户上划缴税款，并打印税收转账专用完税证
第5步 办理税款的 入库手续	银行将实际划缴的税款信息利用网络传送给税务机关，税务机关接收纳税人的申报信息和税款划缴信息，并打印税收汇总缴款书，办理税款的入库手续
第6步 申报成功	网上申报纳税成功后，纳税人可以到开户银行领取加盖有银行收（转）讫章的"电子缴税（费）付款凭证"，作为纳税人缴纳税费的会计核算凭证。纳税人因特殊情况需要开具完税凭证的，可持纳税人签章和银行收（转）讫章的"电子缴税（费）付款凭证"、税务登记证副本和经办人身份证明，到主管税务机关开具"中华人民共和国税收收入电子转账专用完税证"，电子转账完税证不能作为会计核算凭证

图 11-1　网上纳税申报的程序

3. 个体工商户申报纳税的规定

（1）个体工商户应按照税务部门规定的申报纳税期限，按时申报缴纳税款，并报送有关纳税资料。

（2）个体工商可直接到税务机关缴纳税款；也可经税务部门批准后，采取邮寄、数据电文或委托银行划缴等方式申报纳税。

（3）定期定额后依照税务部门核定的定额和规定的期限缴纳税款的，视为已申报。

（4）具有一定情形的定期定额户，可以申请将纳税期限合并为季、半年或年的方式缴纳税款，具体期限由省级税务机关根据具体情况确定。

第三节　纳税额计算

内容释义

企业应缴纳的税种主要包括三项，所得税、增值税和营业税。

（1）所得税。该税种实行比例税率，基本税率为25%，低税率为20%。

（2）增值税。该税种的基本税率为17%，低税率为13%。

（3）营业税。该税种按照行业、类别的不同，分别采用不同的比例税率。

业务要点

国税及地税的征收税种如表11-8所示。

表 11-8　国税及地税的征收税种

主管单位	税种	具体说明
国税	增值税	增值税是对在我国境内销售货物或者提供加工、修理修配劳务以及进口货物的单位和个人，就其取得的货物或应税劳务的销售额以及进口货物的金额计算税款，并实行税款抵扣制的一种流转税
	消费税	消费税是以特定消费品为课税对象所征收的一种税，属于流转税的范畴。它主要是为了调节产品结构、引导消费方向、保证国家财政收入。现行消费税的征收范围主要包括：烟，酒及酒精，化妆品，贵重首饰及珠宝玉石，鞭炮、焰火，成品油，汽车轮胎，小汽车，摩托车，高尔夫球及球具，高档手表，游艇，木制一次性筷子，实木地板这14个税目，有的税目还进一步划分为若干子目
	企业所得税	企业所得税是对我国境内的企业和其他取得收入的组织的生产经营所得和其他所得所征收的一种税
	城市维护建设税	城市维护建设税（简称城建税），是国家对缴纳增值税、消费税、营业税（简称"三税"）的单位和个人以其实际缴纳的"三税"税额为计税依据而征收的一种附加税
	营业税	营业税是以在我国境内提供应税劳务、转让无形资产或销售不动产的行为为课税对象所征收的一种税

（续表）

主管单位	税种	具体说明
地税	个人所得税	个人所得税是对个人（自然人）取得的各项应税所得征收的一种税。凡在中国境内有住所，或者无住所而在境内居住满一年的个人，应就其从中国境内和境外取得的所得，依法缴纳个人所得税；在中国境内无住所又不居住或者无住所而在境内居住不满一年的个人，只就其从中国境内取得的所得，缴纳个人所得税
	房产税	房产税是以房产为征税对象，依据房产价格或房产租金收入向房产所有人或经营人征收的一种税
	土地增值税	土地增值税是一种对转让国有土地使用权、地上建筑物及其附着物并取得收入的单位和个人，就其转让房地产所取得的增值额征收的一种税
	印花税	印花税是对经济活动和经济交往中书立、使用、领受具有法律效力的凭证的单位和个人征收的一种税
	车船税	车船税是指在中华人民共和国境内的车辆、船舶的所有人或者管理人按照《中华人民共和国车船税暂行条例》应缴纳的一种税

应用实务

1. 国税征收税种

（1）增值税

从计税原理上说，增值税是对商品生产和流通中各环节的新增价值或商品附加值进行征税，所以称之为"增值税"。其计算公式为：

应纳税额＝当期销项税额－当期进项税额

不含税销售额＝含税销售额÷（1＋税率）

销项税额＝销售额×适用税率

【例】祥云公司从甲公司购进A货物120件，金额为12 000元，增值税税率为17%。祥云公司应支付给对方的货款应为：

12 000＋12 000×17%＝14 040（元）

解析：在这个案例中，祥云公司除了支付购进货物的12 000元外，还要支付2 040元（12 000×17%）的增值税。这2 040元就是增值税的价外征收，对甲公司来说就是"进项税"。祥云公司多收的这2 040元的增值税款并不归祥云公司所有，应上交国家。

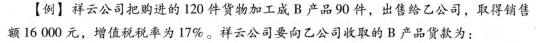

【例】祥云公司把购进的120件货物加工成B产品90件，出售给乙公司，取得销售额16 000元，增值税税率为17%。祥云公司要向乙公司收取的B产品货款为：

$$16\ 000 + 16\ 000 \times 17\% = 18\ 720\ (元)$$

解析：在这个案例中，乙公司作为消费者应该向祥云公司另外支付2 720元的增值税款，即祥云公司的"销项税"。祥云公司收的这2 720元增值税款也不归其所有，应上交国家。如果甲公司是一般纳税人，进项税就可以在销项税中抵扣。

【例】祥云公司购进货物所支付的进项增值税款是2 040元，销售B产品收取的销项增值税是2 720元。由于祥云公司是一般纳税人，进项税可以在销项税中抵扣，所以在出售了B产品获得乙公司的货款后，祥云公司上交给国家的增值税税款应是：

$$2\ 720 - 2\ 040 = 680\ (元)$$

解析：2 040元已在祥云公司购买甲公司货物时加入货款中，由甲公司代收代缴过了。这680元是乙公司在向祥云公司购买B产品时付给祥云公司的，通过祥云公司交给国家。乙公司购买了祥云分司的B产品后，如再卖给其他公司，这一过程中是要收取增值税的，直到卖给最终的消费者，把增值税转到最终消费者身上，因此，增值税也称流转税。其会计分录如下。

① 祥云公司向甲公司购进120件货物：

借：原材料　　　　　　　　　　　　　　　　　　　　　　　12 000

　　应交税费——应交增值税（进项税额）　　　　　　　　　　2 040

　　　贷：应付账款——A公司　　　　　　　　　　　　　　　14 040

注：由于祥云公司是一般纳税人，所以并没有把收取的2 040元作为公司的费用，而是作为"应交税费"，进项税额可以抵扣。

② 祥云公司向乙公司销售90件B产品时：

借：应收账款——乙公司　　　　　　　　　　　　　　　　　18 720

　　　贷：主营业务收入　　　　　　　　　　　　　　　　　　16 000

　　　　　应交税费——应交增值税（销项税额）　　　　　　　　2 720

注：上述分录中，由于增值税款2 720元不归祥云公司所有而应上交国家，因此，祥云公司并没有把2 720元作为公司的业务收入，而是计为"应交税费"。

（2）消费税

消费税的计税方法如表11-9所示。

表11-9 消费税的计税方法

计税方法	分类	公式
直接对外销售应纳消费税的计算	从价定率计算	应纳税额＝应税消费品的销售额×适用税率
	从量定额计算	应纳税额＝应税消费品的销售数量×单位税额
	从价定率和从量定额复合计算（现行消费税的征税范围中，只有卷烟、粮食白酒、薯类白酒采用复合计算方法）	应纳税额＝应税销售数量×定额税率＋应税销售额×比例税率
自产自用应纳消费税的计算	纳税人自产自用的应税消费品，凡用于其他方面而应当纳税的，按照纳税人生产的同类消费品的销售价格计算纳税。没有同类消费品销售价格的，按照组成计税价格计算纳税	组成计税价格＝（成本＋利润）÷（1－消费税税率） 应纳税额＝组成计税价格×适用税率
委托加工应税消费品应纳税的计算	委托加工的应税消费品，按照受托方的同类消费品的销售价格计算纳税，没有同类消费品销售价格的，按照组成计税价格计算纳税	组成计税价格＝（材料成本＋加工费）÷（1－消费税税率） 应纳税额＝组成计税价格×适用税率
进口环节应纳消费税的计算	从价定率计征应纳税额的计算	组成计税价格＝（关税完税价格＋关税）÷（1－消费税税率） 应纳税额＝组成计税价格×消费税税率
	从量定额计征应纳税额的计算	应纳税额＝应税消费品数量×消费税单位税额
	从价定率和从量定额计征应纳税额的计算	应纳税额＝组成计税价格×消费税税率＋应税消费品数量×消费税单位税额

（3）企业所得税

应纳税所得额是企业所得税的计税依据，计算公式为：

应纳税所得额＝收入总额－不征税收入－免税收入－各项扣除－以前年度亏损

（4）城市维护建设税

城建税按纳税人所在地的不同，设置了三档差别比例税率，分别为：

①纳税人所在地为市区的，税率为7%；

②纳税人所在地为县城、镇的，税率为5%；

③纳税人所在地不在市区、县城或者镇的，税率为1%。

城建税纳税人的应纳税额大小是由纳税人实际缴纳的"三税"税额决定的，其计算公式为：

应纳税额=（纳税人实际缴纳增值税、营业税、消费税税额）×适用税率

（5）营业税

营业税的应纳税额计算公式为：

应纳税额=营业额×税率

营业税的纳税期限，分别为5日、10日、15日或者1个月。纳税人的具体纳税期限，由主管税务机关根据纳税人应纳税额的大小分别核定。不能按照固定期限纳税的，可以按次纳税。

2. 地税征收税种

（1）个人所得税

个人所得税的征收范围与免纳范围如表11-10所示。

表11-10 个人所得税的征收范围与免征范围

个人所得税征收范围	经济户的生产、经营所得	适用5%~35%的超额累进税率
	工资、薪金所得	适用九级超额累进税率，税率为5%~45%
	劳务报酬所得	适用比例税率，税率为20%
	企事业单位的承包经营、承租经营所得	适用5%~35%的超额累进税率
	利息、股息、红利所得	适用比例税率，税率为20%
	财产租赁所得	适用比例税率，税率为20%
	财产转让所得	适用比例税率，税率为20%
	稿酬所得	适用比例税率，税率为20%，并按应纳税额减征30%
	特许权使用费所得	适用比例税率，税率为20%
	偶然所得和其他所得	适用比例税率，税率为20%

（续表）

免纳个人所得税的范围	国债和国家发行的金融债券利息
	按照国家统一规定发给的补贴、津贴
	省级人民政府、国务院部委和中国人民解放军军以上单位，以及外国组织颁发的科学、教育、技术、文化、卫生、体育、环境保护等方面的奖金
	保险赔款
	福利费、抚恤金、救济金
	军人的转业费、复员费
	按照国家统一规定发给干部、职工的安家费、退职费、退休工资、离休工资、离休生活补助费
	中国政府参加的国际公约以及签订的协议中规定免税的所得
	依照我国有关法律规定应予以免税的各国驻华使馆、领事馆的外交代表、领事官员和其他人员的所得
	经国务院财政部门批准免税的所得

个人所得税的税额计算，具体如表 11-11 所示。

表 11-11　个人所得税的税额计算

税额分类	计算公式
工资、薪金所得应纳税额	应纳税额 = 应纳税所得额 × 适用税率 − 速算扣除数 　　　　 = （每月收入额 − 3 500 元或 4 800 元）×适用税率 − 速算扣除数
经济户的生产、经营所得应纳税额	应纳税额 = 应纳税所得额 × 适用税率 − 速算扣除数 或　　　 = （全年收入总额 − 成本、费用以及损失）× 适用税率 − 速算扣除数
企事业单位的承包经营、承租经营所得应纳税额	应纳税额 = 应纳税所得额 × 适用税率 − 速算扣除数 或　　　 = （纳税年度收入总额 − 必要费用）× 适用税率 − 速算扣除数

（续表）

税额分类	计算公式
劳务报酬的应纳税额	每次收入不足 4 000 元的： 应纳税额 = 应纳税所得额 × 适用税率 或　　　= （每次收入额 – 800 元）× 20% 每次收入在 4 000 元以上的： 应纳税额 = 应纳税所得额 × 适用税率 或　　　= ［每次收入额 × （1 – 20%）］× 20% 每次收入的应纳税所得额超过 20 000 元的： 应纳税额 = 应纳税所得额 × 适用税率 – 速算扣除数 或　　　= 每次收入额 × （1 – 20%）× 适用税率 – 速算扣除数
稿酬所得应纳税额	每次收入不足 4 000 元的： 应纳税额 = 应纳税所得额 × 适用税率 × （1 – 30%） 　　　　 = （每次收入额 – 800）× 20% × （1 – 30%） 每次收入在 4 000 元以上的： 应纳税额 = 应纳税所得额 × 适用税率 × （1 – 30%） 　　　　 = 每次收入额 × （1 – 20%）× 20% × （1 – 30%）
特许权使用费所得应纳税额	每次收入不足 4 000 元的： 应纳税额 = 应纳税所得额 × 适用税率 　　　　 = （每次收入额 – 800）× 20% 每次收入在 4 000 元以上的： 应纳税额 = 应纳税所得额 × 适用税率 　　　　 = 每次收入额 × （1 – 20%）× 20%
财产转让所得应纳税额	应纳税额 = 应纳税所得额 × 适用税率 　　　　 = （收入总额 – 财产原值 – 合理税费）
利息、股息、红利所得，财产租赁所得，偶然所得和其他所得应纳税额	应纳税额 = 应纳税所得额 × 适用税率

（2）房产税

房产税应按照房产计税价值计征（从价计征），以及按照房产租金收入计征（从租计征）。具体如表 11-12 所示。

表 11-12　房产税的税率与计税依据

税率	概念	计算
从价计征	房产税依照房产原值一次减除 10%～30% 后的余值计算缴纳，税率为 1.2%。各地扣除比例由当地省、自治区、直辖市人民政府确定	应纳税额＝应税房产原值×（1－扣除比例）×1.2%
从租计征	房产出租的，以房产租金收入为房产税的计税依据，税率为 12%。对个人按市场价格出租的居民住房，用于居住的，可暂减按 4% 的税率征收房产税	应纳税额＝租金收入×12%（或 4%）

注：从价计征要注意以下两个问题：

①对投资联营的房产，在计征房产税时应予以区别对待。对于以房产投资联营，投资者参与投资利润分红，共担风险的，将房产余值作为计税依据，计征房产税；对以房产投资，收取固定收入，不承担联营风险的，实际是以联营名义取得房产租金，应由出租方按租金收入计缴房产税；

②对融资租赁房屋的情况，在计征房产税时应以房产余值计算征收；至于租赁期内房产税的纳税人，由当地税务机关根据实际情况确定。

（3）土地增值税

对以继承、赠与等方式无偿转让的房地产不征税。纳税人转让房地产所取得的收入减除扣除项目金额后的余额，为增值额。

① 土地增值税税率实行四级超率累进税率，具体内容如下。

● 增值额未超过扣除项目金额 50% 的部分，税率为 30%。

● 增值额超过扣除项目金额 50%、未超过扣除项目金额 100% 的部分，税率为 40%。

● 增值额超过扣除项目金额 100%、未超过扣除项目金额 200% 的部分，税率为 50%。

● 增值额超过扣除项目金额 200% 的部分，税率为 60%。

② 增值额的扣除项目包括以下几点。

● 与转让房地产有关的税金。

● 房地产开发成本、费用。

● 取得土地使用权所支付的金额。

● 旧房及建筑物的评估价格。

● 其他扣除项目。

（4）印花税

印花税的纳税义务人是在中国境内书立、使用、领受印花税法所列举的凭证并应依法履行纳税义务的单位和个人。对于应税凭证，凡由两方或两方以上当事人共同书立的，其当事人各方都是印花税的纳税人，应各就其所持凭证的计税金额履行纳税义务。印花税的计算公式为：

$$应纳税额＝应税凭证计税金额（或应税凭证件数）×适用税率$$

根据应纳税凭证的性质，印花税的应纳可按比例税率或者定额税率分别计算。具体如表 11-13 所示。

表 11-13　印花税税目税率表

项目	范围	税率	纳税人	具体税率及税额
购销合同	包括供应、预购、采购、购销结合及协作、调剂、补偿、易货等合同	按购销金额 3‰ 贴花	立合同人	
加工承揽合同	包括加工、定做、修缮、修理、印刷、广告、测绘、测试等合同	按加工或承揽收入 5‰ 贴花	立合同人	
建设工程勘察设计合同	包括勘察、设计合同	按收取费用 5‰ 贴花	立合同人	
建筑安装工程承包合同	包括建筑、安装工程承包合同	按承包金额 3‰ 贴花	立合同人	
财产租赁合同	包括租赁房屋、船舶、飞机、机动车辆、机械、器具、设备等合同	按租赁金额 1‰ 贴花。税额不足 1 元，按 1 元贴花	立合同人	
货物运输合同	包括民用航空、铁路运输、海上运输、内河运输、公路运输和联运合同	按运输收取的费用 5‰ 贴花	立合同人	单据作为合同使用的，按合同贴花
仓储保管合同	包括仓储、保管合同	按仓储收取的保管费用 1‰ 贴花	立合同人	仓单或栈单作为合同使用的，按合同贴花
借款合同	银行及其他金融组织和借款人（不包括银行同业拆借）所签订的借款合同	按借款金额 0.5‰ 贴花	立合同人	单据作为合同使用的，按合同贴花

（续表）

项目	范围	税率	纳税人	具体税率及税额
财产保险合同	包括财产、责任、保证、信用等保险合同	按收取的保险费收入1‰贴花	立合同人	单据作为合同使用的，按合同贴花
技术合同	包括技术开发、转让、咨询、服务等合同	按所记载金额3‰贴花	立合同人	
产权转移书据	包括财产所有权和版权、商标专用权、专利权、专有技术使用权等转移书据、土地使用权出让合同、土地使用权转让合同、商品房销售合同	按所记载金额5‰贴花	立据人	
营业账簿	生产、经营用账册	记载资金的账簿，按实收资本和资本公积的合计金额5‰贴花，其他账簿按件贴花5元	立账簿人	
权利、许可证照	包括政府部门发给的房屋产权证、工商营业执照、商标注册证、专利证、土地使用证	按件贴花5元	领受人	

（5）车船税

购置的新车船，购置当年的应纳税额自纳税义务发生的当月起按月计算。计算公式为：

应纳税额＝年应纳税额÷12×应纳税月份

① 拖船按照发动机功率每2马力折合净吨位1吨计算征收车船税。

② 车辆自重尾数在0.5吨以下（含0.5吨）的，按照0.5吨计算；超过0.5吨的，按照1吨计算。1吨以下的小型车船，一律按照1吨计算。

【例】庆阳货运公司有载货汽车8辆（货车载重净吨位全部为8吨），乘人大客车12辆，小客车2辆。计算该公司应纳车船税。（注：载货汽车每吨年税额60元，乘人大客车每辆年税额 300 元，小客车每辆年税额 200 元）。

该公司应纳车船税 =8×8×60+（12×300+2×200）=7 840（元）

第四节 纳税申报

内容释义

1. 正常纳税申报的内容

（1）纳税人领取税务登记证件后 15 日内，应向主管税务机关报送财务、会计制度或财务、会计处理办法。

（2）纳税人使用计算机记账的，应当在使用前将会计电算化系统的会计核算软件、使用说明书及有关资料报送主管税务机关备案。

（3）报送纳税申报表和财务报表，与纳税有关的合同、协议书及凭证，外出经营活动税收管理证明和异地完税证明，境内或者境外公证机构出具的有关证明文件。

（4）纳税人、扣缴义务人和其他有关单位按照国家有关规定应提供的与纳税和代扣代缴、代收代缴税款有关的信息。

2. 全面纳税申报的内容

根据《税收征收管理法》及其实施细则的规定，纳税人从办理税务登记起，不论有无经营收入、是否亏损，或是享受减免税，都应在规定的申报期限内办理纳税申报，这就是全面纳税申报。

全面纳税申报的内容如表 11-14 所示。

表 11-14　全面纳税申报的内容

申报内容	具体说明
正常申报	纳税人必须在规定的申报期限内办理纳税申报，向税务局（所）报送纳税申报表、财务会计表以及需要报送的其他有关纳税资料
减免申报	按税法规定可享受并经批准减免的纳税人，仍应按照规定申报减免税期经营状况，减免税种和减免税税额，减免性质及批准减免税文号，并提供有关财务会计资料
零申报	当期达不到起征点或当期没有发生纳税义务的纳税人（如无经营收入或亏损），也需按期办理纳税申报，并提供有关生产经营情况和财务会计资料

（续表）

申报内容	具体说明
定期定额申报	实行定期定额缴纳税款的纳税人，应按期主动向税务机关填报纳税申请表，提供实际经营情况及有关资料
延期申报	按税法规定，经税务机关批准同意可以延期申报的纳税人，在税务机关批准其延期后，也应按照规定申报，具体内容包括延期税种、延期税额、有关批准延期申报文号和有关财务会计资料
此外，代扣代缴义务人必须在税法期限内报送代扣代缴、代收代缴报告表及其有关资料	

业务要点

1. 纳税申报材料

纳税申报材料如图11-2所示。

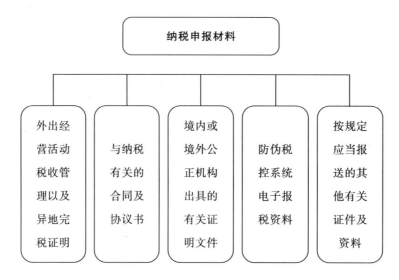

图 11-2　纳税申报材料

2. 纳税申报的方式

《中华人民共和国税收征收管理法》（以下简称《税收征收管理法》）第二十六条规定："纳税人、扣缴义务人可以直接到税务机关办理纳税申报或者报送代扣代缴、代收代缴税款报告表，也可以按照规定采取邮寄、数据电文或者其他方式办理上述申报、报送事项。"目前，纳税申报的形式主要有三种。具体如表11-15所示。

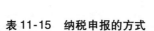

表 11-15　纳税申报的方式

申报方式	具体说明
直接申报	直接申报是指纳税人自行到税务机关办理纳税申报。这是一种传统的申报方式
邮寄申报	邮寄申报是指经税务机关批准的纳税人使用统一规定的纳税申报特快专递专用信封，通过邮政部门办理交寄手续，并向邮政部门索取收据作为申报凭据的方式。纳税人采取邮寄方式办理纳税申报的，应当使用统一的纳税申报专用信封，并以邮政部门的收据作为申报凭据。邮寄申报以寄出的邮戳日期为实际申报日期
数据电文	数据电文是指经税务机关确定的电话语音、电子数据交换和网络传输等电子方式。例如，目前纳税人的网上申报，就是数据电文申报方式的一种形式。纳税人采取电子方式办理纳税申报的，应当按照税务机关规定的期限和要求保存有关资料，并定期书面报送主管税务机关
除以上方式外，实行定期定额缴纳税款的纳税人，可以实行简易申报、简并征期等申报纳税方式	

3. 纳税申报期限

纳税申报期限如表 11-16 所示。

表 11-16　纳税申报期限

申报方式	具体说明
增值税纳税申报期限	增值税的纳税期限分别为 1 日、3 日、5 日、10 日、15 日或 1 个月。具体的纳税期限由主管税务机关依据应纳税额的大小确定，不能按固定期限纳税的，可以按次纳税。纳税人以一个月为一期纳税的，应当自期满之日起 10 日内办理纳税申报；以 1 日、3 日、5 日、10 日、15 日为一期纳税的，应当自期满之日起 5 日内预缴税款，于次月 1 日至 10 日内申报并结清上月税款
消费税纳税申报期限	消费税的纳税期限分别为 1 日、3 日、5 日、10 日、15 日或 1 个月。具体的纳税期限由主管税务机关依据应纳税额的大小确定，不能按固定期限纳税的，可以按次纳税。纳税人以一个月为一期纳税的，应当自期满之日起 10 日内办理纳税申报；以 1 日、3 日、5 日、10 日、15 日为一期纳税的，应当自期满之日起 5 日内预缴税款，于次月 1 日至 10 日内申报并结清上月税款

（续表）

申报方式		具体说明
企业所得税纳税申报期限		企业所得税分月或者分季预缴
		企业应当自月份或者季度终了之日起15日内，向税务机关报送"预缴企业所得税纳税申报表"，预缴税款
		企业应当自年度终了之日起5个月内，向税务机关报送"年度企业所得税纳税申报表"，并汇算清缴，结清应缴应退税款
		企业在报送企业所得税纳税申报表时，应当按照规定附送财务会计报告和其他有关资料。企业在纳税年度内无论盈利或者亏损，都应当依照《企业所得税法》第五十四条规定的期限，向税务机关报送"预缴企业所得税纳税申报表"、"年度企业所得税纳税申报表"、财务会计报告和税务机关规定应当报送的其他有关资料
		企业在年度中间终止经营活动的，应当自实际经营终止之日起60日内，向税务机关办理当期企业所得税汇算清缴。企业应当在办理注销登记前，就其清算所得向税务机关申报并依法缴纳企业所得税
个人所得税纳税申报期限	自行申报纳税的申报期限	年所得12万元以上的纳税人，在纳税年度终了后3个月内向主管税务机关办理纳税申报
		个体工商户和个人独资、合伙企业投资者取得的生产、经营所得应纳的税款，分月预缴的，纳税人在每月终了后7日内办理纳税申报；分季预缴的，纳税人在每个季度终了后7日内办理纳税申报；纳税年度终了后，纳税人在3个月内进行汇算清缴
		纳税人年终一次性取得对企事业单位的承包经营、承租经营所得的，自取得所得之日起30日内办理纳税申报；在1个纳税年度内分次取得承包经营、承租经营所得的，在每次取得所得后的次月7日内申报预缴；纳税年度终了后3个月内汇算清缴
		从中国境外取得所得的纳税人，在纳税年度终了后30日内向中国境内主管税务机关办理纳税申报
		除以上规定的情形外，纳税人取得其他各项所得须申报纳税的，在取得所得的次月7日内向主管税务机关办理纳税申报

（续表）

申报方式		具体说明
个人所得税纳税申报期限	自行申报纳税的申报期限	纳税人不能按照规定的期限办理纳税申报，需要延期的，按照《税收征收管理法》第二十七条和《税收征收管理法实施细则》第三十七条的规定办理
	代扣代缴申报期限	扣缴义务人每月所扣的税款，应当在次月7日内缴入国库，并向主管税务机关报送"扣缴个人所得税报告表"、代扣代收税款凭证和包括每一纳税人姓名、单位、职务、收入、税款等内容的支付个人收入明细表以及税务机关要求报送的其他有关资料
		扣缴义务人违反上述规定不报送或者报送虚假纳税资料的，一经查实，其未在支付个人收入明细表中反映的向个人支付的款项，在计算扣缴义务人应纳税所得额时不得作为成本费用扣除
		扣缴义务人因有特殊困难不能按期报送"扣缴个人所得税报告表"及其他有关资料的，经县级税务机关批准，可以延期申报

应用实务

1. 纳税人账簿的设立

账簿包括总账、明细账、日记账以及其他辅助性账簿，其中总账、日记账必须采用订本式。纳税人账簿设立的具体要求如表11-17所示。

表11-17　纳税人账簿的设立

设立要求	具体说明
从事生产、经营的纳税人应当在领取营业执照之日起15日内按照规定设置总账、明细账、日记账以及其他辅助性账簿，其中总账、日记账必须采用订本式	生产经营规模小又确无建账能力的个体工商业户，可以聘请注册会计师或者经主管国家税务机关认可的财会人员代为建账和办理账务；聘请注册会计师或者经主管国家税务机关认可的财会人员有实际困难的，经县（市）以上国家税务局批准，可以按照国家税务机关的规定，建立收支凭证粘贴簿、进货销货登记簿等。扣缴义务人应当自税收法律、行政法规规定的扣缴义务发生之日起10日内，按照所代扣、代收的税种，分别设置代扣代缴、代收代缴税款账簿

（续表）

设立要求	具体说明
账簿应用	纳税人、扣缴义务人采用电子计算机记账的，对于会计制度健全，能够通过电子计算机正确、完整计算其收入、所得的，其电子计算机储存和输出的会计记录，可视同会计账簿，但应按期打印成书面记录并完整保存；对于会计制度不健全，不能通过电子计算机正确、完整地反映其收入、所得的，应当建立总账和与纳税或者代扣代缴、代收代缴税款有关的其他账簿
财务、会计制度或者财务、会计处理办法备案	从事生产、经营的纳税人应当自领取税务登记证件之日起 15 日内，将其财务、会计制度或者财务、会计处理办法报送主管国家税务机关备案。纳税人、扣缴义务人采用计算机记账的，应当在使用前将其记账软件、程序和使用说明书及有关资料报送主管国家税务机关备案

2. 纳税人账簿的保管

（1）会计人员在年度结束后，应将各种账簿、凭证和有关资料按顺序装订成册，统一编号、归档保管。

（2）纳税人的账簿（包括收支凭证粘贴簿、进销货登记簿）、会计凭证、报表和完税凭证及其他有关纳税资料，除另有规定外，保存 10 年，保存期满需要销毁时，应编制销毁清册，经主管国家税务机关批准后方可销毁。

（3）账簿、记账凭证、完税凭证及其他有关资料不得伪造、变造或者擅自损毁。

第五节　小规模纳税人和一般纳税人的区分

内容释义

我国增值税实行凭增值税专用发票抵扣税款的制度，要求增值税纳税人会计核算健全，并能够准确核算销项税额、进项税额和应纳税额。目前，我国众多纳税人的会计核算水平参差不齐，加上某些经营规模小的纳税人因其销售货物或提供应税劳务的对象多是最终消费者而无须开具增值税专用发票，为了严格增值税的征收管理，《增值税暂行条例》将纳税人按其经营规模大小及会计核算健全与否划分为一般纳税人和小规模纳税人。

1. 小规模纳税人的认定

小规模纳税人是指年销售额在规定标准以下，并且会计核算不健全，不能按规定报送有关税务资料的增值税纳税人。所谓"会计核算不健全"是指不能正确核算增值税的销项税额、进项税额和应纳税额。

根据《增值税暂行条例实施细则》的规定，小规模纳税人的认定标准如下。

（1）从事货物生产或提供应税劳务的纳税人，以及以从事货物生产或提供应税劳务为主并兼营货物批发或零售的纳税人，年应税销售额在100万元以下。

（2）从事货物批发或零售的纳税人，年应税销售额在180万元以下。

年应税销售额超过小规模纳税人标准的个人、非企业性单位、不经常发生应税行为的企业，视同小规模纳税人纳税。

对小规模纳税人的确认，由主管税务机关依税法规定的标准认定。

2. 小规模纳税人的管理

小规模纳税人虽然实行简易征税办法并一般不使用增值税专用发票，但基于增值税征收管理中一般纳税人与小规模纳税人之间客观存在的经济往来的实情，国家税务总局根据授权专门制定实施了《增值税小规模纳税人征收管理办法》，规定了以下内容。具体如表11-18所示。

表11-18 小规模纳税人的管理

管理要点	具体内容
基层税务机关要加强对小规模生产企业财会人员的培训，帮助其建立会计账簿	只要小规模企业有会计、有账册，能够正确计算进项税额、销项税额和应纳税额，并能按规定报送有关税务资料，年应税销售额不低于30万元的，就可以认定为增值税一般纳税人
对没有条件设置专职会计人员的小规模企业，在纳税人自愿并配有本单位兼职会计人员的前提下，可采取相关措施使兼职人员尽快独立工作，进行会计核算	由税务机关帮助小规模企业从税务咨询公司、会计师事务所等聘请会计人员建账、核算
	由税务机关组织从事过财会业务，有一定工作经验，遵纪守法的离、退休会计人员，帮助小规模企业建账、核算
	在职会计人员经所在单位同意，主管税务机关批准，也可以到小规模企业兼任会计

（续表）

管理要点	具体内容
小规模企业可以单独聘请会计人员，也可以几个企业联合聘请会计人员	财政部和国家税务总局规定：从 1998 年 7 月 1 日起，凡年应税销售额在 180 万元以下的小规模商业企业、企业性单位，以及以从事货物批发或零售为主，并兼营货物生产或提供应税劳务的企业、企业性单位，无论财务核算是否健全，一律不得认定为增值税一般纳税人

3. 一般纳税人的认定

一般纳税人是指年应征增值税销售额（以下简称年应税销售额，包括一个公历年度内的全部应税销售额），超过《增值税暂行条例实施细则》规定的小规模纳税人标准的企业和企业性单位（以下简称企业）。不属于一般纳税人范围的包括：

（1）个人（除个体经营者以外的其他个人）；

（2）年应税销售额未超过小规模纳税人标准的企业（以下简称小规模企业）；

（3）不经常发生增值税应税行为的企业；

（4）非企业性单位。

4. 一般纳税人的认定办法

增值税一般纳税人须向税务机关办理认定手续，以取得法定资格。《增值税一般纳税人申请认定办法》规定了以下内容。

（1）凡增值税一般纳税人（以下简称一般纳税人），均应依照本办法向其企业所在地主管税务机关申请办理一般纳税人认定手续。一般纳税人总分支机构不在同一县（市）的，应分别向其机构所在地主管税务机关申请办理一般纳税人认定手续。

（2）企业申请办理一般纳税人认定手续，应提出申请报告，并提供下列有关证件、资料：

①营业执照；

②有关合同、章程、协议书；

③银行账号证明；

④税务机关要求提供的其他有关证件、资料；

⑤证件、资料的内容由省级税务机关确定。

（3）主管税务机关在初步审核企业的申请报告和有关资料后，发给"增值税一般纳税人申请认定表"，企业应如实填写该表（一式两份），并将填报的该表（经审批后）一份交基层征收机关，一份退企业留存。

（4）对于企业填报的"增值税一般纳税人申请认定表"，负责审批的县级以上税务机关应在收到之日起 30 日内审核完毕。符合一般纳税人条件的，在其"税务登记证"副本首页上方加盖"增值税一般纳税人"确认专章，作为领购增值税专用发票的证件。"增值税一般纳税人"确认专章印色统一为红色，红模由国家税务总局制定。

（5）新开业的符合一般纳税人条件的企业，应在办理税务登记的同时申请办理一般纳税人认定手续。税务机关对其（非商贸企业）预计年应税销售额超过小规模企业标准的暂认定为一般纳税人；其开业后的实际年应税销售额未超过小规模纳税人标准的，应重新申请办理一般纳税人认定手续，符合以下（6）条件的，可继续认定为一般纳税人；不符合以下（6）条件的，取消一般纳税人资格。

（6）年应税销售额未超过标准的商业企业以外的其他小规模企业，会计核算健全，能准确核算并提供销项税额、进项税额的，可申请办理一般纳税人认定手续。

纳税人总分支机构实行统一核算，其总机构年应税销售额超过小规模企业标准，但分支机构是商业企业以外的其他企业，年应税销售额未超过小规模企业标准的，其分支机构可申请办理一般纳税人认定手续。在办理认定手续时，须提供总机构所在地主管税务机关批准其总机构为一般纳税人的证明（总机构申请认定表的影印件）。

由于销售免税货物不得开具增值税专用发票，因此全部销售免税货物的企业不办理一般纳税人认定手续。

（7）已开业的小规模企业（商贸企业除外），其年应税销售额超过小规模纳税人标准的，应在次年 1 月底以前申请办理一般纳税人认定手续。

对于被认定为增值税一般纳税人的企业，由于其可以使用增值税专用发票，并实行税款抵扣制度，因此，必须对一般纳税人加强管理，进行税务检查。根据 1995 年 1 月国家税务总局《关于加强增值税征收管理工作的通知》的规定，对一般纳税人违反专用发票使用规定的，税务机关应按税收征管法和发票管理办法的有关规定处罚；对会计核算不健全，不能向税务机关提供准确税务资料的，停止其抵扣进项税额，取消其专用发票使用权；对某些年销售额在一般纳税人规定标准以下的，如限期还不纠正，则取消其一般纳税人资格，按小规模纳税人的征税规定征税；纳税人在停止抵扣进项税额期间所购进货物或应税劳务的进项税额，不得结转到经批准准许抵扣进项税额时抵扣。

（8）为了加强对加油站成品油销售的增值税征收管理，从 2002 年 1 月 1 日起，对从事成品油销售的加油站，无论其年应税销售额是否超过 180 万元，一律按增值税一般纳税人征税。

5. 一般纳税人年审和临时一般纳税人转为一般纳税人的认定

为加强一般纳税人的管理，在一般纳税人年审和临时一般纳税人转为一般纳税人的过程中，对已使用增值税防伪税控系统但年应税销售额未达到规定标准的一般纳税人，如会计核算健全，且未有下列情形之一者，不取消其一般纳税人资格：

（1）虚开增值税专用发票或者有偷、骗、抗税行为；

（2）连续 3 个月未申报或者连续 6 个月纳税申报异常且无正当理由；

（3）不按规定保管、使用增值税专用发票、税控装置，造成严重后果。

上述一般纳税人在年审后的一个年度内，领购增值税专用发票应限定为千元版（最高开票限额 1 万元），个别确有需要经严格审核可领购万元版（最高开票限额 10 万元）的增值税专用发票，月领购增值税专用发票份数不得超过 25 份。

应用实务

"增值税一般纳税人申请认定表"表样如表 11-19、表 11-20 所示。

表 11-19　增值税一般纳税人申请认定表

纳税人名称			纳税人识别号		
法定代表人（负责人、业主）	证件名称及号码			联系电话	
财务负责人	证件名称及号码			联系电话	
办税人员	证件名称及号码			联系电话	
生产经营地址					
核算地址					
纳税人类别：企业、企业性单位□　　非企业性单位□　　个体工商户□　　其他□					
纳税人主业：工业□　　商业□　　其他□					
认定前累计应税销售额 （连续不超过 12 个月的经营期内）			＿＿年＿＿月至＿＿年＿＿月共＿＿元		
纳税人声明	上述各项内容真实、可靠、完整。如有虚假，本纳税人愿意承担相关法律责任。 （签章）： ＿＿年＿＿月＿＿日				
税务机关					
受理意见	受理人签名： ＿＿年＿＿月＿＿日				

（续表）

查验意见	查验人签名： ____年____月____日
主管税务机关意见	（签章） ____年____月____日
认定机关意见	（签章） ____年____月____日

注：本表一式两份，主管税务机关和纳税人各留存一份。

表 11-20　不认定增值税一般纳税人申请表

纳税人名称		纳税人识别号	
纳税人意见		（签章）： ____年____月____日	
主管税务机关意见		（签章） ____年____月____日	
认定机关意见		（签章） ____年____月____日	

注：本表一式两份，主管税务机关和纳税人各留存一份。

第六节　出口退税的办理

内容释义

出口退税从狭义上讲，是指将出口货物在国内生产和流通过程中已经缴纳的间接税予以退还的政府行为；从广义上讲，即除狭义上包括的内容外，还包括通过免税或抵税等诸多形式使出口货物所含间接税趋于零的政府行为。

业务要点

出口退税的分类如表11-21所示。

表11-21　出口退税的分类

按出口的经营方式	经营出口
	委托代理出口
按出口的贸易类型	一般贸易
	进料加工
按出口企业生产经营的特点	具有进出口经营权的生产企业
	外贸企业
按出口退税的方式	先征后退企业
	"免抵退"企业
	免税企业

应用实务

出口退税的基本程序如图11-3所示。

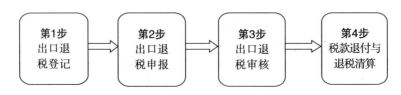

图11-3　出口退税的基本程序

（1）出口退税登记

出口企业在征税机关办理税务登记和增值税一般纳税人认定登记之后，应到主管退税的税务机关办理出口退税登记手续。

①出口企业在获准具有进出口经营权之日起30日内，应持国家外经贸部及其授权单位批准其出口经营权的批件、工商营业执照副本、税务登记证副本等证件到所在地主管退税机关办理出口退税登记手续。具体流程为：填写出口退税登记表→办理出口退税登记证→提交出口专职或兼职办税员的有关资料，经由主管退税机关考核，发给"办税员证"。

②出口企业的出口退税登记的内容如有变更，或出口企业发生改组、分立、合并、撤销等情况，应于主管部门批准之日起 30 日内，持有关证件向所在地主管退税的税务机关办理变更或注销出口退税登记手续。出口企业如更换办税员，亦应办理变更手续。

（2）出口退税申报

由于出口企业的情况不同，出口退税申报的要求也有所差别。一般规定是，外商投资企业应在货物报关出口并在财务上作销售后，按月填报"外商投资企业出口货物退税申报表"，并提供海关签发的出口退税专用报关单、外汇结汇水单、购进货物的增值税专用发票（税款抵扣联）、外销发票、其他有关账册等到当地涉外税收管理机关申请办理免税抵扣和退税手续。其他出口企业按出口退税的基本程序办理。

（3）出口退税审核

出口退税的审批权原则上集中在省级和计划单列市国家税务局，也可根据出口退税审核工作的实际情况，由地（市）一级国家税务局参与出口退税的具体审核工作。在上述有审批权的国家税务局中，设立有进出口受税管理处（分局），直接办理出口退税业务。出口退税审核的主要内容包括：

①出口货物销售账簿和应交税费账簿；

②进项税额原始单据；

③出口报关原始单据。

（4）税款退付与退税清算

①税款退付。税款退付是在出口退税申报和审批之后，银行依据"收入退还书"将出口退税款从国库退付到出口企业的开户银行账户的行为。出口货物在办理退税手续后，如果发生退关、国外退货或转为内销的情况，企业必须向所在地主管出口退税的税务机关办理申报手续，补交已退（免）的税款。

②退税清算。出口企业应在本年度终了后三个月内进行上一年度出口退税的清算，按规定期限向主管退税机关报送"清算表"及相关资料，由主管税务机关进行全面清查。主管退税机关在出口企业清算结束后两个月内，对企业上报清算报表的清算资料进行清算核查，并向出口企业发出"清算情况通知书"说明以下问题：

· 出口企业的性质和清算范围，出口货物的品种、数量及销售额，清算后出口企业应退税款、已退税款；

· 清算中发现的问题，多退、少退、错退的金额；

· 清算处理结果及意见。

参考文献

1 付刚，杨成刚编著．出纳新手应知应会一本通．北京：人民邮电出版社，2009

2 刘晓光，崔维编著．新手学出纳．北京：人民邮电出版社，2008

3 王树主编．新编轻松做商业会计1本通．北京：中国纺织出版社，2009

4 王树主编．新编出纳入门一本通．北京：中国纺织出版社，2009

5 郭晓颖编著．一本书学会做出纳．北京：人民邮电出版社，2010

《新手学出纳（白金版）》
编读互动信息卡

亲爱的读者：

感谢您购买本书。只要您以以下三种方式之一成为普华公司的会员，即可免费获得普华每月新书信息快递，在线订购图书或向我们邮购图书时可获得免付图书邮寄费的优惠：①详细填写本卡并以**传真（复印有效）**或邮寄返回给我们；②登录普华公司官网注册成为普华会员；③关注微博：@普华文化（新浪微博）。会员单笔订购金额满 300 元，可免费获赠普华当月新书一本。

哪些因素促使您购买本书（可多选）

○本书摆放在书店显著位置　　○封面推荐　　　　　　○书名

○作者及出版社　　　　　　　○封面设计及版式　　　○媒体书评

○前言　　　　　　　　　　　○内容　　　　　　　　○价格

○其他（　　　　　　　　　　　　　　　　　　　　　　　　　　）

您最近三个月购买的其他经济管理类图书有

1. 《　　　　　　　　》　　　　　　2. 《　　　　　　　　　　》

3. 《　　　　　　　　》　　　　　　4. 《　　　　　　　　　　》

您还希望我们提供的服务有

1. 作者讲座或培训　　　　　　2. 附赠光盘

3. 新书信息　　　　　　　　　4. 其他（　　　　　　　　　　　　）

请附阁下资料，便于我们向您提供图书信息

姓　　名　　　　　　　　联系电话　　　　　　　　职　　务

电子邮箱　　　　　　　　工作单位

地　　址

地　　址：北京市东城区龙潭路甲 3 号翔龙大厦 218 室

　　　　　北京普华文化发展有限公司（100061）

传　　真：010 – 67120121

读者热线：010 – 67129879　010 – 67133495 – 820

投稿邮箱：tougao@ puhuabook. com，或请登录普华官网"作者投稿专区"。

购书电话：010 – 67129872/67133495 – 818　　邮件地址：hanjuan@ puhuabook. com

媒体及活动联系电话：010 – 67129872 – 830　　邮件地址：liujun@ puhuabook. com

普华官网：http://www. puhuabook. com. cn

博　　客：http://blog. sina. com. cn/u/1812635437

新浪微博：@普华文化（关注微博，免费订阅普华每月新书递递）